Miika Nousiainen • Quality Time

Miika Nousiainen
Quality Time

Roman

Aus dem Finnischen
von Elina Kritzokat

KEIN & ABER
POCKET

Ebenfalls von Miika Nousiainen:
Verrückt nach Schweden

1. Auflage September 2022
2. Auflage Februar 2023

Die Originalausgabe erschien 2020 unter dem Titel
Pintaremontti bei Otava, Helsinki
Copyright © 2020 by Miika Nousiainen & Otava, Helsinki

Verlag und Übersetzerin danken FILI, Finnish Literature Exchange,
für die freundliche Unterstützung.
Die deutsche Ausgabe erscheint gemäß Vertrag mit Miika Nousiainen
und der Elina Ahlback Literary Agency, Helsinki. Kürzungen und
Namensänderungen erfolgten mit dem Einverständnis des Autors.

www.keinundaber.ch

Ride the tiger
You can see his stripes but you know he's clean
Oh, don't you see what I mean

RONNIE JAMES DIO

Sami

»Mein Beileid.«

»Danke. Vielen Dank.«

Mein Vater war ein sportlicher Mann und hat immer betont: Dabei sein ist alles. Jetzt wird sein Mantra wahr. Alle sind dabei, niemand gewinnt.

Ich stehe mit meiner Mutter Asta, meiner Schwester Hanna und ihrem Mann Jonas in der Sommerhitze vor der Kirche und nehme die Beileidsbekundungen entgegen. Der Tod meines Vaters kam ohne Vorwarnung. Herzinfarkt.

Auf dem Friedhof versammeln sich Angehörige, Freunde und Kollegen. Alle, die dem Toten irgendwie nahestanden. Wie es zu sein hat bei Beerdigungen. Komischerweise kenne ich ziemlich wenige. Wenn ich nicht mal richtig weiß, wer meinem Vater nahestand – ist es da verwunderlich, dass ich auch zu anderen Leuten keine gute Verbindung aufbauen kann? Zum Beispiel zu meiner Freundin Jenna. Zur Beerdigung wollte sie nicht mit, so weit sind wir angeblich noch nicht. Keine Ahnung, ob das bedeutet, dass auch Hochzeiten und Taufen für sie nicht infrage kommen. Immerhin waren wir schon mal in Paris – und auch bei einer Einweihungsparty und sogar im Baumarkt, aber bis zu einer gemeinsam durchgestandenen Beerdigung ist es wohl noch ein weiter Weg.

Jetzt stehe ich allein hier rum und sehe in allen Gesichtern denselben Gedanken: Hat der Arme immer noch keine Freundin? Ich verstehe sie. In meinem Alter sollte man längst Familie haben.

Und wieder drückt irgendein entfernter Verwandter meine Hand und legt die andere auf meine Schulter.

»Herzliches Beileid.«

»Danke.«

»Euer Vater war ein guter Mann. Ich wünsche euch viel Kraft.«

»Danke.«

Eine lange Schlange bekümmert aussehender Menschen zieht an mir vorbei.

»Martti war so ein feiner Kerl.«

Das höre ich zig Mal.

Warum nur hat er das so gut vor uns verborgen? Wenigstens Mama hätte er seinen tollen Charakter hin und wieder zeigen können. Dazu hatte er vierzig Jahre Gelegenheit. Was bringt es uns, dass er nur zu anderen nett war? Uns hat er seine charmanten Seiten nie gezeigt. Okay, ein Arschloch war er auch nicht. Einfach ein typischer männlicher Vertreter seiner Generation. Trotzdem: Wenigstens einmal hätten wir dann doch gern gehört, dass er uns halbwegs in Ordnung fand.

Ich nicke der alten Cousine, die den Toten in den Himmel lobt, höflich zu und beobachte unauffällig meine Mutter. Schafft sie diese Veranstaltung? Aber ich muss mir wohl keine Sorgen machen. Sie hat eine lange Ehe mit einem schwierigen Menschen ertragen, da packt sie diesen Tag auch.

Heute steht sie zum ersten Mal seit der Hochzeit im Mittelpunkt. Sie ist jetzt Witwe, und alle schauen auf sie. Schluss mit dem Schattendasein. Sich wie sonst in die Küche zu verdrücken und hektisch ein paar Reste zu essen, um dann die Gäste im Esszimmer weiter zu bewirten, klappt nicht mehr. Heute ist sie diejenige, um die sich alle kümmern.

Endlich haben die Gäste in der Kirche Platz genommen. Still sitzen sie auf den Holzbänken und prüfen, ob sie die angekündigten Lieder kennen. Ah, doch, das alte Kirchenlied über die einsame Wanderung ist dabei, Marttis Lieblingslied. Logisch, dass wir das ausgesucht haben, das Lied passt, er war eigenbrötlerisch, sein Leben lang.

Wir gehen in die erste Bank. Hinter uns sitzen Verwandte, Freunde und Nachbarn – je näher man dem Verstorbenen stand, umso weiter vorn haben sie sich niedergelassen. Ein guter Nachbar ist wichtiger als ein entfernter Verwandter, ein entfernter Verwandter wichtiger als ein Kollege oder Sportkumpel. Das kapiert jeder intuitiv.

Der Pastor erzählt, dass Martti an fleißige Arbeit, Gerechtigkeit und Gott geglaubt hat. Nun ja, wenn er meint … könnte schon stimmen. An Fakten hat er jedenfalls nicht geglaubt oder sich zumindest nicht von ihnen beeindrucken lassen. Dabei hat Mama es oft genug gesagt: Rauch nicht so viel. Streich die Butter nicht so dick.

Jetzt behauptet der Pastor, Martti hätte seine Mitmenschen auf Platz eins gestellt und sich selbst hintenan. Das ist nun wirklich Bullshit. Seine Frau hat er in die Küche verwiesen und seine Kinder regelmäßig daran erinnert, dass die Nachbarskinder toller sind. Aber woher soll der Pastor auch jedes einzelne verstorbene Gemeindemitglied kennen? Und selbst wenn – die Trauerfeier ist wohl nicht der Rahmen, in dem man seine Schäflein rückblickend noch mal ordentlich kritisiert. Vor Gott sind ja alle gleich.

Ehrlich gesagt fühle ich so gut wie nichts. Das sollte anders sein, schätze ich. Nicht mal der Trauermarsch dringt zu mir durch. Aber okay, in meinem Leben gibt es Wesentlicheres als den Tod eines nahen Angehörigen, der mir nicht nahestand. Ich bin fast vierzig, und von Nachwuchs fehlt jede Spur. Es wäre tröstlich, hier nicht allein stehen zu müssen. Mit Kindern an meiner Seite wüsste ich, dass alles irgendwie weitergeht. Na ja – es geht auch ohne Kinder weiter. So lange, bis Schluss ist.

Behutsam legen wir unseren Kranz auf den Sarg. Mama hat Papa ein letztes Mal Respekt gezollt, indem sie den zweitgünstigsten Sarg ausgesucht hat. Das hat er uns stets eingeschärft: Kauf nie das Billigste. Kauf das Zweitbilligste. Nimm nie das Schlechteste. Das Zweitschlechteste reicht aus.

Am Sarg schluchzt Mama laut los. Ich hake sie unter und drücke ihren Arm. Für sie ist es ein harter Brocken: Der Mensch, der ihr dauernd Ratschläge gab, ist weg. Ab sofort muss sie selbst entscheiden. Ich kann mir den Schock kaum vorstellen; meine Beziehungen haben maximal ein Jahr gehalten.

Hanna liest den Gedenkspruch vor, den wir im Grunde nur ausgesucht haben, weil er von all den Sprüchen am wenigsten verlogen war: *Nun ruht deine fleißige Hand, dein Haupt liegt in ewigem Schlaf.* Relativ nichtssagend und daher irgendwie passend. Papa war ein Arbeitstier, er hat gern mit den Händen gearbeitet. Mit seinen großen Holzstapeln im Schuppen und seinen Schnitzereien hat er regelrecht angegeben.

Mein Schwager Jonas und ich nehmen Mama in die Mitte und gehen mit ihr zurück zu unserem Platz. Hanna reicht ihr frische Taschentücher und tätschelt ihr den Rücken. Sehr anständig von ihr, sogar ein Zugeständnis. Meine Schwester versteht sich nicht mit unserer Mutter. Als ich vor einiger Zeit mal nachgefragt habe, was eigentlich der Grund dafür ist, meinte sie, dass sie es nicht mehr aushält – die ewige Fragerei nach Enkelkindern. Wie gern Mama endlich Oma werden möchte und dass ihre beste Freundin Teresa ja auch längst Enkel hat.

Hanna findet, dass Mama übergriffig ist und im Ton absolut danebenliegt. Und durch ihr Verhalten alles kaputtmacht. Trotzdem glaube ich, dass die Zeit es wieder richten wird. Die Zeit ist in unserer Familie schon immer ein wichtiger Faktor gewesen. Und Mama mag nervig sein, aber ein schlechter Mensch ist sie nicht.

Nach uns tritt Papas Bruder samt Familie an den Sarg. Danach Papas ältere Schwester mit ihren Kindern und Enkeln. Anschließend ist Papas jüngere Schwester mit ihrer Familie dran.

Das Ganze flutscht geradezu: Ein Grüppchen nach dem anderen erhebt sich, geht zum Sarg, legt Blumen oder einen Kranz nieder, spricht einen Vers, nickt dem Toten ein letztes Mal zu, ein mitfühlender Blick zu uns Hinterbliebenen, und schließlich gehts zurück in die Kirchenbank.

Nach der Verwandtschaft ist Papas Arbeitgeber an der Reihe. Ja, er hatte wirklich nur einen einzigen, sein ganzes Leben lang. *Ein* Chef, *eine* Frau, *keine* Patchworkkinder – ein simples Leben. Für Männer seiner Generation war alles einfach. Sicherlich nicht lustig oder glanzvoll, aber einfach. Dann kam der Herzinfarkt, und das wars.

Papas ehemaliger Chef ist richtig traurig. »Danke für die vielen gemeinsamen Jahre und deinen großartigen, unermüdlichen Einsatz. Wir werden dich nie vergessen, Martti. Deine Kollegen von der Blechschmied-AG Jokinen.«

Papa war richtig gut im Bauen konkreter Gegenstände. Nur für Gefühle blieb wenig Zeit.

Jetzt sind meine zwei engsten Kindheitsfreunde dran, die früher viel bei uns zu Hause waren. Markus und Nojonen, den alle nur mit Nachnamen anreden. Markus hat seine drei Töchter dabei, er ist seit Kurzem alleinerziehend. Seine Frau hatte die Schnauze voll vom Familienalltag und ist abgehauen. Natürlich spielt auch ihre Depression stark mit rein. Jetzt strampelt Markus sich alleine ab.

Seine jüngste Tochter möchte nicht zum Sarg gehen und bleibt heulend auf halber Strecke stehen. Die Älteste liest brav den Abschiedsvers vor und versucht, das Gebrüll der Kleinen zu übertönen. Die Mittlere rennt los Richtung Sakristei, da muss Markus hinterher. Bis er sie eingefangen hat, sind drei Stühle und eine Kerze umgekippt.

Kinder gelten als Reichtum. Aber mein alleinerziehender Freund Markus sieht das derzeit garantiert anders. In Situationen wie dieser entscheidet man sich vielleicht lieber für Armut. Nojonen springt Markus bei, indem er zu der jüngsten Tochter geht und sie tröstet, bis sie nicht mehr heult und bereit ist, sich dem Sarg ein Stück zu nähern. Nach gefühlten zehn Minuten stehen auch Markus und seine mittlere Tochter wieder am Sarg. Atemlos von dem Gerenne, liest Markus einen weiteren Abschiedsspruch vor, der wohl erheitern soll: »Wenn ihr jetzt alle lieb und brav seid, dürft ihr nachher Computer spielen. In warmem Gedenken an Martti Heinonen. Markus und Familie.« Markus verbeugt sich zum Sarg hin, nickt mir, Hanna und Mama zu und kehrt mit den Kindern an seinen Platz zurück. Die Mittlere hat vom Chaos noch nicht genug und singt spontan ein selbst gedichtetes Lied: »Irgendwann ist Schlu-huss, irgendwann ist Schluss! Juchhuu, juchhuu, juchhuu!«

Markus reckt den Hals in meine Richtung und sieht mich entschuldigend an. Als seine Tochter nicht aufhört mit ihrem Lied, zerrt er alle drei Mädchen nach draußen vor die Kirche.

Nun ist Nojonen dran. Seine Eltern sind die ältesten Freunde meiner Eltern, aber weil sowohl seine Mama als auch sein Papa ziemlich krank sind, kommt Nojonen allein. Langjährige Krankheit wiegt im Zweifelsfall schwerer als langjährige Freundschaft. Nojonens Stimme zittert beim Lesen seines Zettelchens. »In ehrenvollem Gedenken an unseren guten Freund und Nachbarn Martti Heinonen. Von der ganzen Familie Nojonen.« Er kniet nieder und legt den Kranz an den Sarg. Weil sein Jackett kurz geschnitten ist und seine Anzughose niedrig sitzt, zeigt er der gesamten Trauergemeinde seine Arschritze.

Einige grinsen. Andere schauen verschämt zu Boden. Warum? So hat Gott uns erschaffen. Und mein Freund Nojonen hat sicher schon Drastischeres erlebt, als ein paar schwarz gekleideten Leuten seine Kimme gezeigt zu haben. Im Job ist er ein gefragter IT-Experte, gerade wenn es in großen Firmen brenzlig wird. Zuletzt hat er leider vor allem im Privaten Feuer löschen müssen. Und seine pflegebedürftigen Eltern sind anspruchsvoller als Computer. »Menschen sind leider sehr viel anfälliger als Technik«, hat er neulich geseufzt.

Nach der Trauerfeier gehen wir in den Gemeindesaal, um gemeinsam was zu essen. In unserer Großfamilie laufen alle Feiern nach dem gleichen Muster ab. Erst der Kirchgang, danach das Gesellige. Die Tischgespräche drehen sich darum, welche Strecke man gefahren ist, ob es Staus gab, wie teuer das Benzin war und wieso Benzin überhaupt so viel kosten muss. Dazu isst man das Karelische Gulasch aus dreierlei Fleisch.

Wirklich, ich weiß, wovon ich rede. Vor einem Monat war die Hochzeit meines Cousins. Gleicher Ablauf, gleiches Essen, und ehrlich gesagt fast die gleiche Atmosphäre. Bei einer Beerdigung ist natürlich immer ein Teller weniger gedeckt, logisch. Und die Erwartungen liegen allgemein niedriger – jedem ist klar, dass es keine Kennenlernspiele oder Tanzeinlagen geben wird.

Papas Geschwister sitzen bei uns mit am Tisch. Sie erinnern mich alle drei sehr an meinen Vater, schon immer. Und damit gehen die Probleme auch gleich los. Tante Elsa wartet nicht mal bis zum Nachtisch. Mit strengem Blick sieht sie Hanna und mich an: »Euer Vater wäre so ein guter Opa gewesen.«

Ich bemühe mich, halbwegs höflich zu nicken. Dabei ist das Quatsch: Wer schon seine Kinder ständig niedergemacht hat und als einzige Liebestat einen Angelsteg baut, der wird bei seinen Enkeln nicht plötzlich ein völlig anderer sein.

Ich sehe, dass meine Schwester vor Wut kocht. Wir reden nicht allzu viel über Privates. Vielleicht wünschen sie und Jonas sich schon länger Kinder, und es klappt nicht? Sie reißt sich zusammen und reagiert auf Elsas Vorstoß mit einem heftigen Achselzucken.

Leider macht die andere Tante direkt weiter. Und zwar

bei mir. »Du hast noch immer keine feste Freundin?«, fragt sie.

»Leider nein.«

»Hast du denn nichts unternommen?«

»Schon.« Ich habe zwanzig Jahre lang alles Mögliche unternommen. Der finnische Unternehmerverband könnte mir einen Orden verleihen, so sehr habe ich mich ins Zeug gelegt. Für nichts und wieder nichts, oder na ja, ein bisschen Hoffnung und den einen oder anderen Trostpreis. Aber es wundert mich nicht, dass dieses Land als unternehmerunfreundlich gilt.

Jetzt nehmen sie Hanna in die Mangel.

»Du und Jonas müsstet endlich loslegen. Es ist doch alles bereit! Die große Wohnung, eure Arbeitsstellen, und verstehen tut ihr euch auch, oder etwa nicht?«

Hanna schweigt. Jonas ebenfalls. Der Arme. Dass er in so eine erbärmliche Verwandtschaft eingeheiratet hat. Im Grunde müsste man diesbezüglich gleich beim ersten Date die Karten auf den Tisch legen. Aber Jonas hat sich in meine Schwester verliebt, bevor er wusste, aus was für einem Stall sie kommt.

Tante Elsa kann noch taktloser. »Liegt es vielleicht an dir, Jonas? In unserer Familie hat es mit dem Kinderkriegen sonst immer gut geklappt.«

Ihr Mann, der ständig dumme Witze machen muss, wirft ein: »Soll ich dir zeigen, wie es geht?«

Das Fass läuft über. Hanna steht auf und zerrt ihren Mann mit hoch.

Mama versucht, sie zurückzuhalten. »Hanna, nun hab dich doch nicht so! Du wolltest doch noch die Grußkarten vorlesen!«

»Die kannst du dir sonst wohin stopfen.«

»Wie bitte?«

»Du hast mich schon verstanden, Mama. Stopf sie dir in den Arsch, verdammt noch mal!«

Elsa verzieht irritiert das Gesicht. »Also Hanna, und das auf der Beerdigung deines Vaters!«

»Tja, hättest du dir dein Gesprächsthema mal früher überlegt, Elsa.«

»Ich habe doch nur gefragt, wie es mit dem Nachwuchs aussieht. Das betrifft schließlich die ganze Familie, wenn wir mehr werden.«

»Das geht dich überhaupt nichts an. Ich frage euch doch auch nicht, wer von euch als Nächstes stirbt und wann wir wieder einer weniger sind! Schon mal was von gutem Benehmen gehört?«

Elsa ist blöd genug, meine Schwester weiter zurechtzuweisen. »Na, *das* ist jedenfalls kein gutes Benehmen, Hanna! Dein Vater war immer *so* höflich. Ein Mann mit gesundem Menschenverstand.«

»Höflich! Gefühlskalt war er, zu faul für echte Auseinandersetzung.«

Ich versuche, Hanna zum Bleiben zu bewegen – ohne Erfolg. Sie holt ihren Sommermantel aus der Garderobe und verschwindet. Jonas erhebt sich verlegen von seinem Platz, lächelt entschuldigend und hastet dann seiner Frau hinterher.

Der Pastor, der neben meiner Mutter sitzt, versucht, etwas Konstruktives zu sagen. »An Tagen wie diesem sind starke Gefühle mit an Bord.«

»Normalerweise werden sie in unserer Familie aber nicht so direkt gezeigt«, sagt meine Mutter missbilligend.

Genau da liegt das Problem. In unserer Familie wird vieles nicht ausgesprochen. Groll wird jahrelang unterdrückt, bis er plötzlich an die Oberfläche dringt. Dann natürlich umso heftiger. Entweder bahnt sich das Aufgestaute bei Familienfeiern seinen Weg, oder im Sessel beim Therapeuten.

Aber ich bin kaum besser. Ich muss gar nicht erst auf meine Verwandten schauen. Die sind, wie sie sind – Leute vom Dorf, die sich einen passablen Partner aus dem Nachbardorf geangelt und sich halbwegs durchgeschlagen haben.

Beziehungstechnisch kriege ich es sogar schlechter hin als sie. Meist funkt mir der übergroße Wunsch dazwischen: Beim ersten Date finde ich alle Frauen toll und stelle sie mir als die Mutter meiner Kinder vor. Dann kommt die Realität dazwischen, und die ist komplizierter.

Schuld an allem ist, so wie ich das sehe, die Hoffnung. Der Mensch kann einfach nicht ohne sie. Man hofft immer auf die gute Wendung, das Happy End. Selbst wenn ich mir ein teures T-Shirt kaufe, das ich gar nicht brauche, hoffe ich noch, dass von meinen hundert Euro was bei der Näherin ankommt.

Bei der Partnerwahl läuft das nicht anders. Man kämpft sich so lange mit der Hoffnung durch, bis man tief im Unglück steckt. Meine Mutter hat sich vierzig Jahre lang eingeredet, ihre Ehe mit meinem Vater würde irgendwann leichter. Wurde sie aber nicht. Und hier sitzen wir nun – eine Familie, die sich gegenseitig verletzt, sobald sie miteinander spricht.

Nach Hannas Abgang ist die Stimmung im Keller, falls man das von einer Beerdigung so sagen darf. Die Leute schaufeln sich hektisch die Erdbeertorte rein und spülen sie mit Kaffee runter. Sie haben es sichtlich eilig, wieder auf die

Straße zu kommen – teures Benzin und volle E4 hin oder her. Verlegen verabschieden sie sich und wünschen uns ein letztes Mal viel Kraft für die nächste Zeit.

Nur meine Freunde Nojonen und Markus bleiben noch. Markus genießt es, dass seine Mädchen mal friedlich miteinander spielen und er ohne Zwischenfall essen kann. Und Nojonen ist sowieso für jede Situation dankbar, in der er Ruhe hat von seinem Job und den kranken Eltern.

Als ich vorschlage, noch was trinken zu gehen, würden sie gerne mitkommen. Aber Markus muss sich um die Kinder kümmern und Nojonen nach seiner Mutter schauen.

»Wir haben alle unser Kreuz zu tragen«, meinte der Pastor vorhin.

Absolut richtig.

Markus

Ich verabschiede mich von Sami und entschuldige mich für Idas unpassendes Lied. Sami lacht.

»Macht nichts. Die Melodie war gut. Ein echter Ohrwurm.«

»Ich meine vor allem den Text. Mit einer Melodie kann man ja nicht so viel Schaden anrichten.«

»Schon okay. Ist vielleicht wirklich gar nicht nur schlecht, dass Schluss ist mit Papa. Glücklich gemacht hat er keinen von uns.« Ich seufze tief.

Es war kein leichter Tag. Aber wann hatte ich in letzter

Zeit schon einen leichten Tag? Im Grunde war die Beerdigung eine echte Abwechslung. Und man musste weder kochen noch abwaschen.

Kinder zu haben ist unglaublich anstrengend, selbst wenn man zu zweit ist. Und man kann es auf so viele Arten vergeigen. Manchmal bin ich richtig sauer auf Sara. Macht die sich einfach aus dem Staub. Aber Depressionen sind eine fiese Krankheit, sie hat es nicht aus Jux gemacht. Trotzdem leiden die Kinder und ich unter ihrer Krankheit mindestens so sehr wie sie.

Erwachsene können mit den unterschiedlichsten Lebenssituationen glücklich sein und ebenso gut unglücklich. Kinder an sich haben daran eher wenig Anteil. Heute hatte ich endlich mal wieder einen guten Tag, obwohl ich sonst nicht auf Familienfeiern stehe. Ich hätte sogar gern eine Weile im Sarg gelegen – der Held des Tages hatte heute absolute Ruhe.

Ich schreibe Samis Mutter Asta eine SMS und entschuldige mich auch bei ihr. Sie reagiert gelassen: Kinder sind eben Kinder, die machen, was ihnen in den Sinn kommt. Es war schön, dass du sie mitgebracht hast. Ich selbst habe ja noch keine Enkelkinder.

Oh ja, sie machen, was ihnen in den Sinn kommt. *Irgendwann ist Schluss, juchhu.* Ich weiß genau, wie Ida auf das Lied gekommen ist. Sie hat mich im Auto gefragt, was auf einer Beerdigung eigentlich passiert. »Wir hören zu, was der Pastor sagt, und wir singen«, habe ich ihr erklärt. »Nur traurige Lieder?«, hat sie besorgt gefragt. »Es können auch fröhliche dabei sein, wieso nicht«, habe ich sie beruhigt. »Gut«, meinte sie erleichtert und summte die Melodie bereits vor sich hin. Für sie war es das einzige fröhliche Beerdigungslied und ein wichtiger Beitrag. Wieso soll ich sie dafür ausschimpfen? Das machen Eltern heutzutage nicht mehr. Wir loben die Kreativität unseres Nachwuchses und ermutigen ihn, sich auszudrücken, und wenn's auf Kosten eines Toten ist.

Sami sieht seine Eltern kritisch. Ich würde ein Vermögen dafür geben, Eltern zu haben wie er. Auch wenn sie ihm manchmal zugesetzt haben – immerhin waren sie da. Das ist viel wert.

Meine Mutter ging zwar nicht arbeiten, hatte aber trotzdem nie Zeit für mich. Für gemeinsame Unternehmungen oder lustige Spiele war das Kindermädchen zuständig. Mama hat sich unterdessen als schicke Kundin in Cafés und Boutiquen und als Vorsitzende im Eiskunstlaufverein verwirklicht. Dieses Amt hat sie erst an den Nagel gehängt, als sie nach Florida auswanderte. Vorher hat sie sogar noch Papa in den Verein geschleust. Da musste auch er sich mit den feinen Eltern auseinandersetzen, die ihre Kinder allesamt für Riesentalente hielten.

Mama hätte gern eine Tochter gehabt, die Eiskunstläuferin wird. Die hat sie nicht gekriegt. Ein Segen für die Schwester, die ich nie bekam, kann man da nur sagen. Das Leitbild meiner Mutter ist die schwedische Königsfamilie, die sie auf Schritt und Tritt beobachtet: »Schau nur, wie süß die kleine Estelle in ihrem Wollmäntelchen aussieht. Und wie charmant sie schon in die Kamera lächelt.«

Würden ich und meine Kinder einer royalen Familie angehören, wäre der Kult um unser Königshaus schlagartig beendet. Wir benehmen uns zu schlecht. Trotzdem hält meine Mutter sich und ihre Nachfahren bis heute für was Besseres. Früher hat sie sogar versucht, einen Keil zwischen mich und meine Freunde Sami und Nojonen zu treiben. »Das musst du verstehen, sie sind aus anderen Familien!«, hieß es. »Anders« stand für »ärmer«. Dabei hat meine Mutter weder Geld noch noble Herkunft in die Ehe gebracht, von Bildung ganz zu schweigen. Sie hat einen reichen Typen geheiratet, das ist alles. Bis dahin war sie eine stinknormale Dorftrulla.

Ziemlich peinlich von Mama, sich über andere zu erheben, wo ihre eigenen Werte sich auf Kaffeetrinken und harmloses Geplapper beschränken. Dass man sich von der Arbeiterklasse so abgrenzen muss. Sami und Nojonen waren nun mal unsere Nachbarn. Die über die Wohnsituation hinausgehenden Unterschiede – Eigenheim versus Wohnblock – haben wir als Kinder nicht wahrgenommen. Gegenüber Klassenmerkmalen waren wir immun.

Meine Mutter wusste immer, wie ich sein sollte. Die Erziehung hat aber nicht sie übernommen, die hat sie schön dem Kindermädchen überlassen. Und wenn sie ausnahmsweise mal zu Besuch kommt und auf die Kinder aufpasst, endet es garantiert in einer Katastrophe. Statt echter Mahlzeiten gibt es Süßigkeiten, die Zahnbürsten der Mädchen ignoriert sie, Schlafenszeiten kennt sie nicht. Der einzige Erziehungstipp, den sie hat und mir am Telefon immer wieder vorbetet: »Bring die Kinder zum Eiskunstlauf. Da lernen sie alles, was sie fürs Leben brauchen. Ich zahl es auch gern.«

Papa hat heimlich gegen Mama angearbeitet: »Ich weiß, dass dir unsere Ratschläge wurscht sind. Aber beherzige wenigstens diesen einen: Egal was du mit den Mädels machst – halt sie fern von Drogenbanden und Eiskunstlauf! Und wenn du dich zwischen diesen beiden Optionen entscheiden musst, dann halt sie fern vom Eiskunstlauf. In Drogenkreisen findest du mehr Menschlichkeit als auf dem Eis, glaub mir. Dort gibt es nicht ein Fünkchen Gnade.«

Ich war zwar überrascht von diesem Rat, sagte aber artig Danke und beschloss, auf meinen Vater zu hören. Kein Kontakt zu Drogenbanden, kein Kontakt zum Eiskunstlauf. Besonders schwer ist das nicht. Ich glaube nicht, dass ich diesbezüglich große Überraschungen von den Mädchen zu erwarten habe.

Meine Eltern wiederum waren überrascht, geradezu schockiert, als ich mich für ein geisteswissenschaftliches Studium entschied.

»Was, um Gottes willen, ist Anthropologie?«, hatte Papa entsetzt gefragt. Ich erklärte es ihm, so gut ich das damals konnte: »Da untersucht man das Verhalten des Menschen.« Papa schnaubte verächtlich. »Das bringt doch nichts, man muss Business machen, Junge!«

Er konnte sich nicht vorstellen, dass Unternehmen auch Geisteswissenschaftler suchten; Leute, die Wissen aus anderen Bereichen mitbrachten. Aber Papa ist eine andere Generation, und er ist ein erfolgreicher Banker. Er kapiert bis heute nicht, dass es bei Geldgeschäften inzwischen hauptsächlich um Psychologie geht und es mit zwei Keksen und einem zackigen Kundengespräch nicht getan ist. Und wer kennt Kunden besser als der Geisteswissenschaftler? Kein Wunder, dass auch ich im Finanzsektor gelandet bin.

Ich werfe das durchgeschwitzte Beerdigungshemd in die Waschmaschine. Ada, meine Jüngste, will mir Tierfiguren zeigen, die sie aus Karten gelegt hat.

»Guck mal, Papa!«, ruft sie immer wieder.

Ich tue, als wäre ich interessiert. Wenn man ehrlich ist, sind die kreativen Taten von Kindern selten wirklich spannend. Das gilt im Grunde auch für Erwachsene. Aber weil wir soziale Wesen sind, geben wir vor, wir würden uns für die Bemühungen anderer interessieren.

Von daher kann ich meinen Vater schon verstehen – also, dass er so gut wie nie Lust hatte, mit mir zu spielen. Der Zeitgeist war eben ein anderer. Väter saßen nach Feierabend mit der Pfeife im Mund im Schaukelstuhl und lasen Zeitung. Wenn sie mal mit ihren Kindern spielten, ging es ums Geschäftemachen, wie bei Monopoly.

Immerhin hat er ab und zu mit mir gesungen. Meine Lieblingslieder waren *Maijas kleines Lamm* und *Opa hatte einen Hof*. Papa hat sich jedes Mal über das Wort *hatte* aufgeregt – »wieso konnte der Alte seinen Besitz nicht halten?«. Seine Theorie war, dass dem Opa die Mischwirtschaft zum Verhängnis wurde. Hier sechs Kühe, da vier Hühner, ein einsames Pferd, ein paar Schafe, ein Hund und eine Katze, daraus konnte nichts werden. »Kein Wunder, dass er pleiteging. Und dann sind in diesem Land auch noch die Steuern so verdammt hoch.«

Dann war Schluss mit Singen, und er hackte auf dem Steuersystem herum. »Eine Insel hätte der Opa besitzen müssen, keinen Hof! Der Wert einer Insel steigt und steigt, und das Nadelholz darauf wird auch immer mehr. Und wieso nicht gleich einen schicken Steg für ein Segelboot mit einplanen?«

Typisch Papa. Aber ich teile seine kritische Einstellung gegenüber Bauernhoftieren insofern, als dass auch ich diese Lebewesen überbewertet finde. Besonders, wenn es um Kinder geht. Wir wohnen mitten in der Stadt, trotzdem heißt es in sämtlichen Kitas »Wie macht das Pferd?« und »Wie macht die Kuh?«.

Es wäre schlauer, sich in der tatsächlichen Umgebung der Kinder umzuschauen. Da ist es wichtiger, was die jungen YouTuber sagen. Und mitunter auch, was der Anwalt sagt. Viele Kinder bekommen schon früh zu hören: »Du siehst deine Mutter ab sofort nur noch jedes zweite Wochenende.« Aber ich werde zynisch.

Ich wüsste gern, was ein Psychotherapeut über meine Elternbeziehung sagen würde. Außerdem wüsste ich gern, was mittelfristig produktiver ist: auf die Eltern sauer zu sein oder auf sich selbst.

Selbstverständlich versuche ich, es besser zu machen.

Ich nehme Ada auf den Schoß und gebe ihr ein Küsschen auf die Stirn. Sie quetscht meine Wangen zusammen und lacht über mein Aussehen. »Was möchtest du denn zum Abendessen, mein Schatz?«, frage ich.

»Müsli mit Erdbeeren«, antwortet sie.

Prima. Was soll an ein bisschen liebevoller Fürsorge so schwer sein? Wieso haben meine Eltern das nicht hinge-kriegt? Als ich sie das fragte, ist meine Mutter ausgewichen: »Aber wir haben dir doch ein Konto angelegt und für deine Zukunft gespart.« Toll. Ein Konto gibt einem kein Küss-chen. Ein Konto jubelt nicht, wenn man beim Fußball ein Tor schießt. Für ein Konto kann man sich nicht schämen, wenn man fünfzehn ist und Freunde zu Besuch sind.

Mein Vater hat immer lange gearbeitet. Und meine Mut-ter war zwar physisch da, aber trotzdem distanziert. Papa wollte, dass ich seine Karriere in der Bankenwelt fortsetze. Ständig bot er mir Praktikumsplätze bei den Kreditinstituten seiner Businessfreunde an. Ich lehnte grundsätzlich ab: »Ich will was Eigenes machen. Ich muss rausfinden, worin ich wirklich gut bin, und damit verdiene ich dann mein Geld.« Papa fasste sich regelmäßig an den Kopf: »Nicht die eigenen Interessen sind wichtig, Markus, sondern Macht und Geld, aber dahinter wirst du noch kommen.«

Zu Anfang meines Studiums lernte ich die Maslowsche Pyramide kennen, die die menschlichen Bedürfnisse hierarchisch darstellt. Am wichtigsten sind die körperlichen Bedürfnisse, also Nahrung und Flüssigkeit und frische Luft. Am zweitwichtigsten sind die Sicherheitsbedürfnisse – was meine Kinder angeht, fühle ich mich damit manchmal schon auf Stufe zwei als Versager. Kann ich ihnen als überforderter Alleinerziehender genug Sicherheit bieten?

Als Nächstes kommen soziale Bedürfnisse: Freundschaft, Liebe und Zusammengehörigkeit. An vorletzter Stelle stehen die Individualbedürfnisse – Selbstwert und Anerkennung durch andere. Und ganz oben in der Pyramide, in der schmalen Spitze, steht die individuelle Selbstverwirklichung.

Natürlich muss man dieses Schema der jetzigen Zeit anpassen. Social Media hat das Bedürfnis geschürt, sich nach außen gut darzustellen. Und die Pyramide eines Mehrfachvaters hat andere Schwerpunkte als die eines überzeugten Singles. Maslow konnte nicht wissen, dass ein Vater aus Helsinki sich phasenweise mehr um die Goretex-Ausstattung seiner Kinder sorgt als um sein Sexleben.

Ganz so schlecht kann ich als Vater dann doch nicht sein. Ich bemühe mich, dem Sicherheitsbedürfnis meiner Kinder zu entsprechen, indem ich das Tagesgeschehen noch einmal aufgreife.

Ida hat Angst vor der Endgültigkeit des Todes. »Ist Samis Papa für immer und ewig tot?«

»Sein Körper ja«, antworte ich.

»Und ist Sami jetzt sehr traurig?«

»Ja, das ist er, aber das wird auch wieder besser, Ida. Sami schafft das, Menschen schaffen eine ganze Menge.«

»Dann findet man auch aus einer dunklen Höhle immer wieder raus?«

»Ja, das tut man.«

Wie ich die nächsten fünfzehn Jahre als Vater schaffen soll, weiß ich allerdings nicht. Lieber wäre ich in einer dunklen Höhle. Da könnte man wenigstens dem Licht entgegengehen. Oder fühlen, aus welcher Richtung es zieht, und daraus folgern, wo sich der Ausgang befindet.

Sami

Nach der Beerdigung rufe ich meine Freundin Jenna an. Wir sind seit vier Monaten zusammen. Ich möchte ihr erzählen, wie ich mich fühle. Auch nichts zu fühlen ist in gewisser Weise ein Gefühl.

Jenna hat in der PR-Abteilung unserer Firma gearbeitet, AnchorOil. Sie musste den Medien erklären, wieso Ölbohrungen in Alaska okay sind. Irgendwann wurde ihr der Widerspruch zwischen privatem und beruflichem Ich zu aufreibend, und inzwischen sitzt sie einen Laden weiter: in der PR-Abteilung eines Holzwirtschaftsgiganten.

Dass sie da ethisch viel gewonnen hat, wage ich zu bezweifeln.

Vor zwei Wochen war ich mir noch sicher, mit ihr eine Familie gründen zu wollen. Ich hatte gehofft, sie sei die, nach der ich fünfzehn Jahre lang gesucht habe. Meine biologische Uhr – ja, die gibt es auch bei Männern – tickt schon eine ganze Weile. Und zwar so laut, dass ich manchmal an nichts anderes denken kann.

Jedes Mal, wenn mir ein Vater mit Kind entgegenkommt, überlege ich, wie alt der Mann sein mag und wie er es geschafft hat. Wie hat er die Frau gefunden, die ihn so gut erträgt – und umgekehrt –, dass eine Familiengründung möglich wurde?

In meinem Freundeskreis stelle ich diese Frage ganz offen. Alle antworten mir im Grunde dasselbe: dass es plötzlich ganz einfach war und »eins zum anderen geführt hat«. Bei mir hat noch nie eins zum anderen geführt, jedenfalls nicht zu etwas Bleibendem. Und irgendwie erscheint mir dieses Prinzip fast zu simpel. Obendrein gilt es ja leider auch für sämtliche Horrorszenarien der Geschichte, ob nun Erster Weltkrieg oder Adolf Hitler.

Aber vielleicht denke ich zu viel nach. Und vielleicht sollte ich mich weniger mit meinen Altersgenossen vergleichen.

Einmal habe ich Markus' Jüngste zu einer Vorsorgeuntersuchung gebracht – diese Arzttermine, wo das Kind gewogen, gemessen und sein Entwicklungsstand überprüft wird. Markus hatte keine Zeit.

Ich war begeistert von der Skala, anhand der man Ada einordnen konnte. Sie lag überall genau in der Mitte. Was für ein beruhigendes Ergebnis! Wie schade, dass es eine solche Skala nicht für Erwachsene gibt. Ist das eine Ressourcenfrage? Nein, vermutlich sind Skalen ab der Pubertät einfach nicht mehr praktikabel.

Aber ich würde wirklich gern mehr Feedback bekommen.

»Sie haben zwar kein Wohneigentum und keine Kinder, aber Ihr Kopfumfang liegt wunderbar im Mittelfeld. Menschen entwickeln sich unterschiedlich schnell, machen Sie sich keine Sorgen. Das Wichtigste ist, dass Sie gesund und munter sind und genug Energie haben für jeden neuen Tag.«

Oder vielleicht auch so: »Darf ich Du sagen? Also, Sami, dich scheint die typische Trotzphase um die vierzig erwischt zu haben. Aber die geht vorüber. Auch das Träumen von einem größeren Auto und überhaupt der ständige Vergleich mit anderen ist ganz normal.«

Bei Kindern lassen sich schwierige Phasen immer mit dem Alter entschuldigen. Bei Neununddreißigjährigen funktioniert das nicht. Es gibt keine wissenschaftlichen Belege mehr dafür, dass ein Wachstumsschub oder Gehirnumbau sich problematisch auf Befinden und Verhalten auswirken könnte. Trotzphase bei vierzigjährigen Männern? Pustekuchen.

Ich sollte zu diesem Missstand eine Beschwerde beim Gesundheitsministerium einreichen oder einen gepfefferten Leserbrief an die *Helsingin Sanomat* schicken, die größte finnische Tageszeitung, aber so viel Eigensinn kommt dann wohl doch erst mit fünfundsechzig.

Der Abend ist noch sommerlich warm. Papa hatte an seinem letzten großen Tag super Wetter. Dabei mochte er Hitze gar nicht, hat sich immer über sie beschwert. Gut, dass das aus dem Sarg heraus nicht möglich war. Ich ziehe das Jackett aus und werfe es mir über die Schulter – soll man mein verschwitztes Hemd ruhig sehen, mir egal.

Ich rufe Jenna schon zum dritten Mal an. Sie antwortet nicht. Da ich inzwischen ohnehin bei ihr in der Nähe bin, beschließe ich, kurz vorbeizuschauen. Ich möchte sie einfach gern sprechen. Als ich in ihre Straße einbiege, geht gerade ihre Haustür auf, und sie kommt raus. Ich winke ihr zu, aber sie sieht mich nicht. Ein schnittiges Motorrad fährt vor. Jenna steigt auf und schmiegt sich an den muskulösen Rücken eines jungen Typen. Der gibt Gas, und wenige Sekunden später sehe ich die beiden nur noch ganz klein am Ende der Straße. Dann sind sie verschwunden.

Verdammte Scheiße. Das also war Jennas Alternativprogramm zur Beerdigung! Mit offenem Mund stehe ich da. Nach ein paar Minuten totaler Lähmung gebe ich mir einen Ruck und renne bis zu mir nach Hause.

Ich fasse es nicht! Sollte so was nicht längst ausgeschlossen sein? Bis zu welchem Alter dürfen Frauen einfach so auf fremde Motorräder aufsteigen und neue Fakten schaffen? Das müsste doch mit zwanzig aufhören! Jenna ist fast doppelt so alt, sechsunddreißig. Von einer Frau in diesem Alter müsste man erwarten können, dass sie einem ehrlich sagt, was los ist: *Hör mal, so traurig es ist – ich glaube, wir sind zu unterschiedlich und sollten besser getrennte Wege gehen.*

In einem dieser Rom-Com-Filme würde die Hauptfigur jetzt mit dem besten Freund telefonieren. Aber ich will Markus und Nojonen nach der Beerdigung nicht schon wieder behelligen. Außerdem ist das Ganze weder romantisch noch komisch, und ich weiß im Moment wahrhaftig nicht, wie es das je wieder werden soll.

Leider fällt mir außer dem Klassiker Kneipentour keine andere Strategie im Umgang mit dieser herben Enttäuschung ein. Aber allein ist mir das zu einsam. Ich rufe meinen Freund Emil an, den Einzigen, bei dem ich so spontan vielleicht Glück habe.

Sofort weiß ich, dass der Anruf ein Fehler war. Emil ist viel zu begeistert: »Yeah, endlich wieder Miezenkontakt! Los, rauf auf die Piste.«

Welcher Vierzigjährige redet von »Miezen« und »Piste«? Aber es hilft nichts, Emil ist schon unterwegs. Er hat keine Freundin, keine Kinder, die bei ihm leben, und kann jederzeit losziehen.

Gleich beim ersten Bier wird es peinlich. Emil entwickelt eine Theorie, die in meinen Ohren furchtbar unreif klingt. Er zeigt auf die Frauen, die mit uns in der Kneipe sitzen, und erklärt mir, wie die wohl im Bett sind.

»Bevor wir loslegen, müssen wir noch das Revier aufteilen«, beendet er seine Erklärungen.

»Hä?«, frage ich.

»Na, wir dürfen uns gegenseitig nicht die Chancen vermiesen. Klare Aufteilung. Einer nimmt die Schlanken, der andere die Kurvigen, so zum Beispiel. Ich sags dir, das funktioniert großartig.«

Meistens bin ich ziemlich geduldig. Aber an einem Tag, der bereits eine Beerdigung und eine schlimme zwischenmenschliche Niederlage bereithielt, fällt es mir schwer, solchem Blödsinn zuzuhören.

»Das ist doch scheiße, Emil«, sage ich ganz direkt. »Wir sind fast vierzig! Selbst du müsstest verstanden haben, dass es um das Gesamtpaket geht. Du bist doch nicht mit den

Brüsten oder dem Arsch zusammen, das Wichtigste sind gemeinsame Interessen.«

»Ah ja?«, fragt er ironisch.

»Klar, gemeinsame Themen und Hobbys und irgendwann Kinder, so läuft das. Und das weißt du eigentlich ganz genau.«

»Familienleben? Das hat noch keinem gutgetan. Guck dich doch um.«

Emil ist auf dem Niveau eines Zwanzigjährigen stehen geblieben. Oder dorthin zurückgekehrt. Eigentlich ist er dreifacher Vater – mit zwei Frauen. Seine Kinder sieht er selten, er liebt seine Freiheit.

»Für dich sind alle, die Familie haben, dumme Loser.«

»Was denn sonst? Die sind ja praktisch eingesperrt, haben kein eigenes Leben mehr.«

»Was soll denn das eigene Leben bitte sein? Ein Abend wie dieser, abhängen in der Kneipe?«

»Richtig.«

»Bis Anfang dreißig – okay. Aber in unserem Alter wirkt das einfach nur verzweifelt, Emil. Guck dich doch mal an. Dein Hemd sitzt viel zu eng, und du klammerst dich an etwas, das längst vorbei ist. Deine Jugend.«

Ich kippe den Rest meines Bieres runter und stehe auf.

»Willst du etwa schon gehen? Mann, wo ist denn dein Humor geblieben?«, protestiert Emil.

»Den gibts heute nicht. Aber einen letzten Rest Würde, den habe ich noch.«

Asta

Bei den eigenen Kindern weiß man wirklich nie, was kommt. Oder im Grunde doch: stets neuer Ärger. Wie konnte Hanna einfach vorzeitig die Beerdigung verlassen? Und dann auch noch mit solchem Getöse? Alle anderen waren schön ruhig und friedlich. Von mir hat sie das aufbrausende Temperament jedenfalls nicht. Und von ihrem Vater auch nicht. Hat sie bestimmt an der Universität gelernt, derart viel Aufheben von sich zu machen. Und ich darf mich dann für meinen Nachwuchs schämen.

Dabei habe ich nur ein paar Mal nach Kindern gefragt. Wie schön es doch wäre, endlich Großmutter zu werden. Das wird ja wohl erlaubt sein – sich hin und wieder zu erkundigen! Einmischen würde ich mich da nie. Das habe ich schon von *meiner* Mutter gelernt: Bei Kleinigkeiten kann ein wenig Druck nicht schaden, ansonsten lässt man die Kinder besser in Ruhe. Daran habe ich mich gehalten.

Ein paar harmlose Fragen, wie kann man da so wütend werden? Auch meine biologische Uhr tickt. So nennt man das doch. Jetzt könnte ich wunderbar mit anpacken, auf mein Enkelkind aufpassen und kochen. Noch bin ich gesund und habe Kraft. Wer weiß, wie lange das so bleibt. Irgendwann werde ich das Kind nicht mehr auf die Schaukel heben können.

Aber ich sollte an etwas anderes denken, mein Leben ist schwer genug. Trotzdem kriege ich Hannas kindisches Benehmen nicht aus dem Kopf. Nun ja, Mütter und Töchter haben es nicht leicht miteinander. Meine Freundin Teresa sagt, dass Töchter oft ähnliche Wesenszüge haben wie ihre

Mütter und sich deshalb an ihnen reiben. Und dass sich das irgendwann wieder legt. Aber wie soll sich das legen, wenn Hanna mich meidet? Wir sehen uns praktisch nie, die Beerdigung war eine Ausnahme.

Jetzt bloß nicht weinen, mein Maß an Tränen ist langsam voll. Irgendwo gibt es auch da eine Grenze, oder etwa nicht? Als ich bettfertig bin, lege ich mich auf meine Seite. Die von Martti wird ab jetzt leer bleiben. Ob ein neues Bett helfen würde, ein schmaleres? Dann könnte ich auch die Nähmaschine vernünftig aufstellen. Aber für wen soll ich nähen? Enkelkinder sind ja keine in Sicht.

Ich knipse die Nachttischlampe aus. Und dann weine ich doch. Na gut, heute war schließlich die Beerdigung. Da wird das noch erlaubt sein. Es soll keiner sagen, ich hätte um meinen Mann nicht getrauert.

Sami

Fluchend verlasse ich die Kneipe. Die Straßenbahn kurvt gerade an die Haltestelle. Ich renne los und fingere gleichzeitig nach meinem Portemonnaie, in dem das Ticket steckt. Als ich völlig außer Atem die Haltestelle erreiche, fährt die Straßenbahn schon weiter. Auf die nächste zu warten, dauert mir zu lange. Ich beschließe, zu Fuß nach Hause zu gehen.

Am Rand des breiten Bürgersteigs parken mehrere schwere Motorräder in einer Reihe. Sofort fallen mir Jenna und ihr jugendlicher Lover wieder ein. Ich verpasse dem

Motorrad ganz außen einen wütenden Tritt. Es fällt krachend um und reißt vier weitere Maschinen zu Boden. Toller Dominoeffekt, und richtig laut.

Leider hören das auch die bulligen Kerle im Biergarten gegenüber. Obwohl die fünf zusammen bestimmt an die sechshundert Kilo auf die Waage bringen, springen sie erstaunlich schnell hoch und rennen auf mich zu.

»Dich kriegen wir!«

»Das ist dein Ende!«

»Bleib stehen, du Wichser!«

Natürlich bleibe ich nicht stehen, wie der Blitz renne ich los. Leider fällt mir beim Sprinten das Portemonnaie aus der Hosentasche. Es wieder aufzuheben würde bedeuten, meinen Vorsprung einzubüßen. Ich lasse es liegen. Noch nie bin ich so hektisch durch Punavuori gerast, ein eigentlich gediegener Innenstadtbezirk. Der Abstand zu meinen Verfolgern wird größer, aber noch höre ich sie hecheln und rufen.

»Gib auf! Wir finden dich sowieso!«

»Feige Sau!«

Ich bin lieber eine feige Sau als todesmutig. Und zum Glück sind die Motorradtypen unsportlich. Nach ein paar Abbiegungen habe ich sie abgeschüttelt. Passenderweise steht dort ein freies Taxi – spontan steige ich ein und lasse mich erschöpft auf den Rücksitz sinken. Ich nenne meine Adresse und stelle fest, dass wir gleich an der Iso Robertinkatu sind, der lebhaften Ausgehstraße. Ich habe Schwein gehabt mit dem freien Taxi.

Erst mal bin ich in Sicherheit. Aber die Kerle haben meinen Ausweis, meine Visitenkarte, die EC- und Kreditkarte. Gleich wissen sie, dass ich Logistiker bei AnchorOil bin und eine Mastercard und eine Bibliothekskarte nutze. Und eine Bonuskarte. Ich schätze, ich werde sehr bald von ihnen hören.

Mein Telefon klingelt. Das steckt wenigstens noch in meiner Tasche. Es ist Jenna. Ich gehe ran.

»Hallo«, sage ich, betont neutral.

»Hallo, Sami. Ich wollte mal fragen, wie es dir nach dem langen Tag geht. Wie war die Beerdigung?«

»So weit ganz okay.«

»Wow, du bist tapfer. Und wie hat deine Mutter sich gehalten?«

Was soll die Show? Wieso tut sie so einfühlsam?

»Die wird das schon schaffen. Und, Jenna, was läuft bei dir? Ich habe versucht, dich anzurufen.«

»Ja, habe ich eben erst gesehen. Ich hab das Klingeln nicht gehört. Mein großer Bruder ist mit seinem Motorrad zu einer spontanen Spritztour vorbeigekommen. Hach, das war richtig toll, ein Gefühl wie früher als Teenie.«

Großer Bruder, haha. »Schön für dich. Du, ich kann grad nicht sprechen, lass uns später telefonieren.« Ich lege auf.

Wie hat der Pastor es noch mal ausgedrückt?

»An Tagen wie diesem sind starke Gefühle mit an Bord.« Das mit den Motorrädern hätte ich mir dennoch sparen sollen.

Immerhin kann ich im Taxi mit der MobilePay-App zahlen.

In meiner Wohnung gehe ich direkt ins Bad und dann ins Bett. Bloß schnell schlafen. Doch daraus wird nichts, das Handy klingelt.

»Hallo?«

»Du Riesenarsch, wir killen dich!«

Ich lege auf. Es klingelt sofort wieder. Ich schalte das Handy lautlos. Vermutlich finden sie meine Adresse schnell raus; ich stehe im Online-Telefonbuch. Meinen Nachnamen gibt es in Helsinki zwar ein paar Mal, aber das wird die Biker nicht lange aufhalten.

Besser, ich gehe erst mal zu Markus. Er ist ein enger Freund, da wird er mir eine Notlüge schon verzeihen. Er hat so viel Stress, dass ich ihm meinen eigenen Mist nicht aufdrücken kann.

Nach dem zehnten Klingeln geht Markus endlich ran.

»Puh, ich habe grad erst die Mädels ins Bett gekriegt«, flüstert er.

»Du, ich komm gleich zur Sache: Könnte ich heute bei euch übernachten? Ich hab einen Wasserschaden …«

»Klar, aber mit Ruhe am Morgen ist hier nichts. Die Kleine wacht um sechs auf.«

»Ist egal. Danke, ich bin gleich bei euch.«

Ich packe im Dunkeln ein paar frische Klamotten, meine Zahnbürste und meinen Laptop ein. Vorsichtig spähe ich vorn aus dem Küchenfenster. Habe ich's doch geahnt – die Motorradtypen stehen schon draußen am Tor und glotzen durchs Gitter in den Hof.

Ohne im Treppenhaus Licht anzumachen, gehe ich nach unten. Ich nehme den Hinterausgang, steige über den Zaun aufs Nachbargrundstück, schleiche mich um das Haus und auf die Querstraße. Die Typen stehen noch immer in meiner Straße am Tor und kriegen nichts mit. Wieder habe ich Glück und entdecke ein Taxi.

»In die Museokatu, bitte.«

Auf meinem Handy kommen im Minutentakt Drohnachrichten an. Ich weiß, ich sollte das ignorieren, aber ich schaue sie mir trotzdem an.

Komm endlich raus, dann klären wir das face to face! Deine allerletzte Chance! Sonst drehen wir dir den Hals um, kapiert?

Großartige letzte Chance. Viel zu riskant.

Als Markus mir aufmacht, setze ich mein normalstes Gesicht auf. Er soll bloß nicht merken, dass was nicht stimmt. Ich will ihn nicht in meinen Schlamassel reinziehen.

Nojonen

Normalerweise wäre mein Vater zur Beerdigung gekommen. Er und Martti waren Freunde. Er hatte sich die Möglichkeit auch bis zum Schluss offengehalten, aber am Morgen fühlte er sich so schwach, dass an Anziehen und Rausgehen nicht zu denken war.

Ich glaube allerdings, er hat seine Beschwerden schlimmer dargestellt, als sie es waren. Mein Vater will sich nicht als abgemagertes Schreckgespenst zeigen. Er gehört zu der Generation Mann, für die körperliche und mentale Stärke das Allerwichtigste sind. Bis zu seiner Erkrankung hatte er damit auch nie Probleme.

Auch meine Mutter war bis heute früh noch am Überlegen. Aber dann bekam sie eine Migräneattacke und konnte nicht aus dem Haus.

Meinem Vater geht es mal so, mal so. In besseren Phasen kommt er gut durch den Tag, schafft es bis zum Supermarkt um die Ecke und bereitet sich Hackbraten zu. In schlechteren Phasen ist er ohne meine Hilfe komplett aufgeschmissen. Eigentlich müsste er da sogar ins Krankenhaus. Aber davon will er nichts wissen.

»Krankenhäuser sind für Kranke. Ich bin nicht krank.«

Ist seine Entscheidung. Und für einen Todkranken hat er tatsächlich überraschend gute Tage. Aber das ändert nichts daran, dass er schwer krebskrank ist. Deshalb interessiert sich mein Vater wohl auch so für die Beerdigung.

»War es eine gute Trauerfeier?«

»Was verstehst du unter gut?«

»Na, dass alles reibungslos lief. Ob der Leichenwagen eine vernünftige Federung hatte, zum Beispiel.«

»Auf so was hab ich nicht geachtet.«

»Du merkst auch gar nichts. Genau wie deine Mutter.«

»Alles klar.«

»Aber wäre doch sehr ärgerlich, oder nicht?«

»Was jetzt?«

»Wenn der Tote auf seinem letzten Weg durchgeschüttelt wird. Das geht doch nicht. Das Leben ist steinig genug, da muss wenigstens das letzte Stückchen glatt laufen.«

»Ich glaube nicht, dass das noch einen Unterschied macht.«

»Jetzt spiel dich hier mal nicht so auf. Was weißt du denn schon von diesen Dingen? Hast du überhaupt schon über *meine* Beerdigung nachgedacht?«

»Das mache ich, wenn's so weit ist, okay?«

»Ich bin jederzeit bereit zu gehen. Und dann bitte keine große Feier. Das passt nicht zu mir. Sterben muss ich sowieso allein. Martti hat es gut gehabt, Asta ist bis zum Schluss an seiner Seite geblieben.«

Was soll ich dazu sagen?

Nichts. Einfach nichts.

In meiner Kindheit hieß es immer, ich würde meinem Vater so ähnlich sehen. Sogar den gleichen Arsch hätten wir, fand die engere Verwandtschaft. Ich versuche, mir seine Poritze nicht so genau anzugucken, was gar nicht einfach ist, wenn man den Lendenwirbelbereich eincremt. Ohne regelmäßiges Eincremen bekommt mein Vater dort heftigen Juckreiz, soll typisch sein bei Krebs.

Ich wasche mir die pappige Creme von den Händen, gehe zurück zu meinem Vater und decke ihn zu. Da klingelt mein Telefon. Es ist meine Mutter.

»Ist *sie* das etwa?«, fragt mein Vater misstrauisch.

»Jep.«

»Sag ihr, sie hat mein Leben zerstört.«

»Ich werds ihr *nicht* sagen, und das stimmt so auch nicht.«

Meine Mutter war zwar diejenige, die gegangen ist, aber andere Frauen hätten das schon viel früher getan. Es war goldrichtig. Ich gehe ran.

»Hallo, Mama.«

»Hallo. Sag mal, hast du meinen Haustürschlüssel mitgenommen?«

»Nein, wieso?«

»Ich finde ihn nirgends und komme nicht rein.«

»Mist. Du stehst vor der Haustür?«

»Ja.«

»Ich bin gleich bei dir. Warte doch nebenan in dem kleinen Café, ja? Bis gleich.«

Mein Vater will wissen, was los ist.

»Nichts, Papa. Isst du auch regelmäßig was?«

»Ich könnte immerzu, aber ich habe keine Frau, die mir Essen macht«, meckert er.

»Du bist alt genug, dir dein Essen selbst zu machen.« Ich checke noch schnell seinen Kühlschrank und werfe ein paar verdorbene Sachen weg. »Wo ist die Box für den Biomüll, Papa?«, rufe ich zu ihm rüber.

»Ich dachte, die *ist* der Biomüll! Ich habe sie weggeworfen.«

»Egal. Schon gut.«

Einem Todkranken muss man keine Mülltrennung mehr beibringen. Im Himmel gibt es keinen Müll, und die Hölle ist sowieso ein einziger Verbrennungsofen. Ich mache meinem Vater schnell ein paar übrig gebliebene Salzkartoffeln mit Soße in der Mikrowelle warm und schneide Gurkenscheiben dazu. Er wird sie liegen lassen, aber dann habe ich's wenigstens probiert. Essiggurken würde er nehmen, doch bis auf die Flüssigkeit ist das Glas leer.

»Papa, hier, was Warmes. Ich muss los. Mama hat ihren Schlüssel verbummelt.«

»So war sie schon immer. Schusselig, und obendrein faul. Und außerdem –«

»Jaja, das habe ich alles schon tausend Mal gehört«, unterbreche ich ihn.

»Aber sie ist schuld, dass ich Krebs habe.«

»Ach ja? Hat sie dich angesteckt?«

»Sie hat mich verlassen!«

»Du hast selbst gehört, was der Arzt gesagt hat. Krebs ist *keine* direkte Reaktion auf äußere Ereignisse. Allerdings kann Verbitterung den Krebs verschlimmern. Du musst endlich mal akzeptieren, dass ihr nicht mehr zusammenlebt. Du bist Single, Papa. Es gibt sehr dynamische Singles, auch im Alter. Und du bist jetzt eben so dynamisch, wie du es vom Bett aus sein kannst.«

Das war nicht besonders nett. Aber ich wäre echt froh, wenn mein Vater mal auf *mich* sauer wäre statt auf meine Mutter. Doch egal, wie blöd ich daherrede – mein Vater beschimpft immer nur sie. Mich sieht er als seinen netten Sohn und würdigen Erben. Ich soll sein Lebenswerk weiterführen: Nojonens Autowerkstatt.

Dabei interessiere ich mich einen Dreck für Autos, geschweige denn für deren Reparatur. Die IT-Branche passt viel besser zu mir. Und Dinge auf Teufel komm raus weiterzumachen, finde ich falsch. Andererseits ist es Luxus, so was einfach zu erben. Etwas, das gut läuft und das ich gegebenenfalls an jemand anderen weitergeben kann.

Ich verabschiede mich betont freundlich, weil ich weiß, dass ihm überzogene Freundlichkeit zuwider ist. »Tschüss, Papi. Wir sehen uns morgen, ich wünsche dir bis dahin eine gute Zeit!«

Seine Reaktion besteht in neuen Flüchen auf meine Mutter und ihren miesen Charakter. Erleichtert mache ich die Wohnungstür hinter mir zu und jogge rüber zu meiner Mutter.

Sie hat mir zwar nicht die Form ihres Hinterns vererbt, dafür aber ihr Misstrauen gegenüber allem Neuen. Ich finde, mental sind meine Eltern sich relativ ähnlich. Meine Mutter hat halt keinen Krebs gekriegt, das ist der Hauptunterschied. Ich denke, ihre Ähnlichkeit hat sie in gewisser Weise zusammengehalten. Bis sie es irgendwann doch nicht mehr miteinander aushielten. Aber für mich haben sie so lange wie möglich versucht, die Familie aufrechtzuerhalten. Ich sollte ein sicheres Umfeld haben. Auch als Erwachsener.

Wenn ich ehrlich bin, mache ich mir um meine Mutter mehr Sorgen als um meinen Vater. In letzter Zeit vergisst sie dauernd was, und ihre Konzentration ist schnell erschöpft. Wenn ich ihr etwas erzähle, hört sie kaum zu.

Meine Mutter war immer so ein bisschen der Typ Künstlerin, allerdings ohne wirklich künstlerisch zu arbeiten. Dazu fehlen ihr das Talent und die Sensibilität. Dafür sind das Spontane und leicht Chaotische stark ausgeprägt. Ein bisschen sonderlich ist sie auch. Und das hat seit einiger Zeit deutlich zugenommen, irgendwie andere Dimensionen gekriegt. Ich rede mir seit Monaten ein, dass das eben ihre Persönlichkeit ist. Aber inzwischen merke ich, dass sich nicht alles auf die Persönlichkeit schieben lässt. Irgendwann ist Schluss.

Heute geht es also einmal mehr aus dem Schlechte-Laune-Shitstorm meines Vaters direkt ins Chaos meiner Mutter.

Ich hole sie vom Café ab. Vor der Haustür findet sie den Schlüssel in ihrer Jackentasche.

Als wir in der Wohnung stehen, schlägt sie der Länge nach auf den Boden. Erschrocken rappelt sie sich wieder auf und schleppt sich in die Küche. »Mein Bein ist plötzlich taub«, sagt sie.

»Ich rufe sofort den Krankenwagen.«

»So ein Quatsch! Doch nicht wegen *mir*.«

Manchmal ist es das Beste, nicht auf die Menschen zu hören, die man liebt. Der Notarzt ist in zehn Minuten da. Puls fühlen, Blutdruck messen, EKG. Noch ist nicht klar, was meine Mutter hat, sie nehmen sie mit ins Krankenhaus.

Ich warte auf dem Flur, während die Ärztin meine Mutter untersucht. Nach einer endlos langen Zeit kommt sie zu mir. Ihr Gesichtsausdruck ist mindestens so ernst wie meiner.

»Ihre Mutter hatte leider einen Schlaganfall.«

Sami

Ich schlafe schlecht und wache viel zu früh auf. Mein Handy liegt auf dem Fußboden von Markus' kleinem Gästezimmer. Ich schaue gewohnheitsmäßig drauf, dabei ahne ich schon, was mich erwartet. Haufenweise Anrufe und Drohungen. Sogar auf Facebook gab es eine Freundschaftsanfrage von ihnen. Irgendwie hatte ich ein bisschen gehofft, sie würden irgendwann aufgeben. Aber hundertsiebzehn verpasste Anrufe und fünfundsechzig Drohbotschaften deuten nicht gerade darauf hin. Im Gegenteil.

Markus' Jüngste wacht um halb sieben auf. Weil ich sowieso nicht mehr schlafen kann, stehe ich mit ihr auf und schaue mit ihr das Kinderprogramm im Fernsehen; dann kann Markus mal ein bisschen ausschlafen. Nebenbei plaudere ich mit ihr.

»Guck mal, Ada, das Knetgummimädchen im Film heißt Edith. Kennst du noch jemanden, die so heißt?«

»Ja, bei uns in der Kita.«

»Deine Erzieherin? Der Name klingt etwas altmodisch.«

»Nein, es ist ein Mädchen, das noch kleiner ist als ich. Meine Erzieherin heißt Milla.«

»Aha. Interessant. Du, was willst du eigentlich zum Frühstück?«

»Haferflocken mit Milch. Mein Teller ist der bunte mit der Kleinen Mü von den Mumins. Wasser trinke ich aber schon aus einem ganz normalen Becher. Und dann kriege ich noch sechs Weintrauben, halbiert.«

»Soso, du weißt ja bestens Bescheid. Und hast du dann sechs oder zwölf Weintraubenhälften auf deinem Teller?«

»Zwölf. Du kriegst eine Hälfte ab. Zehn esse ich.«

»Du meinst wohl, elf.«

»Nein, zehn.«

»Und was passiert mit der elften Hälfte?«

»Die geht noch mal ins Bett.«

Klare Anweisungen. Ich mache ihr das Frühstück zurecht und schmiere mir ein Brot. Nach und nach werden auch die anderen wach und kommen träge in die Küche geschlurft. Sonntags kann man es ruhig angehen lassen. Ich fühle mich richtig wohl. Markus' Große checkt ihr Handy, die zwei anderen Töchter spielen miteinander. Markus und ich teilen uns die Sonntagszeitung.

»Ist der Schaden im Badezimmer?«, fragt Markus und schaut mich an.

»Äh, was?«

»Na, der Wasserschaden.«

»Ach so, der. Nein, in der Küche. Der Boden ist ziemlich hin.« Es ist ekelhaft, zu lügen, aber ich will nur sein Bestes. Markus wird es verstehen, und später werden wir darüber lachen können. Momentan ist mir nicht zum Lachen zumute. Nicht mal zum Lächeln.

Am Montag muss ich raus zur Arbeit, da hilft nichts. Wir haben ein wichtiges Meeting, bei dem man ohne triftigen Grund nicht fehlen darf. Akute Todesangst ist meiner Ansicht nach durchaus ein triftiger Grund, aber damit kann ich meinem Chef schlecht kommen. Dabei enthalten die Handynachrichten unverhohlene Drohungen und die unmissverständliche Warnung davor, zur Polizei zu gehen.

Die Firma befindet sich in der Nähe des Hauptbahnhofs. Die letzten zweihundert Meter ziehe ich den Kopf ein und gehe möglichst dicht hinter anderen Leuten her. Ein paar Mal schaue ich mich unauffällig um – keine Motorradtypen. Schwein gehabt. Das Firmengelände wird bewacht, dort dürfte mir nichts passieren. Auf dem Flur steht ein breites Sofa. Vielleicht sollte ich dort übernachten?

Wie immer gibt es auch heute vor dem Eingang ein paar Störenfriede: Demonstranten, die gegen die Aktivitäten meines Arbeitgebers protestieren. AnchorOil macht Ölbohrungen in Alaska, und zwar leider in ökologisch besonders sensiblen Gebieten – woran auch immer die Naturschützer das festmachen. Ich wüsste jedenfalls nicht zu sagen, welche Gebiete ökologisch besonders sensibel sind.

Neben meiner Kinderlosigkeit nervt mich auch die Arbeit zunehmend. Mein Job ist mir peinlich. Andererseits habe ich nette Kollegen und viel Geld auf dem Konto. Und der umweltpolitische Druck von außen bewegt auch innerhalb der Firma was, allerdings eher langsam.

In privaten Gesprächen huste ich absichtlich, wenn ich meinen Arbeitgeber nenne, und nuschele schnell ein paar Gemeinplätze. Dann rede ich deutlicher und gebe die freundlichen Floskeln wieder, die mein Chef bei öffentlichen Anlässen bemüht.

Klar hatte ich mir das anders vorgestellt. Ich habe ja nicht studiert, um später in Alaska die Natur zu zerstören. Außerdem gab es so perfide Studiengänge in den Neunzigern noch gar nicht. Heute kann man sich an den Unis alle möglichen kaputten Kommunikationsstrategien aneignen, man muss ja inzwischen breit aufgestellt sein.

Ich habe nie ein bestimmtes Karriereziel verfolgt. AnchorOil hatte zufällig einen Sommerjob ausgeschrieben, als ich in den Semesterferien Geld verdienen wollte, und ich habe mich dort wohlgefühlt und meine Aufgaben anscheinend gut erledigt. Und plötzlich war ich Stratege in der Logistik. Eine formale Ausbildung dafür hatte ich nicht, aber was macht das schon? Die hat man auch für Partnerschaft, Kinderkriegen und den Umgang mit Emotionen nicht, und trotzdem sind eine Menge Leute auf diesen Gebieten erfolgreich.

Ich checke weltweit den Ölpreis und bin für die Belieferung des finnischen und gesamtskandinavischen Marktes verantwortlich. Immer schön voll die Pumpen, dann stimmts. Mein Traumjob ist das nicht, logisch. Gerade deshalb finde ich es unfair, dass ich mich morgens durch diese Demonstranten zwängen und mich als Umweltzerstörer beschimpfen lassen muss. Manche rufen auch »Mörder« oder »Egoist«. Ich finde das höchst unangebracht. »Träger Sack« oder »Loser« würden schon eher passen.

Durch die Drehtür betrete ich das Foyer. Der Wachmann grüßt mich freundlich und sagt: »Noch kein Besuch für Sie heute.«

Also noch kein Gruß von meinen Motorradfeinden. Puh.

Am nächsten Morgen habe ich weniger Glück. Ich erkenne die Biker schon von Weitem, sie haben einfach einen anderen Körperumfang als die Klimafreunde.

Ich mache kehrt und gehe schnurstracks zurück zu Markus' Wohnung. Kaum bin ich drinnen, ruft mein Chef an.

»Guten Morgen, Sami, Jukka hier.«

»Hallo, ich hätte dich auch gleich angerufen. Ich arbeite heute im Homeoffice, ist das okay?«

»Geht in Ordnung. Aber sag mal, kann es sein, dass du wegen dieser Prolls da draußen zu Hause bleiben willst?«

»Was für Prolls?«

»Motorradkerle. Die fragen nach dir. Und wirken nicht gerade tiefenentspannt.«

»Merkwürdig.«

»Im Ernst, Sami, soll ich vielleicht die Polizei rufen?«

»Auf gar keinen Fall!« Ich atme durch und versuche, ruhiger zu klingen. »Ich meine, nein, das ist nicht nötig. Ist keine große Sache.«

»Sieht aber anders aus. Und jetzt lärmen da neben den Ökos auch noch die Biker rum. Das macht keinen guten Eindruck. Wir empfangen heute wichtige Partner.«

»Ja, sorry, ist ein bisschen blöd.«

»Bist du sicher, dass sich das bald erledigt hat? Wenn nicht, müssen wir die Polizei einschalten.«

»Doch, doch, das wird schon. Mach dir keine Sorgen, Jukka. Und bitte ruf nicht die Polizei, versprochen?«

Statt sich festnageln zu lassen, legt mein Chef auf.

Himmel, ist das anstrengend. Ruhig zu klingen, während der Magen sich umdreht.

Als Markus am späten Nachmittag mit seinen Mädchen nach Hause kommt, muss ich meinen Schummelkurs weiterfahren. Markus wundert sich, wieso ich mich nicht bei meiner Mutter einquartiere.

»Hier hast du doch ständig den Kinderlärm. Ich will dich auf keinen Fall rausschmeißen, für mich ist es toll, dass zur Abwechslung mal wieder ein anderer Erwachsener hier ist, aber bei deiner Mutter würde es sicher entspannter zugehen.«

»Ach, die braucht ihre Ruhe nach der Beerdigung.«

Unglückliche Antwort. So gut kennt Markus meine

Mutter dann doch – er weiß, dass sie mich nur zu gern beherbergen würde.

Aber Markus akzeptiert meine Erklärung. Vielleicht freut er sich einfach, dass ich mich bei ihm als Haushaltshilfe engagiere. Im Homeoffice braucht man ein bisschen Abwechslung. Und fürs heutige Abendessen habe ich einen Nudelauflauf vorbereitet, der schon lecker duftet. Die Mädchen dürfen noch ein bisschen fernsehen, dann versammeln wir uns um den Esstisch.

Wieder fühle ich mich richtig wohl. Natürlich sind wir keine echte Familie. Aber wenn wir eine wären, lägen wir im Trend. Drei hübsche Töchter und zwei Väter, die sowohl Haare flechten als auch renovieren können. Zumindest Markus kann beides.

Ich bewundere meinen Kumpel. Und ein bisschen neidisch bin ich auch.

Hanna

Ich weiß gar nicht richtig, wieso, aber in letzter Zeit lese ich immer öfter diesen Lifestyleblog, ja, flüchte mich geradezu in ihn. Er heißt *Quality Time*. Zu Anfang haben mich nur die Einrichtungstipps interessiert, weil Jonas und ich gerade am Renovieren waren. Jetzt lese ich auch die anderen Posts, zum Beispiel diesen hier:

Glücklichsein

Kennt ihr das Gefühl, in eine Abwärtsspirale zu geraten? Also ich bin gerade in einer Aufwärtsspirale! Gleich beim Aufwachen hatte ich wieder dieses Gefühl, dass ich platzen könnte vor Freude. Fast schäme ich mich dafür. Darf man es laut sagen, dass das eigene Leben perfekt ist?

Wenn ich drei Wünsche frei hätte, wüsste ich nicht, was ich mit ihnen anfangen soll. Ich habe schon alles: ein schönes Zuhause, einen wunderbaren Mann, tolle, gesunde Kinder, interessante Hobbys, gute Freunde. Alles, was man sich nur wünschen kann!

Das war anders, als ich noch keine Kinder hatte. Bevor ich Mutter wurde, erfüllte mich regelmäßig diese unbestimmte Sehnsucht. Das Gras schien immer grüner auf der anderen Seite. Meine Kinder haben diese quälende Sehnsucht gestillt. Ich lebe in Harmonie, es fehlt an nichts.

Mein Mann und meine Kinder bringen mir all die Liebe entgegen, die ich brauche, und noch viel mehr. Ich habe ein Netz aus Freunden und Helfern. Und dank der Unterstützung meiner Freunde können mein Mann und ich demnächst einen Kurztrip nach Paris machen, nur wir zwei. Das wird romantisch!

Das Handyklingeln unterbricht mich. Es ist meine Mutter. Sie hat es schon fünfzehn Mal versucht – bislang bin ich eisern geblieben. Ich habe nicht das geringste Interesse, mit ihr zu sprechen. Aber sie wird nicht aufgeben, also bringe ich es hinter mich.

»Hanna.« Ich melde mich möglichst ausdruckslos.

»Endlich gehst du ran, hier ist Mama. Ich wollte hören, ob bei dir alles in Ordnung ist.«

»Ich will nicht mit dir reden.«

»Ich könnte dir doch wenigstens was zu essen vorbeibringen. Von der Beerdigung ist ziemlich viel übrig geblieben.«

»Bitte nicht. Wir haben hier genug.«

»Ich muss es sonst wegwerfen.«

»Na und? Mama, ich habe jetzt keine Kraft zu reden.«

»Fühlst du dich etwa krank? Nimm Zink, das hilft.«

»Ich brauche kein Zink, und ich bin auch nicht krank. Ich will einfach nur meine Ruhe!«

»Jetzt werd doch nicht gleich wieder laut! Warum wirst du immer gleich so böse, Hanna. Ich will doch nur wissen, wann ich endlich Oma werde.«

»Mama, es reicht. Ich lege jetzt auf. Und ruf nicht wieder an!«

Um sich wie ein Teenager zu benehmen, muss man kein Teenager sein. Eigentlich bin ich eine intelligente, gebildete erwachsene Frau. Ich bin Akademikerin, mein Denken basiert auf einem wissenschaftlichen Weltbild. Aber die Kinderlosigkeit hat mich weit zurückkatapultiert. Aus der Akademikerin ist eine naive Esoterikerin geworden. Ständig google ich nach neuen zweifelhaften Tipps zur Steigerung der Fruchtbarkeit. Schwanger zu werden ist mein neuer Fulltimejob. Unser Sex ist schon lange nicht mehr schön, geschweige denn romantisch. Jonas flüchtet sich immer öfter vors Fernsehen, wo er neuerdings eine selten dumme Auktionssendung schaut, oder er fängt an zu putzen. Neulich wollte er über das Thema Darmspülung reden. Dann lief im Bett gar nichts mehr.

Eigentlich ist sonnenklar, was ich aktiv zum Schwangerwerden beitragen kann: gesund essen, wenig Alkohol, gut schlafen und Stress meiden.

Der letzte Punkt ist am schwierigsten. Denn nichts stresst

so sehr, wie Stress zu meiden. Mich macht das wahnsinnig. Aber auch die anderen Dinge sind hart. Wenn man schon wieder pünktlich seine Tage bekommt, tröstet man sich doch am liebsten mit Alkohol und Schokolade. Und wer kann schon gut schlafen, wenn man Sorgen hat? Tagsüber ist man dann wiederum zu müde für Sport. Und schon steigt der Stresspegel.

Einer von den tausend Tipps aus dem Internet lautete mehrere Tage Enthaltsamkeit für den Mann, bevor der entscheidende Akt stattfindet. Wir haben es mehrmals probiert, ohne Erfolg. Ein anderer Ratschlag war: gleichzeitiger Orgasmus, oder die Frau ein bisschen eher. Was für eine bescheuerte Idee. Wann in der Weltgeschichte ist die Frau bitte jemals früher zum Zug gekommen? Ob beim Wahlrecht oder sonst wo, nie war die Frau vor dem Mann dran.

»Starke Erregtheit und eine entspannte Atmosphäre unterstützen die Einnistung einer befruchteten Eizelle maßgeblich.«

Fantastisch, ich bin wirklich total erregt, wenn ich Sex nach dem Kalender haben muss. Ich hätte nie gedacht, dass meine Excel-Kenntnisse aus der Studienzeit später in Fruchtbarkeitstabellen Anwendung finden würden.

Als Studentin war ich Fan der finnischen Popgruppe Ultra Bra. Einen ihrer großen Hits haben Jonas und ich auf allen Partys laut mitgesungen. Der Text feiert die kleinen Momente: Skilaufen auf dem zugefrorenen Meer, Straßenbahnfahren im Morgennebel, Durchatmen vor dem Kölner Dom oder auf einem einsamen Steg in Lappland. Damals dachte ich, wenn man genug solche Momente erlebt, ist man glücklich. Und ich habe solche Dinge wirklich oft gemacht. Ich bin viel gereist, hatte Zeit und war frei. Heute müsste ich das Lied umschreiben:

Ich trinke Grapefruitsaft vor dem Eisprung und ein Glas Rotwein danach.
Ich mache nach dem Sex einen Kopfstand.
Ich gehe zur Akupunktur und zur Fußreflexzonenmassage und schlucke teure amerikanische Kräutertabletten aus dem Internet.
Ich esse Sahneeis, aber auch Nüsse, und lebe meistens so gesund wie möglich.
Ich probiers mit Folsäure und Matcha-Pulver.
Ich habe meinem Mann größere Boxershorts gekauft, damit seine Spermien nicht zu warm und träge werden.
Ich habe meine Gelbkörperhormonwerte checken lassen.
Ich habe meinen Vaginalschleim mit den Fingern untersucht.
Ich schlucke ein Vitaminpräparat, Nachtkerzenöl und ja, Zink.

Ich bin längst ein Wrack. Früher hätte ich mich über all das schlappgelacht. Aber seit ich unbedingt ein Kind will, glaube ich die peinlichsten Theorien und muss alles ausprobieren. Manche Frauen werden schwanger, wenn sie während des Eisprungs in einer bestimmten Yoga-Position Adele hören. So was kann ich leider nicht unversucht lassen.

Hör auf, darüber nachzudenken, und vergiss das Ganze mal für eine Weile! Wie soll das gehen, wenn man nichts dringender will als ein Kind? Das ist in etwa so, als würde man jemandem, der im Kugelhagel sitzt, sagen, er soll nicht dran denken, dass er sterben könnte.

Manchmal meldet sich eine leise Stimme – die Wissenschaftlerin, die es immer noch irgendwo in mir zu geben scheint. Sie flüstert: »Die Chancen auf eine Schwangerschaft betragen in jedem Zyklus etwa zwanzig Prozent.« Als Fünfunddreißigjährige sind sie bei mir sogar schon gesunken. Ich kämpfe also immer wieder aufs Neue gegen, sagen wir, neunzig Prozent an. Es ist viel wahrscheinlicher, dass ich kinderlos bleibe.

Ein ziemlich aussichtsloser Kampf. Und ich fühle mich allein.

Sami

Ich hänge nun schon eine Weile bei Markus rum und mache Homeoffice. Mit jedem Tag wird mir klarer, wie gut ich mich fürs Familienleben eigne. Markus entschuldigt sich täglich neu für das Chaos, aber ich wehre jedes Mal ab – gerade das Chaos liebe ich. Dafür sind Kinder da.

Anders ist das bei Frauen, da kann ich unnötigen Wirbel nicht gebrauchen. Deshalb habe ich versucht, möglichst wenig an Jenna zu denken. Außerdem habe ich keine Lust, noch mehr Leuten meine Lügen aufzutischen. Aber jetzt ruft sie mich an. Zum ersten Mal seit dem Tag der Beerdigung. Ich gehe ran.

»Hallo Sami. Du, ich denke, wir sollten mal reden.«

»Jetzt gleich am Telefon?«

»Vielleicht lieber bei dir? Soll ich vorbeikommen?«

»Äh, hier … ist es ein bisschen unaufgeräumt. Ich hatte einen Wasserschaden.«

Es ist am schlauesten, immer dieselbe Notlüge zu benutzen. Dann muss ich mich nicht an verschiedene Versionen erinnern. Von der Bedrohung durch die Motorradtypen werde ich auch Jenna nichts erzählen. Es wird sowieso um etwas anderes gehen. Ich weiß, was sie mir sagen will. *Wir sollten eine Pause einlegen. Etwas Abstand wird uns guttun.* Mindestens das.

»Okay. Kommst du zu mir?«, fragt sie.

»Ja, bin gleich da.«

Auf der Straße höre ich prompt ein Motorradgeräusch und zucke zusammen. Ich drücke mich in die nächstbeste Hofeinfahrt. Dann sehe ich, dass es nur ein Teenager mit seinem Mofa war.

Haben die Typen es vielleicht aufgegeben, mich zu finden? Nachrichten kriege ich auch kaum noch. Selbst Motorradmänner müssen ja ein Leben haben, mit Jobs und anderen Verpflichtungen.

Ich drücke auf die Klingel. Jenna macht die Tür auf, sie trägt einen Sweater und Leggings und umarmt mich fest. Ihre Körpersprache verrät mir, dass es eine Abschiedsumarmung ist. »Du bist der beste Kerl auf der ganzen Welt, Sami.«

»Kerl«. Nicht einmal »Mann«. Verliebte Frauen betrachten einen als Mann und würden einen auch so bezeichnen.

»Aber irgendwie fühlt sich alles so gezwungen an. Du bist dauernd angespannt. Du hast mir gleich bei unserem ersten Date das Gefühl gegeben, dass es unbedingt klappen muss mit uns. Und gerade deshalb klappt es nicht. Und in letzter Zeit warst du irgendwie total fahrig. Auch wenn wir kaum Kontakt hatten, ich habs trotzdem gemerkt. Entspann dich doch mal, Sami.«

»Wie soll ich mich in meinem Alter entspannen?« Dazu

kommt noch die Motorradgang, was ich tunlichst verschweige. »Es ist halt eine Menge los bei mir.«

»Ich meine nicht die Beerdigung und so. Es hat von Anfang an nicht gestimmt. Ich habe mir sehr gewünscht, dass das mit uns klappt, aber es funktioniert einfach nicht. Ich schätze, wir wollen im Grunde dasselbe, aber du greifst den Dingen immer viel zu weit voraus. Wenn ich aus Spaß nach Wohnungen gucke, überlegst du schon, wie viel Platz wir für Kinder brauchen.«

So ein Quatsch. Das ist keine Anspannung oder übertriebene Eile. Ich bin einfach offener als die meisten. Ich will keine Spielchen spielen und den schwer erreichbaren Liebhaber mimen. Wenn ich eine Frau mag, dann zeige ich das. Und was ich mir für die Zukunft wünsche, äußere ich ebenfalls. Na ja, der starke Kinderwunsch macht mich vielleicht etwas übereifrig – aber ich möchte eine Beziehung eben schnell fix machen. Kinder brauchen ein sicheres Zuhause.

An die Kennenlernstrategie von früher erinnere ich mich durchaus: bloß nicht zu bemüht wirken, lieber unnahbar und geheimnisvoll tun. Aber so bin ich nicht. Wieso drei Tage mit dem Anruf warten, wenn man sofort anrufen kann? Was soll ich drum herumquatschen?

Früher hatten die größten Arschlöcher den größten Erfolg bei Frauen. Ich dagegen bekam immer wieder folgenden Satz zu hören: »Sami, du bist ein toller Typ, aber ich glaube, wir sollten einfach nur Freunde sein.« Die Männer, die Frauen reihenweise schlecht behandelten und verließen, schienen dadurch nur interessanter zu werden. Wahrscheinlich wäre ich heute glücklich verheiratet, wenn ich früher das Arschloch gegeben hätte. Einfach die erste Freundin so richtig mies behandeln, schon stehen die Anwärterinnen Schlange.

Aber gut. Auch ich habe gespürt, dass es mit Jenna nicht klappt. Eine Trennung ist klüger, ganz klar. Trotzdem tut es jedes Mal unglaublich weh, wenn aus der gemeinsamen Zukunft Vergangenheit wird.

Wir reden dies und das, ein bisschen Small Talk. Nicht lange, dann fallen die gefürchteten Worte: »Sami, wirklich, du bist einfach toll, aber ich glaube, es ist besser, wenn wir nur Freunde sind.«

Ich schlucke. »Wahrscheinlich hast du recht. Du bist übrigens auch toll, Jenna.«

Die Umarmung, die nun folgt, hat etwas Gezwungenes.

Jenna holt einen kleinen, schon vorbereiteten Stapel aus dem Flur – Sachen von mir, die noch bei ihr rumlagen: zwei T-Shirts, ein Buch, meine Zahnbürste, eine Unterhose. Genug Equipment für einen kleinen Städtetrip.

Das passt sogar ganz gut als Metapher, das mit dem Städtetrip. Denn genau so laufen meine Beziehungen irgendwie ab. Ein paar angenehme Abende im Restaurant, ein bisschen Sightseeing, einige schöne Momente, aber zum wahren Kern dringt man nicht vor. Tja, dann war mein Kapitel mit Jenna vielleicht der Kurztrip nach Berlin. Kurztrips nach Paris, London und Amsterdam habe ich bereits hinter mir. Unter anderem.

Wenn ich ehrlich bin, war »Berlin« tatsächlich nicht so toll. Große Erwartungen am Anfang, aber de facto nichts Besonderes. Vielleicht ist es blöd, Beziehungen mit Städtetrips zu vergleichen, genauso blöd und klischeehaft wie der Vergleich mit Musik. Und trotzdem. Die besten Songs der Musikgeschichte starten mit einem Intro, mit einem zarten

Plingpling oder einem mystischen Rauschen. Die Intensität baut sich erst nach und nach auf. Kaum ein Popklassiker kommt sofort zur Sache. Aber *ich* bin nun mal anders. Ich sage sofort, dass ich Kinder möchte, am liebsten drei, dazu ein Haus am Wasser.

Dabei sollte man am Anfang nur spärliche Informationen von sich preisgeben. »Ich lese gern Biografien« oder »Ich habe eine Schwäche für Schlager«. Harmlos, aber interessant. Nichts, was beunruhigt. »In meiner Familie sind viele an einem Herzinfarkt gestorben« geht nicht. Als Vaterkandidat würde man mit einer solchen Information sowieso keinen verlässlichen Eindruck hinterlassen.

Jenna und ich verabschieden uns.

»Danke, Sami. Es war eine gute Zeit. Aber du verdienst was Besseres. Jemand, der richtig gut zu dir passt.«

Verdient man nicht immer mehr, als man bekommt? Wann denkt man schon: Boah, die Person kriegt aber gerade zu viel! Vielleicht bei einem aufgedunsenen und schlecht gelaunten Musiker, der eine junge, wunderschöne und auch noch kluge Freundin hat. So einer würde weniger verdienen, finde ich, aber meistens ist es doch so, dass der Mensch mehr verdient, als er bekommt. Ich bin da keine Ausnahme.

Ehe ich mich weiter damit befassen kann, reißt mich ein Motorradgeräusch aus den Gedanken. Ich bin schon fast wieder bei Markus, in meiner linken Hand baumelt die Plastiktüte mit den Sachen, die Jenna mir zurückgegeben hat. Das laute Röhren erinnert mich daran, dass ich mich auf die Gegenwart konzentrieren sollte, statt der Vergangenheit nachzuhängen.

Die Sache ist, dass ich einfach neidisch bin auf Leute, die

in einer gut funktionierenden Beziehung leben. Klar, ich sollte versuchen, mich für sie zu freuen; es ist ein kleines Wunder, wenn zwei Menschen sich finden und es passt. Das konnte ich oft genug mitverfolgen. In den letzten zehn Jahren hieß es in meinem Bekanntenkreis immer wieder: »Ich habe eine neue Freundin. Und es fühlt sich endlich total richtig an. Alles ist so selbstverständlich.«

Komischerweise hießen diese neuen, richtigen Partnerinnen oft Riikka. Mit einer Riikka ist man sich von Anfang an sicher, der Kurztrip nach Berlin gelingt, und schon bald kann man zusammenziehen. Und so weiter und so fort.

Wieso passiert das nur anderen und nicht mir? Wo bleibt meine Riikka, verdammt?

Ich habe mich ganz gut bei Markus eingerichtet, und es scheint allen Beteiligten zu passen. Meine Arbeit erledige ich größtenteils im Homeoffice. Die Biker sind laut meinem Chef nicht mehr bei AnchorOil aufgekreuzt. Die paar Male, wenn ich persönlich im Büro erscheinen musste, habe ich mich früh um sechs aus dem Haus geschlichen. Mein Chef hat das als Fleiß interpretiert und war beeindruckt.

Aber leider bekomme ich wieder Drohnachrichten. Auch Markus kriegt das mit.

»Hast du eine neue Flamme, oder was ist los? Dein Handy schlägt ja richtig Alarm.«

Ich spiele das runter. »Nee, das meiste sind Jobsachen, ist gerade eine heiße Phase. Und so viele Nachrichten sind es nun auch wieder nicht.«

Respekt, die Motorradtypen sind hartnäckig. Gerade morgens sind sie besonders verlässlich. Für welchen zwielichtigen Job stehen sie morgens wohl so früh auf? Als würde auf ihrem Handy gleich nach dem Aufstehen der erste Termin aufpoppen: »07:30 – vor dem Rausgehen noch dem Feigling eine Nachricht schicken. Dann den geplanten Einbruch sauber durchziehen.«

Aber so kriminell, wie ich sie mir vorstelle, sind sie wahrscheinlich gar nicht. Der Großteil der Bikerszene ist sicher harmlos, vielleicht sind die Kerle sogar richtig nett. Trotzdem finde ich ihr Verhalten etwas merkwürdig, wieso drehen sie wegen ein paar Schrammen wochenlang am Rad? Ich stelle mir vor, wie ich reagieren würde. *Du Riesenarsch, du hast meinen Fahrradrahmen zerkratzt, ich schneide dir die Gurgel durch!* Oder: *Du elender Wichser, du hast mein neues Edelstahlspülbecken in der Küche zerschrammt, das wirst du auf ewig bereuen! Schmor in der Hölle!* Hm. Alles nicht mein Stil.

Ich schätze, ich bin das größte Weichei der Stadt. Kann ich was von meinen Gegnern lernen? Jetzt müsste ich doch was tun! Sollte ich vielleicht mein Handy ausschalten? Ob sie mich orten können? Ich darf nicht zulassen, dass sie mich bei Markus aufspüren und auch *sein* Leben gefährden. Andererseits kann ich mein Handy nicht ausschalten. Schon aus Jobgründen geht das nicht, ich muss erreichbar sein.

Markus bleibt heute zu Hause, weil seine Kleine am Wochenende krank war und noch nicht wieder auf der Höhe ist. Jedenfalls sieht man das in ihrer Kita so und verlangt grundsätzlich, dass Kinder immer einen weiteren, symptomfreien Tag zu Hause bleiben. Markus kann als Finanzberater relativ flexibel arbeiten und will mit ihr auf den Spielplatz. Moment – das könnte doch ich machen! Dort suchen mich die Motorradtypen garantiert nicht. Obwohl, vielleicht haben sogar *die* Kinder; kleine bärtige Rabauken in Lederklamotten.

»Markus, wie wärs, wenn ich mit Ada rausgehe?«

»Kriegst du das hin?«

»Also echt, sie ist mein Patenkind, das hat doch auch früher schon geklappt. Dann hättest du Zeit für andere Dinge.«

Markus freut sich, erteilt mir aber eine zwanzigminütige Lektion über Adas Kleidung und sämtliche Eventualitäten.

»Diese Jacke hier ist regendicht. Und das hier ist die Matschhose. Und die Toilette ist in dem kleinen Häuschen gleich hinter dem Spielplatz.« Er geht an die Sache ran, als würde ich einen Hikingtrip ins Ausland machen.

Als er mir eine riesige Tasche überreicht, kann ich mir einen Kommentar nicht länger verkneifen: »Das ist ziemlich viel Ausrüstung für einen stinknormalen Besuch auf dem Spielplatz um die Ecke.«

»Sami. Wenn ich als Vater eins gelernt habe, dann dass es mit Kindern einen stinknormalen Besuch nicht gibt, nie und nirgendwo. Diese Besuche sind mit Kindern für eine sehr lange Zeit vorbei. Wenn du aus dem Haus gehst, bereitest du dich vor wie für eine Schlacht.«

»Ah, wie für die Landung in der Normandie oder so? Muss man Angst haben vor den Achsenmächten?«

»Die Achsenmächte sind nichts im Vergleich mit den kritischen Eltern hier im Viertel, Süd-Töölö ist da besonders schlimm.« Markus lacht.

Als er sich überzeugt hat, dass ich alles mithabe, verlasse ich mit Ada das Haus, und wir trotten zum Spielplatz. Beim Überqueren des Zebrastreifens nehme ich ihre Hand. Die schönste Kombination der Welt: ein Erwachsener und ein Kind, Hand in Hand. Könnte ich das doch mit einem eigenen Kind erleben.

Auf dem Spielplatz sind an die zwanzig Kinder und ihre Eltern, vorwiegend Mütter. Dass die finnischen Väter ihre Kinder ebenso oft betreuen, ist Schönfärberei und entspricht nicht den Fakten. Ada läuft sofort zum Sandkasten und nimmt geschickt zu einem anderen Mädchen Kontakt auf, wenig später bauen sie gemeinsam eine Sandburg. Ich schaue unauffällig, wie die anderen Erwachsenen sich verhalten, und setze mich wie sie auf die lange Bank neben dem Sandkasten. Ich nicke dezent in die Runde. Die hübsche Mama, die rechts neben mir sitzt, startet sofort ein Gespräch.

»Wie alt ist sie denn?«, fragt sie und zeigt auf Ada.

Ich rechne nach, jetzt bloß keinen Fehler machen.

»Sie wird im November vier, die kleine Ada. Also, das ist ihr Name. Tolles Alter, oder?« Ich stammele etwas, aber die Frau lächelt mich freundlich an.

»Meine Tochter Minna wird im Dezember drei. Die beiden sind ziemlich genau ein Jahr auseinander. Geht Ada nicht in die Kita?«

»Doch, eigentlich schon, aber sie war krank und soll erst morgen wieder hin. Nichts Schlimmes, es war nur eine Erkältung.«

»Ach je, das geht gerade rum. In welcher Kita ist sie denn?«

»Ähm, in der dahinten …« Ich zeige in eine unbestimmte Richtung. Den Namen der Kita weiß ich nicht, aber ich habe Ada dort schon ein paar Mal abgeholt.

Minnas Mama hilft mir sofort aus der Klemme.

»Ah, du meinst Die kleine Burg?«

»Ja, genau.«

»Ich bin am Überlegen, ob ich Minna da auch hinschicken soll. Bieten die fürs letzte Jahr auch ein Vorschulprogramm an?«

»Bestimmt. Aber da habe ich mir, ehrlich gesagt, noch gar keine Gedanken drüber gemacht.«

»Klar, ist ja auch noch ein bisschen hin.«

»Falls ihr hier in der Nähe wohnt«, sage ich, »wäre das sicher eine gute Wahl. Kurze Wege sind extrem praktisch. Wenn es morgens mal nicht so läuft, kann man das brüllende Kind in eine Decke einwickeln und rübertragen. Dann können die Erzieher übernehmen.«

Sie kichert. »Sehr gut beschrieben. Hast du mit Ada oft Schwierigkeiten, hat sie Trotzphasen und so?«

»Ach, alles im Rahmen. Haben wir nicht auch als Erwachsene unsere Trotzphasen? Ich bin gerade in der von den Neununddreißigjährigen: keine Lust, zur Arbeit zu gehen, und nur Salat und Gemüse zu essen nervt mich auch. Dafür ist man alt genug, sich ab und zu beim Thailänder ein gutes Curry zu gönnen. Da steigt die Laune wieder.«

Minnas Mama lacht. Wow, das läuft ja. Ich habe keine Ahnung, woher ich meine Themen und Witze nehme, aber Tatsache ist, dass ich noch nie so leicht mit einer attraktiven Frau ins Gespräch gekommen bin. Die Kinder spielen friedlich vor sich hin, und wir sitzen daneben und quatschen. Nach einer guten halben Stunde erfahre ich ein interessantes Detail.

»Am Wochenende habe ich frei. Da ist Minna bei ihrem Vater.«

Erstaunlich, wie schnell man zu träumen beginnt, jedenfalls ich: In Gedanken ziehe ich mit der hübschen Mama bereits zusammen. Sie hat alles, was ich mir wünsche: Charme, Mütterlichkeit, Aufgeschlossenheit – und schon ein eigenes Kind. Wenn wir noch ein gemeinsames dazu kriegen, ist alles geritzt. Die Elternzeit teilen wir uns. Was könnte es heutzutage Schöneres geben als eine gut funktionierende Patchworkfamilie? Und nach fünfzehn Jahren wären die Wunden der Vergangenheit bestens verheilt, dann könnten wir Weihnachten als erweiterte Großfamilie feiern, zusammen mit ihrem Ex und dessen neuer Frau und deren gemeinsamen Kindern. Daraus würde eine Tradition werden, bestimmt gäbe es Jahr für Jahr viel zu erzählen und zu lachen. Gedankenversunken schaufele ich Sand in Adas Eimer.

»Ist Ada zurzeit bei dir?«, fragt die Mutter.

»Ja.«

»Dann habt ihr die Elternzeit aufgeteilt?«

»Schwieriges Thema … Adas Mutter lebt nicht mehr.«

Was?! Wieso sage ich nicht, dass ich ihr Patenonkel bin? Im Livegespräch kann man leider nicht behaupten, dass man vor lauter Multitasking nicht auf die Autokorrektur geachtet und deshalb Quatsch getippt hat.

»Wie schrecklich. Das tut mir leid.«

»Danke. Es geht schon irgendwie. Wird besser mit der Zeit.«

Oh no, was rede ich bloß?

Ada hat anscheinend mitbekommen, dass über ihre Mama gesprochen wird, und sagt: »Mama ist woanders, in ihrem eigenen Zuhause. Und manchmal geht sie auch einkaufen.«

»Wir haben ihr das etwas freier erklärt«, beeile ich mich zu sagen und schaue die Mutter von Minna Verständnis suchend an. »So kann die Kleine das besser verarbeiten.«

»Und am Wochenende kommt Mama zu Besuch«, sagt Ada und rennt rüber zum Klettergerüst.

»Was ist mit deinem Mann?«, frage ich, um das Thema zu wechseln.

»Ach, der. Kaum war ich schwanger, hatte er eine wilde Affäre. Wir haben uns noch vor Minnas Geburt getrennt. Aber inzwischen läuft es ganz okay, und in Bezug auf Minna hat er seinen Part von Anfang an gewissenhaft erfüllt.«

Ada und Minna rennen ums Klettergerüst. Ich könnte ewig hier sitzen, neben dieser attraktiven Single-Mama. Aber leider müssen wir langsam los. Markus hat mich gewarnt – nach achtzehn Uhr ist Ada unterzuckert und fängt an zu brüllen. Dann müsste ich ein erschöpftes, heulendes Kind nach Hause schleppen.

»Ada und ich gehen jetzt nach Hause und essen was. Es war total nett, mit dir zu reden. Bist du öfter hier?«

»So gut wie jeden Tag, immer vormittags. Na dann, bis bald.«

Wir lächeln uns zum Abschied zu.

Zu Hause hüpft Ada Markus in die Arme und lässt sich von ihm aus den Klamotten pellen. »Und Händewaschen nicht vergessen«, mahnt Markus.

»Na, wie ist es gelaufen?«, fragt er mich.

»Prima. Nur in Gesprächen über Kinderklamotten habe ich Defizite.«

»Ah, typische Spielplatzgespräche. Na ja, da kommt man schnell rein. Die Matschhose von Ada ist ziemlich trendy, auch wenn sie nicht so aussieht. Mit wem hast du so geredet?«

»Mit einer sympathischen Single-Mama. Ihre Tochter heißt Minna.«

»Ich glaube, ich weiß, wer das ist. Du konntest sicher mit was anderem bei ihr punkten.«

»Ich hoffe es, aber wohl eher nicht. Ich kriegs ja nie so richtig hin.«

Nach dem Abendessen haben die Mädchen Digitalzeit. Ada kriegt das iPad und startet routiniert ein kleines Spiel. Ida darf das Handy ihres Vaters benutzen, und Juli, die Älteste, darf eine Stunde auf ihrem eigenen Handy spielen, Markus hat die Zeit mit einer Schaltung begrenzt. Schlagartig kehrt Stille ein.

»Das ist das Ritual jeden Donnerstagabend. Eine ganze Stunde, da kann ich mal in Ruhe putzen oder Rechnungen überweisen. Quality Time für mich selbst.«

Soll das ein Witz sein? Putzen und Online-Banking sind seine Quality Time? Ich traue mich nicht, nachzuhaken. Besser, ich übernehme einfach das Putzen. Das entlastet ihn.

»Du, ich kann gerne staubsaugen und so. Guck du doch lieber mal die Nachrichten. Die sind immer so düster, da wirkt das eigene Leben gleich viel toller.«

Markus nimmt mein Angebot dankbar an. Nach fünfundfünfzig Minuten warnt er seine Töchter vor dem nahenden Ende ihrer Spielzeit: »Noch fünf Minuten, dann ist Schluss.«

»Oh nein, das ging viel zu schnell!«

»Scheiße!«

»Bitte, Papa, nur noch ein bisschen!«

»Es bleibt bei fünf Minuten. Danach machen wir was gemeinsam. Wir könnten zum Beispiel eine Runde Trouble spielen.«

Nach fünf Minuten verweigern die Geräte den weiteren Zugriff, und die Mädchen flippen aus. Ida schließt sich mit dem Handy im Bad ein. Ada jammert und heult. Juli schimpft, weil sie ein wichtiges YouTube-Tutorial nicht zu Ende schauen konnte.

Nach lautstarkem Hin und Her nimmt Markus seinen Töchtern die Geräte ab und versteckt sie im Wohnzimmerschrank. Daraufhin kocht die Wut noch mal richtig hoch, die Mädchen reißen alle Schubladen und Schranktüren auf. Erst nach einer Stunde ebbt der Kampf ab. Sechzig Minuten spielen, sechzig Minuten Entzugserscheinungen.

»Tja, Sami, so kann Familienleben auch aussehen. Erst gestern habe ich gelesen, dass Jungs da sogar noch schlimmer sind. Vielleicht sollte ich dankbar sein, dass ich drei Mädchen habe.«

In meiner Kindheit gab es nur Brettspiele. Und wenn das Wetter gut war, sind wir auf Bäume geklettert. Während Markus die Mädchen ins Bett bringt, suche ich im Internet nach Tipps für sein Problem. Es gibt Tausende Artikel dazu. Nach ein paar Klicks lande ich bei einem Blog namens *Quality Time*.

O tempora, o mores – oh Spielzeit, oh Sitten

Heute geht es um die digitale Spielzeit – das habt ihr euch schon länger von mir gewünscht. In den meisten Familien ist es *das* Thema schlechthin und liefert jede Menge Sprengstoff. Meine eigene Familie ist ohne digitale Geräte eine harmonische Gruppe, die gern draußen ist oder zu Hause bastelt, aber ab und zu geht es natürlich auch bei uns um Handys und Co.

Eins der Kinder fragte kürzlich, wieso es nicht so oft spielen darf wie all die anderen Kinder aus der Klasse. Nun ja, ich will andere Eltern nicht verurteilen, aber manche lassen ihre Kinder unbegrenzt spielen. Auch sie lieben ihre Kinder, selbst wenn sie an diesem Punkt inkonsequent sind. Damit will ich nicht sagen, dass ich mich ihnen überlegen fühle – ich möchte einfach nur helfen, einen besseren Umgang mit dem Thema zu finden. In meiner Familie klappt das sehr gut, und ich gebe zu, ich bin ein wenig stolz darauf. Gleichzeitig weiß ich genau, dass mit Kindern nie Stillstand herrscht. Dass man sich auf dem Erreichten nie ausruhen, geschweige denn sich was darauf einbilden kann.

Heute gab es auch bei uns eine kleine Diskussion um die Spielzeit. Bei uns dürfen die Kinder einmal im Monat fünfzehn Minuten spielen – ich denke, das reicht, um sie Stück für Stück auf das digitale Leben vorzubereiten.

Dieses Mal hat mein Sechsjähriger furchtbar gemault, als die fünfzehn Minuten um waren, und wollte mir mein Handy nicht zurückgeben. Ich habe tief ein- und ausgeatmet, innerlich langsam bis zehn gezählt und dann freundlich, aber bestimmt gefragt: »Erinnerst du dich daran, was ich dir über die Auswirkungen von Computerspielen erzählt habe?« Mein Sohn hat mir das Handy zurückgegeben und gesagt: »Ja. Mein Gehirn wächst und entwickelt sich täglich, und zu viel Computerspielen schadet dieser Entwicklung. Eigentlich willst du nur mein Bestes. Danke, Mama.«

Ich hätte vor Glück weinen können. Jetzt ernte ich, was ich mühsam gesät habe, und zwar durch klare Regeln, die konsequent eingehalten werden, und gute Kommunikation.

Für so ein wunderbares Erlebnis sollte man alle Beteiligten belohnen! Meinen Kindern habe ich sofort knusprige Hirsekekse gegeben und mir selbst einen Soy-Latte mit einem Stück Cranberry-Raw-Cake gegönnt. Ab und zu muss man auch mal sündigen, grins.

Das wird Markus nicht weiterbringen. Ich lese mir die Kommentare unter dem Blogeintrag durch. Neben positivem Feedback wie »Danke für deinen Bericht« und »Interessant, werde ich auch probieren« findet sich durchaus auch Negatives: »Vergiss es. Das funktioniert bei uns nicht. Als ich es vorhin versucht habe, meinte mein Sechsjähriger: Halt die Klappe und verpiss dich. Gegen Fortnite habe ich keine Chance.«

Die Bloggerin hat darauf direkt geantwortet: »Viel Kraft! Es ist ein Prozess der kleinen Schritte. Vielleicht könntest du deinem Kind spannende Kinderbücher geben, statt es Fortnite spielen zu lassen.«

Großartig. Das Problem wird sich so einfach nicht lösen lassen. Kindererziehung ist eine ständige Herausforderung. Ich kann Markus nur Glück wünschen.

Als die Mädchen eingeschlafen sind, setzen Markus und ich uns mit einem Bier auf den Balkon.

»Wie fühlt es sich eigentlich an, Vater zu sein?«, frage ich nach dem ersten Schluck.

»Ach, wie soll sich das schon anfühlen. Ist ein ziemliches Kuddelmuddel, ein ständiger Kampf. Und ich habe dauernd Angst um die Mädchen. Es läuft nun mal nicht immer alles toll im Leben. Sieht man ja.« Er zuckt entschuldigend mit den Schultern.

»Wieso, was meinst du?«, frage ich.

»Ach komm. Ich hatte mir das anders vorgestellt.«

»Du meinst, weil Sara dich hat sitzen lassen?«

»Genau. Sie ist weg, und ich hocke allein mit den Kindern da. Es ist der reinste Dauerstress! Und ich hatte gedacht, man sitzt auch mal ruhig in der Abendsonne am Meer und angelt. Und dass meine Partnerin dabei ist. Dazu Ruhe und Frieden.«

»Solche Momente können doch noch kommen.«

»Wer weiß. Ich sollte vielleicht meine Erwartungen anpassen.«

»Klingt vernünftig. Es kommt, wie es kommt.«

»Das Leben ist schon merkwürdig. Es läuft nie so, wie man sich das gedacht hat. Dabei sind Arbeitstage, Meetings, U-Bahn-Fahrten, Flüge und solche Dinge total vorhersehbar. Da läuft meistens alles nach Plan. Trotzdem ist das Leben im Ganzen dann immer anders als in der Vorstellung. In der Regel schlechter.«

Ich verstehe, dass Markus wegen seiner gescheiterten Beziehung frustriert ist, aber alles andere läuft doch ziemlich gut bei ihm. Vielleicht sieht er das selbst gar nicht?

»Ich finde, das meiste in deinem Leben klappt super. Du hast doch alles im Griff. Wenn man den Stress vorhin wegen der Handys nicht mitzählt.« Ich klopfe ihm auf die Schulter.

»Danke, Sami. Na ja, so schwer ist es letzten Endes auch wieder nicht. Kinder brauchen vor allem Essen, Liebe und saubere Klamotten.«

»Aber die richtigen Marken, oder?«

»Haha, ja.« Markus seufzt. »Auf den Spielplätzen ist das tatsächlich ein Riesenthema. Die Klamotten meiner Mädels sind von guter Qualität, die Reima-Jacken sind sogar eine finnische Marke, allerdings leider in China produziert. Sonst würden die *noch* mehr kosten als 140 Euro, was schon happig ist. Zum Glück kann man die wieder verkaufen, wenn sie zu klein werden. Allerdings sollte man nicht verraten, wie oft man sie gewaschen hat. Oder schummeln.«

»Wieso das?«

»Weil jeder Waschgang die regenabweisende Goretex-

Schicht abnutzt. Am besten, man wischt schmutzige Jacken einfach mit einem Schwamm ab.«

Interessant. Ich dachte immer, Klamotten sind Klamotten. Das Ganze muss man anscheinend differenzierter betrachten.

»In den superreichen Stadtteilen wie Ullanlinna tragen die Kinder nur Edelmarken. In anderen Vierteln wiederum gilt das als total übertrieben.«

»Aha?«

»Ja, klar, überleg doch mal, du gibst hundert Euro aus für einen winzigen Jumpsuit, und nach einem Monat ist der schon wieder zu klein.«

»Was ist ein Jumpsuit?«

»Ein Einteiler, total unpraktisch, sieht aber süß aus. Das Wichtigste ist sowieso, dass das Zeug wasserdicht ist. Sowohl bei den Jacken als auch bei deinen persönlichen Gründen für den Klamottenkauf. Für H&M musst du dich echt entschuldigen bei den anderen Eltern.«

»Wieso das?«

»H&M-Klamotten sind nicht fair produziert und somit ethisch nicht vertretbar. Aber wenn du den Gegenkurs fährst und alles richtig machst, ist das irgendwie auch nicht gut, dann bist du ein Streber. Am sympathischsten sind immer *die* Eltern, die nicht so viel Stress machen und im Moment leben.«

Ich bin baff. Kinderkleidung scheint ein dickes Ding zu sein für Eltern. Markus wirkt geradezu erleichtert, nachdem er mir das alles erzählt hat.

»Wow. Ich glaube, ich muss noch einiges lernen«, sage ich. »Wie wärs, wenn ich morgen wieder mit Ada auf den Spielplatz gehe und die Lektion vertiefe?«

»Nettes Angebot, aber Ada geht morgen wieder in die Kita.«

»Ein bisschen Schnupfen hat sie noch.«

»Ach, das heißt bei Kindern nichts, da läuft die Nase doch ständig. Sie war jetzt einen Tag fieberfrei, da kann sie zurück. Was anderes ist es mit zähem Schleim, dickem Rotz und so. Und Husten, das geht natürlich nicht. Das ist ein ganz anderes Thema, ich sags dir, fast so schlimm wie mit den Klamotten. Aber ich hör mal lieber auf, sonst halte ich hier gleich den nächsten Vortrag.«

Ich fände es interessant, noch mehr zu lernen. Aber vor allem muss ich Markus dazu bringen, mich wieder mit Ada auf den Spielplatz zu lassen. Es gibt Millionen Orte, an denen man ohne Kind aufkreuzen kann, um eine Frau wiederzutreffen – auf einem Spielplatz macht man sich ohne Kind verdächtig. Wie blöd, dass ich die hübsche Mutter nicht nach ihrem Namen gefragt habe.

»Markus, weißt du zufällig, wie die Mutter von Minna heißt?«

»Keine Ahnung. Auf dem Spielplatz ist man halt Mama oder Papa, alles andere interessiert nicht. In bin Adas und Idas Papa. Die anderen sind Aarnos Papa, Siris Mama und so weiter.«

»Aber ihr redet doch sicher auch über andere Themen?«

»Ja, aber unsere Hauptfunktion dort ist die Elternschaft. Selbst wenn du einen Nobelpreis bekommen hast oder UNO-Generalsekretär wärst – das zählt da nicht. Was zählt, ist, dass du deinem Kind kein Fertigessen vorsetzt und es wenig Zucker essen lässt. Die Vornamen kennt man nicht.«

»Echt? Klingt verrückt.«

»Ja. Es ist wie bei den Indianern: Der große Schwarzhaarige an der Schaukel. Die flinke Freundliche an der Rutsche. Na ja, man kann schon mal so was sagen wie Der Erschöpfte, der seine Doktorarbeit schreibt.«

Eine Menge Informationen. »Lass uns ins Bett gehen, Markus. Das muss ich erst mal verdauen. Und denk dran, sag mir bitte jederzeit, wenn ich helfen kann. Wirklich. Mir geht erst jetzt so langsam auf, was du alles stemmst.«

»Danke, Sami. Ach, so schlimm ist es nicht. Man darf eben nicht erwarten, dass ein Leben mit Kindern leicht ist. Und muss zugleich darauf bauen, dass jede schwierige Phase irgendwann zu Ende geht. Denn das tut sie.«

Markus schnappt sich noch schnell eine Tüte Chips und reißt sie gierig auf. Nachdem er krachend eine Handvoll verspeist hat, lauscht er, ob die Kinder noch immer ruhig schlafen.

»Süßes und Knabberkram halten Eltern im Gleichgewicht. Allerdings sollte man das ungesunde Zeug nur dann essen, wenn die Kinder es nicht mitkriegen. Chips sind ziemlich heikel. Ich verstehe nicht, dass die Chipsindustrie nicht längst reagiert hat. Da ist noch Luft nach oben.«

»Äh, wo jetzt?«

»Na ja, Chips sind zu laut. Die Packung aufreißen, den Inhalt essen, das macht einen Höllenlärm. Nur gesunde Sachen machen fast kein Geräusch. Brei könnte man in völliger Stille essen, aber Kräcker oder Chips?«

»Die Welt hat dich als Vater noch nicht genug im Visier.«

»Du sagst es. Gute Nacht, Sami. Cool, dass du bei uns wohnst und mich unterstützt. Das kann ich in dieser Phase echt gut gebrauchen.«

In dieser Phase. *Meine* jetzige Lebensphase dauert schon zwanzig Jahre und will einfach nicht enden. Ich bin und bleibe ein verzweifelter Single mit unerfülltem Familienwunsch. Es ist kaum zu ertragen. Aus Trotz gehe ich am nächsten Tag besonders lange nach draußen, Motorradfeinde hin oder her.

Mich zieht es natürlich zum Spielplatz. Ich umrunde ihn und mustere die Erwachsenen. Vielleicht ist ja die hübsche Mama da, und ich kann sie nach ihrer Telefonnummer fragen. Oder sie am besten gleich auf ein Date einladen. Wenn die Chemie zwischen uns weiterhin stimmt, decke ich meine dumme Lüge einfach auf: dass ich Adas Patenonkel bin und mich manchmal fast so fühle wie ihr Vater. Und dass ich die tote Mutter aus Verlegenheit erfunden habe, um meinen Single-Status anzuzeigen. Das sind doch passable Erklärungen. Jedenfalls keine schlechten. Ich muss es versuchen.

Ich umrunde den Spielplatz schon zum zehnten Mal, aber Minna und ihre Mutter tauchen nicht auf. Ein paar Väter schauen irritiert zu mir rüber, einer zeigt mit dem Finger auf mich. Höchste Zeit zu verschwinden. Heute wird das nichts mehr mit Minnas Mama. Und das Homeoffice wartet auch auf mich.

Nach einem unspektakulären Arbeitstag in Markus' Wohnzimmer koche ich Pasta mit Sojabolognese. Wir sitzen zufrieden um den Küchentisch und quatschen. Ich fühle mich als Teil der Familie. Kleinere Spannungen gibt es erst, als Markus' Handy bimmelt. Eine WhatsApp-Nachricht.

»Papa, kein Handy am Tisch!«, beschwert sich Ida. »Wir dürfen das ja auch nicht. Sonst ist es total ungerecht.«

»Stimmt«, sagt Markus entschuldigend. »Dafür gibts Eis zum Nachtisch.«

»Jippie!«, jubeln die Mädchen und rennen sofort zum Gefrierfach.

Während sie ihr Fruchteis lutschen, zeigt Markus mir die WhatsApp-Nachricht.

»Die ist aus der Spielplatz-Elterngruppe. Ich finde sie etwas übertrieben. Lies selbst.«

Zur Info an alle: Heute ist ein verdächtiger Mann um den Spielplatz geschlichen. Vielleicht derselbe Typ, der vor sechs Monaten versucht hat, ein paar Kinder anzusprechen und sie vom Spielplatz zu locken. Siris Mama, Matildas Mama, Veikkos Papa und ich schlagen vor, dass wir ab sofort verstärkt die Augen offen halten. Und wenn der Mann wieder auftaucht, verständigen wir sofort die Polizei. Liebe Grüße in die Runde, Aarnos Papa.

Ich gebe Markus das Handy zurück.

»Immer gleich diese Hysterie«, brummt er.

»Na hör mal, es geht um eure Kinder«, protestiere ich.

»Ach, ich habe Tausende von Stunden auf dem Spielplatz verbracht. Man muss nicht gleich bei jedem Fremden denken, dass er ein Pädophiler ist.«

Das mag sein. Doch Fakt ist, dass ich mich ohne Kind auf dem Spielplatz nicht mehr blicken lassen kann. Allein dort hinzugehen funktioniert nicht. Aber ich bin nun mal allein. Ich trage für niemanden Verantwortung außer für mich selbst, und trotzdem habe ich es geschafft, mich und mein Leben in diese dumme Sackgasse zu manövrieren. Jenna, die Motorradtypen, die Lüge gegenüber Minnas Mutter. Und gestresst bin ich auch dauernd. Ich stecke mitten in der Rushhour meines Lebens, obwohl ich alleinstehend bin! Eigentlich sind in meinem Alter doch nur Leute mit Kindern so gestresst.

Doch anscheinend gibt es das Phänomen auch bei kinderlosen Singles. Vielleicht ist es ein Tabu, über das niemand spricht. Es kann nicht sein, dass nur ich so gestresst bin. Jedenfalls sage ich mir das. Falls ich falschliege und mich damit belüge, dann belüge ich dieses Mal wenigstens nur mich selbst und niemanden sonst.

Hanna

Ich habe die Bloggerin Vera auf der Straße abgepasst, nun schließt sie ihre Haustür auf. Zwei braun gebrannte, flachsblonde Kinder stürmen ihr entgegen. Hinter ihnen winkt Veras Mann, Arzt mit Handwerkerkompetenzen, der schon länger in Elternzeit ist. Es riecht nach Dinkelbrötchen. Veras Mann hat gerade gebacken – die Kinder lieben seine Brötchen.

»Genau diese Dinge sind es doch, die das Leben schön machen«, schwärmt Vera, schnuppert in die Luft und streift ihre eleganten Lederstiefel ab. Der geräumige Flur ist stilvoll möbliert, das 50er-Jahre-Schuhregal aus Messing ein Fund vom Flohmarkt. Veras schicke Stiefel sind ein Verwöhn-Kauf aus dem letzten Italienurlaub. »Die Stiefel auszuziehen markiert für mich immer das Ende des Arbeitstages«, seufzt Vera und streckt sich. »Ab jetzt bin ich zu hundert Prozent Mutter und Ehefrau.«

Die erfolgreiche Wellness- und Lifestylebloggerin hat einen fordernden Job, und ihre Kinder sind obendrein noch ziemlich klein. Dennoch empfindet sie ihren vollen Alltag als Glück: »Die Kinder haben mich enorm wachsen lassen. Ich lerne täglich von ihnen. Erst durch sie fühle ich mich als Mensch und als Frau vollständig.« Das ist bemerkenswert – hat Vera doch auch beruflich alles erreicht und in der Partnerschaft das große Los gezogen. Sie wuschelt ihren Kindern liebevoll durchs Haar.

Muss so was im Wartezimmer einer Kinderwunschpraxis herumliegen? Die hätten ihr Zeitschriftenangebot wirklich besser auswählen können! Aber ohne Zeitschrift, in die man den Kopf stecken kann, geht es hier nicht. Ich möchte den Blicken der anderen Verzweifelten auf keinen Fall begegnen.

Ich versuche, mir gut zuzureden. Positiv denken! Mach dir keinen Druck, Hanna. Es wird schon noch klappen. Entspann dich. Es gibt keinen Grund zu verzweifeln. Noch ist alles möglich. Das Limettengrün der Wartezimmerwände ist doch so schön optimistisch. Auf dem Foto der Bloggerin erkenne ich denselben Farbton – sie hat ihn für ihr Schlafzimmer gewählt. Ob dieses frische Grün eher beruhigt oder stimuliert? Rein zufällig wird die Bloggerin die Farbe garantiert nicht ausgewählt haben, hinter allem steckt ein tieferer Sinn. Tja, sie hat Kinder, ich nicht. Gibt es auch da einen tieferen Sinn?

»Frau Heinonen, bitte.«

Der Arzt fragt nach Vorerkrankungen und den Krankheiten meiner Eltern. Ich bin kerngesund – sofern man dauerhafte Verzweiflung nicht als Krankheit zählt. Ich mache mich untenherum frei und lasse mich untersuchen.

»Körperlich ist alles in Ordnung. Sind Sie in einer festen Beziehung?«

»Ja, natürlich. Ich bin verheiratet.«

»Wieso ist Ihr Mann nicht mitgekommen?«

»Er arbeitet. Und er steht nicht so auf Untersuchungen.«

»Sollte er aber. Schließlich möchte er Vater werden. Sie gehen auf die vierzig zu, und auch bei ihm sinkt die Qualität seiner Spermien mit jedem Lebensjahr.«

»Ja, ich weiß.«

Puh, ist der unempathisch. So schnell wie möglich ziehe ich meine Jeans wieder an.

»Denken Sie dran«, sagt er, als ich schon am Rausgehen bin, »es geht nicht um Schuld. Kann gut sein, dass Sie beide kerngesund sind.«

Toll. Trotzdem klappt das Natürlichste der Welt, das, womit sich die Spezies Mensch überhaupt am Leben hält, ausgerechnet bei uns nicht. Dabei widmen wir der Sache so viel Aufmerksamkeit wie keinem anderen Lebensbereich.

Meine Freunde mit Kindern versuchen, mich zu trösten: Du kannst reisen, du hast Zeit, kannst abends ins Restaurant gehen, spontan was unternehmen – all das, was bei ihnen nicht mehr möglich ist. Sie meinen es lieb und beneiden mich wirklich, aber mir hilft das nicht weiter. Ich würde alles geben für chaotische Morgenstunden, Magen-Darm-Infekte, Trotzphasen und schlaflose Nächte.

Eine Kollegin hat neulich noch ein anderes Argument gebracht: »Mit Kindern gibt es nie eine vernünftige Struktur. Du dagegen hast ein geordnetes Leben und Kontrolle über alles. Das ist beneidenswert, Hanna. Quäl dich nicht so.«

Danke schön. Auch wenn ich vernünftig und rational rüberkomme – das heißt nicht, dass ich so sein will. Ich würde sonst was bezahlen, um eine irrationale, erschöpfte, überbesorgte Löwenmutter zu sein. Genau *das* würde mich ins Gleichgewicht bringen! Lieber Schlafentzug, weil ich mich um meine Liebsten kümmern muss, als Schlafentzug, weil ich die Sehnsucht danach nicht mehr aushalte.

Wenn wir doch den Grund wüssten, wieso es nicht klappt. In der Medizin gibt es gegen so gut wie alles eine Behandlung, eine Pille, eine Therapie. Aber selbst, wenn man den Grund wüsste: Das Aspirin gegen Kinderlosigkeit ist noch nicht gefunden.

Zu Hause wartet Jonas mit einem leckeren Abendessen. Pasta mit Pesto und Ziegenkäse.

»Schatz, ich war doch heute bei der Untersuchung.«

»Ach ja. Und?«, fragt er und schiebt sich eine Gabel mit Nudeln in den Mund.

»Nichts. Körperlich ist alles in Ordnung.«

»Prima. Also liegt das Problem bei mir?«

»Das hat keiner gesagt.«

»Aber gedacht, oder?«

»Ich denke gar nichts. Wir müssen es einfach abklären. Du musst hingehen und eine Spermaprobe abgeben, sonst kommen wir nicht weiter.«

Jonas reagiert nicht und holt stattdessen Pfeffer und Salz aus der Küche.

»Hast du gehört, was ich gesagt habe?«, hake ich nach.

Jonas seufzt. »Ja, habe ich. Also, was soll ich tun?«

»Du gehst einfach hin und lässt dein Sperma zur Untersuchung da. Wann könntest du das machen?«

»So schnell schaffe ich das nicht. Momentan ist es auf der Arbeit sehr stressig.«

»Sei nicht albern. Du hast mir erzählt, dass ihr bei der Armee dauernd Wichs-Wettbewerbe gemacht habt. Du gehst kurz in die Klinik und hakst das ab. Außerdem ist garantiert alles in Ordnung.«

»Wenn das so ist, warum soll ich überhaupt hin?«

»Wir müssen es ausschließen. Und komm mir nicht noch mal mit Arbeitsstress. Wir dürfen echt keine Zeit mehr verlieren. Ich bin bald vierzig, und ich bin nicht Madonna. Mit ihrem Geld können diese ganzen Stars auch noch mit fünfzig Kinder kriegen. Wir sind Normalos, Jonas.«

Mein Mann steht wortlos auf und verschwindet im Badezimmer. Ich fasse es nicht. Ist doch klar, dass wir jetzt ranmüssen. Seit zwei Jahren haben wir zum vermeintlich idealen Zeitpunkt Sex, aber nichts tut sich. Eigentlich soll man bereits nach einem Jahr zum Arzt. In unserem Alter sogar lieber früher. Aber mein Mann fühlt sich in die Ecke gedrängt. Er wittert einen Konflikt, eine Krise, und das würde er nicht ertragen. Ich stelle mich vor die Badezimmertür und atme tief durch.

»Jonas, Schatz«, sage ich so sanft wie möglich. »Es ist bloß eine Routineuntersuchung. Wir müssen einfach sicherstellen, dass alles okay ist.«

»Kinderkriegen kann doch nicht so schwer sein, Hanna! Das klappt schon noch. Lass uns einfach abwarten und weitermachen wie bisher.«

»Es ist doch keine Schande, sich Klarheit zu verschaffen und eventuell Unterstützung zu holen.«

»Aber ich fühle mich damit nicht wohl.«

»Meine Güte, das geht doch ganz schnell, und danach haben wir das Ergebnis.«

»Na gut. Ich schau mal.«

»Ich garantiere dir, für Frauen sind diese Untersuchungen

viel unangenehmer! Und die Behandlungen erst recht, *wenn* man sich dann dafür entscheidet.«

»Aber eins ist für Frauen bestimmt weniger schlimm.«

»Was denn?«

»Das Schuldgefühl.«

Nachher ist man immer klüger. Wir hätten viel früher Kinder kriegen sollen. Aber erst muss man das Studium abschließen. Dann auf dem Arbeitsmarkt Fuß fassen. Leider gibts die ersten Jahre nur befristete Stellen und Vertretungen. Sitzt man dann endlich fest im Sattel, will man erst mal durchatmen und das Erreichte genießen. Erst mal leben. Tja, leben, wofür auch immer. Und schon sind wieder ein paar Jahre um.

Jonas verspricht mir, einen Termin zu machen. Doch die Stimmung ist an diesem Abend im Eimer.

Asta

Wohin muss ich dieses Formular noch mal schicken? Verrückt, wie viel nach dem Tod eines Angehörigen zu erledigen ist. Eine einzige Rennerei.

Martti hat schon zu Lebzeiten genug Arbeit gemacht, und jetzt ist es noch schlimmer. Ich musste doch tatsächlich überprüfen lassen, ob es noch irgendwelche anderen Kinder von Martti gibt. Zum Glück ist da nichts bei rausgekommen, wäre ja noch schöner. Unsere zwei Kinder reichen mir vollkommen. Noch mehr Familienangehörige, die mich meiden und unfreundlich sind – nein danke.

Erstaunlich, wie viele Erinnerungen hochkommen. Auch glückliche. Martti war mitnichten ein Traummann, aber wieso hätte *ich* auch einen Traummann abbekommen sollen? Wer sich einbildet, fehlerlos zu sein, begeht damit gleich den größten Fehler.

Ich falte Marttis Flanellhemden ordentlich zusammen und lege sie in einen großen Stoffbeutel. So viel Kleidung – die kann man doch nicht wegwerfen. Alle Hemden haben den gleichen Schnitt. Modell Holzfäller. Eine Zeit lang haben Sami und Hanna sich seine Hemden ausgeliehen, wegen diesem Rockmusiker, der immer schlabbrige Karohemden trug. Ich werde meinen Sohn gleich mal fragen, ob er Marttis Kleidung gebrauchen kann.

»Sami, schön, dass du rangehst. Ich schaue gerade Papas Kleidung durch. So viele gute Hemden. Willst du die vielleicht haben?«

»Ähm, die sind eher nicht so mein Stil.«

»Aber vielleicht als Erinnerung?«

»Ich erinnere mich auch ohne Flanellhemden an ihn. Wie soll man den auch so schnell vergessen. Sorry, Mama, ich meine es nicht böse. Wie gehts dir denn?«

»Ach, na ja. Ich komme zurecht. Aber du könntest mich ja mal besuchen.«

»Ich habe momentan leider viel zu tun auf der Arbeit.«

Jaja, immer die Arbeit. Ich habe auch zu tun. Ich bringe die Hemden heute noch zur Altkleidersammlung; warum aufschieben. Was erledigt ist, ist erledigt. Es wird ja wohl kein ungeschriebenes Gesetz geben, wie lange man die Kleidung seines toten Ehemanns behalten muss. Die Toten

kommen sowieso nicht wieder, da kann man das Lieblings-
hemd noch so lange aufheben. Obwohl, Martti ist alles zu-
zutrauen.

Als Nächstes lösche ich seine Nummer aus meinem
Handy. Dann rufe ich nicht aus alter Gewohnheit bei ihm
an, wenn ich im Supermarkt stehe und seine scharfe Bal-
kan-Lieblingswurst wieder ausverkauft ist. Meistens wollte
er dann Gotler, eine Schinkenwurst. Ich mag keine von beiden. Jetzt kann ich endlich kaufen, was *mir* schmeckt.

Ans Witwendasein muss ich mich erst noch gewöhnen.
Ich stelle jeden Morgen aufs Neue zwei Kaffeetassen auf
den Tisch und nehme aus der *Helsingin Sanomat* den Kultur-
teil heraus. Martti wollte Sport und Politik lesen, mir blieb
die Kultur. Nicht, dass ich mich besonders dafür interessiert
hätte, aber so war es eben.

Abends spüre ich noch immer die alte Vorsicht. Dauernd
musste ich aufpassen, den müden Ehemann nicht zu verär-
gern. Es ist, als würde sein Geist noch in der Luft schweben.
Wenn ich Kaffee koche, höre ich ihn wie früher meckern:
»Viel zu dünn, und so was setzt du einem ausgewachsenen
Kerl vor. Asta, Mensch, der Krieg ist vorbei!« Dieses ständige Genörgel. Und wenn ich den Kaffee extrastark gekocht
habe, hieß es, ich wäre verschwenderisch und würde uns in
den Ruin treiben.

Nachdem ich die Kleidung weggebracht habe, wische
ich Marttis Schrankseite aus. Ziemlich viel Staub auf den
Regalbrettern. Und neuer Platz. Ob ich mir ein schönes
Kleid kaufen sollte? Andererseits, wozu sollte ich mich noch
hübsch machen? Außerdem will ich nicht, dass Sami und
Hanna später noch mehr Kleidung durchgehen müssen. Irgendwann bin auch ich dran.

Alt fühle ich mich allerdings nicht. Und im Spiegel sehe ich recht manierlich aus, wenn man sich die Müdigkeit der letzten Tage wegdenkt. Gute Gene hat sie, die Asta! Ja, in meiner Familie sind alle alt geworden, meine Mutter neunzig, ihre Schwestern sogar älter. Mir könnte noch eine Menge Zeit bleiben.

Ich nehme mein bestes Kleid vom Bügel und ziehe es an. Passt noch immer! Aber kann ich als Witwe so herumlaufen? Das wäre sicherlich nicht angebracht. Ich ziehe das Kleid wieder aus und hänge es zurück in den Schrank.

Eigentlich fühle ich mich gerade richtig leicht. Ist mir fast ein wenig unangenehm. Müsste ich nicht schmerzgebeugt durch diese Tage gehen? Wenn ich ehrlich bin, ist mein Gang aufrechter als zuvor. Und ich ertappe mich manchmal bei einem Lächeln.

Beginnt für mich ein neuer Abschnitt? Ich dachte immer, das Leben beginnt mit der Geburt! Aber vielleicht beginnt es auch erst mit dem Tod eines anderen.

Nojonen

Ich bin auf dem Weg ins Krankenhaus, zu einem Gesprächstermin mit dem Arzt, der meine Mutter behandelt. Vor der Einfahrt schreien sich zwei Autofahrer an, die sich beide für vorfahrtsberechtigt halten.

Ihr Gebrüll ist lächerlich, und zugleich gibt es mir zu denken. Diese Eigenschaft fehlt mir komplett: Durchsetzungsvermögen. An erster Stelle stehen zu wollen. In den Medien heißt es dauernd, wie wichtig ein gesundes Selbstwertgefühl ist. Beziehungsweise dass ein schlechtes nicht gut ist. Ich fürchte, ich habe *überhaupt* kein Selbstwertgefühl. Genau genommen kann es dann ja gar nicht schlecht sein.

Ich frage mich, wie ich Selbstwertgefühl entwickeln könnte. Ich müsste mein Leben auf Vordermann bringen, eine Freundin finden, besser sitzende Jeans tragen. Aber ich weiß nicht, womit ich anfangen soll. Ohne Selbstwertgefühl kann man nichts anpacken.

Doch gerade kann ich an meinem Selbstwertgefühl sowieso nicht arbeiten. Ich muss mich auf das Gespräch mit dem Arzt konzentrieren. Der Neurologe begrüßt mich freundlich und fasst den Stand der Dinge zusammen. Meine Mutter hat ein paar Facharzttermine und einen Reha-Aufenthalt hinter sich. Ich bemühe mich redlich, das ganze Fachlatein zu verstehen, und passe genau auf. Das Gehirn des Menschen ist leider etwas komplizierter als sein Daumen.

»Ihre Mutter hat eine schon relativ weit fortgeschrittene Demenz. Auf dem MRT sehen wir außerdem die Folgen ihres Schlaganfalls. Das sind die weißen Stellen hier im Frontallappen. Daran besteht leider kein Zweifel.«

Ich lasse das auf mich wirken. Der Arzt gibt mir Zeit.

»Lässt sich das behandeln? Aufhalten?«, frage ich schließlich.

»Man kann die Symptome ein wenig lindern. Heilen lässt sich Demenz nicht.«

Das so klar zu hören, ist hart. Aber es entlastet mich auch und macht irgendwie Sinn. Seit Jahren habe ich nicht wahrhaben wollen, dass meine Mutter immer vergesslicher wird.

Und weil ich mit meinem Vater genug zu tun hatte, habe ich den Zustand meiner Mutter beiseitegeschoben. Papas Krebserkrankung dominierte mein Leben. Jetzt kriege ich wenigstens etwas Abwechslung. Krebs und Demenz. Fällt das schon unter Multitasking?

Der Arzt stellt mir Fragen zu Mamas Befinden. Sie selbst wollte nicht mit ihm sprechen und hat ihre Aussetzer abgestritten.

»Hat Ihre Mutter ab und zu Migräne?«

»Immer mal wieder. Aber sie beklagt sich nicht oft. In unserer Familie gibt es diesen Grundsatz: Wenn man nicht im Sterben liegt, beschwert man sich nicht. Aber mitgekriegt habe ich ihre Kopfschmerzattacken trotzdem. Manchmal hat sie richtig gelitten.«

»Ist Ihnen aufgefallen, dass ihre Feinmotorik schlechter geworden ist?«

»Schwer zu sagen. Wir basteln ja nicht zusammen, insofern kann ich das schlecht beurteilen. Ihr ist öfter mal was runtergefallen, ja, aber passiert das nicht jedem mal?«

»Schon, aber im Zusammenhang mit Demenz und Symptomen wie Migräne kommt dem eine andere Bedeutung zu. Die Aufnahmen lassen vermuten, dass sie in der nächsten Zeit schnell abbaut. Das muss nicht so sein, aber es kann. Eventuell kommt Ihre Mutter bald nicht mehr gut allein zurecht. Sind Sie ihre nächste Bezugsperson?«

»Ja. Meine Eltern haben sich getrennt, ich bin Einzelkind.«

»Sie sollten sich über die Angebote von Gedächtniskoordinatoren und Pflegediensten informieren. Es gibt Unterstützungsmöglichkeiten, Sie müssen das nicht allein schaffen.«

Er rät mir, ein offenes Gespräch mit meiner Mutter zu führen und auch mit meinem Vater zu sprechen. Je eher, desto besser. Alle müssen wissen, was Sache ist und welche Optionen wir haben. Zuletzt versucht der Arzt, mich zu trösten.

»Es ist auch möglich, dass es Ihrer Mutter noch lange gutgehen wird. Wir wissen es einfach nicht.«

»Vielen Dank. Hoffen wir das Beste.«

Ob es meiner Mutter in ihrem Leben jemals richtig gutging?

Dieselbe Frage kann ich auch mir selbst stellen. Ich brauche nur einen dieser vielen Ratgeber zum Thema Glück und Zufriedenheit aufzuschlagen und weiß sofort, dass ich auf der Skala weit unten lande. Eine andere Frage ist, ob das gute, glückliche Leben wirklich so erstrebenswert ist, wie diese Bücher behaupten.

Markus

Sami wohnt schon so lange bei uns, dass ich mich vor ihm nicht mehr zusammenreiße. Vor allem abends wird es bei uns in letzter Zeit richtig laut, und da fluche ich auch schon mal rum.

»Mädels, ihr müsstet längst im Bett liegen, zieht endlich eure verdammten Klamotten aus! Eine Scheiße ist das hier heute!«

»Papa, das sagt man nicht.«

»Mit so ungehorsamen Kindern geht es nicht anders. Wirklich, es ist die Hölle mit euch. Ab ins Badezimmer!«

Mein Wutanfall wird durch die Klingel unterbrochen. Sami zuckt zusammen und verschwindet im Gästezimmer. Ich gehe an die Tür und mache auf. Vor mir steht mein Nachbar von unten.

»Ich muss morgen leider sehr früh aufstehen. Vielleicht könntet ihr den Trubel heute etwas abkürzen?«

»Wenn ich wüsste, wie das geht, würde ich es sofort tun, glaub mir. Mich nervt dieser verflixte Zirkus mindestens doppelt so sehr wie dich! Ich hoffe, das reicht dir als Trost, mehr kann ich gerade leider nicht anbieten.«

Ohne eine Antwort abzuwarten, schließe ich die Tür. Peinlich, der Arme kann ja nichts dafür. Es muss schlimm sein, unter uns zu wohnen. Noch schlimmer ist es, in meiner Haut zu stecken.

Auch wenn die Kinder jetzt ein bisschen besser mitmachen, kann ich nicht aufhören zu meckern. Und irgendwann breche ich plötzlich in Tränen aus. Ida und Juli ziehen sich irritiert in ihre Betten zurück, Ada umarmt mich und streichelt mir durchs Haar.

»Papa, was hast du?«

»Nichts, meine Kleine, nichts. Ihr seid so wundervoll, dass man manchmal ein bisschen überschnappt.«

»Und warum brüllst du so?«

»Weil ich mich dann ausgebrüllt habe und danach so richtig schön leise sein kann.«

»Bist du sehr böse, wenn du laut bist? Dann bist du ganz schön oft böse, Papa.«

»Ja, kann sein. Aber damit man fröhlich und lieb sein kann, muss man zwischendurch auch mal böse sein dürfen.«

Ada gibt mir einen Kuss und verschwindet. Endlich Stille. Sami hat die Küche aufgeräumt und liest Ada noch was vor. Ida kommt aus dem Bett getapst. »Papa, du kennst dich doch mit Schimpfwörtern aus. Was bedeutet Fotze? Habe ich heute draußen gehört.«

Oh, nein. Für meine Töchter bin ich also der Experte für schlechte Sprache. Aber an dieser Stelle darf ich nicht ausweichen. »Das ist ein sehr unschönes Wort für den ganz privaten Bereich bei dir und allen anderen Mädchen zwischen den Beinen. Eure Scheide oder Mumu oder Vulva. Aber dieses hässliche Wort sollte man nicht benutzen.«

»Du sagst aber selber hässliche Worte. Was genau ist eigentlich die Hölle?«

»Das ist ein furchtbarer Ort, wo der Teufel lebt. Sehr heiß soll es dort sein.«

»Wie in Phuket?«

»Du bist ja lustig. So schlimm wie Phuket ist die Hölle dann doch nicht. Und in Wirklichkeit gibt es die Hölle gar nicht, Ida.«

»Aha. Und was bedeutet verflixt?«

»Na, vielleicht, so ein Mist, oder so.«

»Und woher kommt das Wort?«

»Ich weiß es nicht. Du musst jetzt schlafen, Ida.«

»Du weißt aber wenig. Man muss doch Fragen stellen! Ein guter Wissenschaffer, oder wie das heißt, bist du nicht.«

Als ich erschöpft ins Wohnzimmer komme, sieht Sami mich mitfühlend an. Wir machen sofort ein Bier auf – Sami bringt immer interessante Produkte von neuen kleinen Brauereien mit. Ich lasse mich in den Sessel plumpsen. »Ich bin der mieseste Vater der Welt.«

»Ach, Markus. Ich habe gerade genau das Gegenteil gedacht. Und was du dem Nachbarn gesagt hast, war genau richtig.«

»Quatsch. Ich bin ein Idiot, der sich nicht beherrschen kann. Das wissen die ganz genau.«

»Deine Nachbarn?«

»Nein, ich meine die Kinder. Aber die Nachbarn wahrscheinlich auch.«

»Jetzt hör doch mal auf. Es ist absolut richtig, wenn Kinder merken, dass Eltern *auch* Gefühle haben. Und Grenzen! Wäre doch total krank, wenn man sich zu Hause zusammennehmen müsste. Über Gefühle muss man sprechen. So wie irgendwann über Sex und Alkohol.«

»Schön und gut. Trotzdem erkenne ich mich nicht wieder. Seit wann bin ich so ein Wrack?«

»Für mich bist du ein Held. Und definitiv ein guter Vater. Da gibt es ganz andere Kandidaten. Überleg doch mal, all die Kinderschänder in Belgien und diese Kellertypen in Österreich!« Sami grinst mich an.

Jetzt muss ich tatsächlich lachen. Vielleicht hat er recht. Es macht keinen Sinn, die Messlatte zu hoch zu hängen.

Merkwürdig, Samis Handy piept dauernd. Schon die ganzen letzten Tage. Bisher habe ich nichts gesagt; ich dachte, es wäre ein letztes Auflodern mit seiner Ex. Aber sich so viel zu schreiben, wenn es eigentlich vorbei ist, wäre seltsam. Außerdem scheint Sami über jede neue Nachricht zu erschrecken.

»Alter, es ist großartig, dass du bei uns wohnst und mir hilfst. Du kannst bleiben, solange du willst. Aber jetzt verrätst du mir mal, was das für Nachrichten sind, die du da ständig bekommst.«

»Ach, nicht so wichtig.«

»Wirklich? Haben die vielleicht mit dem Schaden in deiner Wohnung zu tun, gibts Probleme bei der Renovierung?«

»Was für ein Schaden?«

»Na, der Wasserschaden!« Plötzlich kommt mir ein Gedanke. »Mensch, Sami, kann es sein, dass es den Wasserschaden gar nicht gibt?«

»Ähm.« Sami schluckt. »Du hast recht. Ich habe Stress mit einer Motorradgang. Bitte entschuldige, ich hätte es dir erzählen müssen. Aber ich wollte dich nicht mit reinziehen.«

»Was für eine Motorradgang?«

»Üble Typen. Ich glaube, das sind richtige Kriminelle. Jedenfalls drohen sie mir mit Mord. Und alles nur, weil ich ihre Maschinen umgetreten habe. Mit Absicht, wohlgemerkt.«

Sami fängt tatsächlich an zu weinen. Ich warte, bis er wieder sprechen kann, und höre ihm zu. Die Verkettung der Ereignisse ist dermaßen bescheuert, dass so was echt nur Sami passieren kann.

»Danke, Markus, dass ich bei dir wohnen durfte. Ich ziehe sofort zurück nach Hause. Ist ja sowieso alles egal.«

»So ein Quatsch. Du bleibst bei uns. Sofern du den Stress mit den Mädchen erträgst, kannst du hier wohnen, solange du willst.«

»Stress? Ich finde es super, das pralle Leben. Was ich hier mitbekomme, ist fantastisch. Heute Morgen zum Beispiel konnte man richtig sehen, wie Ada es genießt, wenn du ihr die Haare kämmst. Das hätte man filmen können! Ein perfekter Moment voller Liebe zwischen Eltern und Kindern. Würde man *mein* Leben filmen, wäre das Ergebnis nur ein Beleg für Pech und Dummheit.«

Armer Sami. Sein einziges, allerdings riesengroßes Problem ist, dass er keine Familie hat. Ist Vaterschaft wirklich dermaßen erstrebenswert? Was mich immer wieder stutzig macht: Für die einfachsten Berufe gibt es eine Ausbildung. Aber fürs Vatersein gibt es null Vorbereitung. Gerade in den ersten, extrem wichtigen Jahren ist man der totale Amateur und lebt nach dem Prinzip *trial and error*. Eine Katastrophe.

Eltern können die Zukunft ihrer Kinder auf so viele Arten verspielen. Die Chancen, hier Mist zu verzapfen, sind viel größer, als es richtig zu machen. Wenn Elternschaft ein Unternehmen wäre, es ginge noch vor dem ersten Jahresabschluss pleite. Ein Unternehmen zu führen, ist vom Prinzip her keine allzu komplizierte Sache: Es muss mehr Geld reinkommen, als du ausgibst. Aber wenn du Kinder kriegst, zahlst du die ersten zehn Jahre ständig drauf. Und bist obendrein im Dauerstress. Selbstverständlich gibt es auch die schönen Momente. Aber ein paar goldige Weihnachtslieder und lustige Überraschungen können nichts daran ändern, dass dein Leben als Elternteil ein ständiger Kampf ist.

Alles, was sich bei Kindern entzünden kann, entzündet sich irgendwann: die Ohren, der Kehlkopf, die Lunge, die Blase, der Blinddarm, sogar die Beziehungen zu den Kita-Freunden. Übrigens verstehe ich bis heute nicht, wieso man die Kita-Gruppen nicht einfach Die Läuse, Die Bandwürmer oder Die Streptokokken nennt. Das wäre wenigstens ehrlich. Oder auch Die Clowns, Die Fieslinge und Die Zerstörer.

Als ich Vater wurde, lief es beruflich gerade ganz passabel. Aber der Kinder wegen musste ich die Businessreisen einschränken, und das wars dann mit der Karriereleiter. Es ging sogar ein paar Sprossen runter, jedenfalls beim Gehalt. Inzwischen bin ich so unmotiviert, dass ich mich selbst nie einstellen würde. Immer ist eins der Mädchen krank, man muss zum Arzt, zur Logopädie, zum Ballett, egal was. Es ist ein ständiges Herumkutschieren, an Karriere ist da nicht zu denken.

Vater zu werden verändert dein Leben radikal. Und wahrscheinlich muss das auch genau so sein. So naiv war ich nicht, dass ich angenommen hätte, alles ginge weiter wie vorher. Aber man muss aufpassen, dass nicht alle Veränderungen negativ sind.

Ohne Kinder diente Urlaub der Erholung. Jetzt erhole ich mich bei der Arbeit. Dass ein Bürojob anstrengend wäre, ist ein Irrtum. Die Arbeit ist so ziemlich das Logischste, was es gibt, strukturiert und gut einzuschätzen. Kinder sind das Gegenteil davon.

Ganz bedenklich ist, wenn du dich nicht mehr als Einzelperson siehst: Wenn du auf die Frage »Wie geht es dir?« nur noch auflistest, was bei den Kindern los ist. Wenn du kein Individuum mehr bist, sondern nur noch Vater oder Mutter. Das ist gefährlich, denn dann bist du irgendwann ausgebrannt.

Genau so erging es meiner Frau Sara. Sie hat sich aufgerieben und dabei selbst verloren. Sie war nichts anderes mehr als die Mama von Ada, Ida und Juli. Dabei sollte man als Erwachsener wissen, dass es nie gut ist, wenn man sich nur über eine einzige Sache definiert. Denn wenn die schiefläuft, hast du alles verloren. Und meistens läuft sie genau dann schief, wenn man zu fixiert darauf ist. Ich muss aufpassen, dass ich nach Sara nicht der Nächste bin, der ausbrennt.

Allerdings: Wenn ich mir Samis Situation mit diesen komischen Bikern ansehe, schrumpfen meine eigenen Sorgen erheblich. Ich muss ihm helfen. Aber wie?

Sami

Was für eine Erleichterung, endlich jemandem von dem Ärger mit der Motorradgang zu erzählen. Jetzt weiß wenigstens einer, was Sache ist, wenn ich zusammengeschlagen auf dem Asphalt liege und an meinen Wunden sterbe.

Markus wollte sofort mit diesen Typen sprechen, doch ich konnte ihn davon abhalten. Er wollte ihnen tatsächlich neue Maschinen kaufen! Mein alter Kumpel, der liebe Spinner. Er hat von seinen Großeltern eine Menge Kohle geerbt, aber die darf er auf keinen Fall *dafür* ausgeben. Trotzdem denke ich, dass es schlau wäre, ich hätte für solche Fälle was auf der hohen Kante. Aber im Grunde geht es hier gar nicht um Geld. Alles beginnt doch mit der Einstellung der Leute, mit ihren Prinzipien. Wenn ich was mache, was gegen deine Prinzipien verstößt, und du bist nicht gesprächsbereit, dann gibts Krieg. Mehr Kompromisse statt eiserner Prinzipien, und wir Menschen wären eine bessere Spezies.

Eigentlich konnte ich die Drohungen zuletzt einigermaßen erfolgreich verdrängen. Man lernt, mit seiner Situation zu leben. Hilfreich ist auch meine neue Ablenkung – ich muss dauernd an diese Mutter vom Spielplatz denken.

Zum Glück bin ich *mehrfacher* Patenonkel: Ich rufe meinen Studienfreund Kalle an, der ein Mädchen in Adas Alter hat, Annika. Ich schätze mal, Minnas Mama wird die Gesichtszüge von Ada nicht mehr so genau in Erinnerung haben; die prägen sich doch erst später richtig aus.

»Hey Kalle, wie läufts bei euch?«

»Ganz okay. Annika wächst und wächst. Bald wird sie vier.«

»Wow, verrückt. Du, ich dachte, ich könnte mal wieder einspringen und mich als guter Patenonkel erweisen. Wie wärs, wenn ich mit Annika auf den Spielplatz gehe und wir ein Eis essen? Dann hättet ihr ein bisschen Zeit für euch. Lade Riikka doch spontan zum Italiener ein oder so.«

»Cooles Angebot. Warte, ich frage direkt nach.«

Ich höre Annika im Hintergrund fröhlich kreischen.

»Alles klar, hier hat jemand großen Eishunger.«

»Super, bin gleich da.«

Ich kriege auch hier genaueste Anweisungen, wann welche Kleidungsschichten an- oder auszuziehen sind und wie ich bei welchem Verhalten zu reagieren habe. Die Kleinen von heute werden wirklich auf Händen getragen. Als *ich* klein war, reichte es meinen Eltern, wenn ich abends noch am Leben war.

Jetzt kann ich nur hoffen, dass Minnas Mama auf dem Spielplatz ist.

Das Glück ist auf meiner Seite. Sie sitzt auf der Bank neben dem Sandkasten und sieht noch hübscher aus als neulich.

»Wie schön, dass ich dich wiedertreffe!«, sage ich.

»Oh, du bist es, hallo!«

»Ich heiße übrigens Sami.«

»Ich bin Essi. Aber das spielt hier auf dem Spielplatz ja

keine Rolle. Hier sind wir vor allem Mamas und Papas.«
Sie zwinkert mir zu. Dann mustert sie Annika und wirkt
irritiert.

»Hat Ada eine andere Jacke an? Zwei Jacken für das gleiche Wetter? Ihr seid ja bestens ausgestattet.«

Shit, sie hat sich Adas Klamotten gemerkt.

»Äh, ja. Gestern gekauft.«

»War das dieses Angebot in der Kamppi-Mall?«

»Stimmt, da ist die Jacke her. Die darf man nicht zu oft
waschen, dann hält die Beschichtung länger. Lieber mal mit
dem Schwamm abwischen.« Ich mache eine Wischbewe-
gung.

Essi scheint noch immer leicht irritiert. »Ich müsste für
Minna auch was Neues kaufen. Ihr Matschanzug wird langsam zu klein. Aber ich muss die Marke wechseln, bei der
alten sind die Fußriemen so schnell kaputtgegangen. Reima
zum Beispiel benutzt Fußriemen aus Silikon. Die halten
das schlimmste Getrampel aus, sogar bei Gummistiefeln mit
harten Sohlen.«

So genau kann ich mich an die Einzelheiten aus Markus'
Vortrag nicht mehr erinnern. Also einfach nicken. »Ja, Sili-
kon ist immer gut. Also, bei Fußriemen.« Ich versuche ein
Grinsen.

Essi lächelt gekünstelt. Die Mädchen bauen zusammen
Gebirge aus Sand. Ich frage Essi nach ihrem Job. Sie ist
Marketingchefin, momentan in Elternzeit. Marketingche-
fin hört sich gut an, was ich ihr prompt sage: »Zwei tolle
Sachen auf einmal. Marketing, und dann auch noch Chefin,
hat was.«

Essi reagiert verhalten und mustert Annika. Irgendwie
läuft es heute nicht. Am besten, ich frage sie schnell nach ih-

rer Telefonnummer und trete den Rückzug an, sonst fliege ich noch auf.

»Wir müssen langsam los, was essen. Es war schön, dich zu sehen. Magst du mir deine Nummer geben? Wir könnten uns ja mal ohne Kinder treffen und in Ruhe quatschen.«

»Ich weiß nicht … ich hab ziemlich viel um die Ohren.«

»Natürlich auch gerne *mit* den Kindern. Es gibt nichts Wichtigeres als die Kinder.«

»Hör mal, Sami. Ich habe keine Ahnung, was das soll, aber du bist heute nicht mit demselben Kind da wie neulich und tust trotzdem so, als wäre es Ada.«

»Moment mal … Natürlich ist das Ada!«

»Nein. Das Mädchen hier hat braune Haare und braune Augen. Ada war blond! Oder hast du ihr etwa die Haare gefärbt und braune Kontaktlinsen eingesetzt?«

»So eine Unverschämtheit. Komm, Ada, wir gehen! Ich kaufe uns ein Eis.«

»Au ja! Aber ich heiße Annika.«

Verdammt, nichts wie weg hier. Annika und ich gehen im Eilschritt zur nächsten Fast-Food-Kette und kaufen ein Softeis. Ich rufe Kalle an, der seine Tochter abholen kommt. Annika läuft ihm entgegen und springt an ihm hoch, Kalle fängt sie auf und wirft sie in die Luft. Ich schaue bewundernd zu. Ich habe noch nie ein Kind in die Luft geworfen. Ob das eine Art Grundbedürfnis des Menschen ist? Es fühlt sich zumindest gerade so an.

Ich gehe zurück zu Markus und arbeite ein paar Stunden. Markus und die Mädchen kommen um kurz vor fünf. Es ist noch reichlich Essen von gestern da, das ich in der Mikrowelle aufwärme und mit Gurkenscheiben aufpeppe.

Markus und die Kinder setzen sich zufrieden an den gedeckten Tisch.

»Die Eltern-WhatsApp-Gruppe dreht durch. Minnas Mama schreibt, dass es auf dem Spielplatz einen Mann gibt, der mit wechselnden Kindern auftaucht und alleinerziehende Mütter anbaggert.«

»Dort ist ja was los«, sage ich und ringe mir ein Lachen ab. In Wahrheit fühle ich mich hundeelend. Ich schwöre mir, beim Kennenlernen von Frauen nie wieder zu lügen. Wenn sie Katzenfan ist – ich habe keine Katze! Wenn sie begeistert Yoga praktiziert – ich bin kein Yogi mit Interesse an asiatischer Kultur! Und ich werde auch keiner Bankerin mehr sagen, dass ich ein dickes Aktienportfolio besitze. All diese Fehler darf ich kein zweites Mal begehen. Jede noch so kleine Lüge rächt sich irgendwann. Auch wenn die Absicht dahinter positiv war. Ich will das Kennenlernen ja nur vorantreiben, mich und die Frau schneller ans Ziel bringen. Doch ab sofort muss ich mit offenen Karten spielen.

Ich weiß jetzt, dass man auch kleine Kinder gut wiedererkennt. Eine Mutter wie Essi kann Gesichter bestens unterscheiden und informiert sofort alle anderen, wenn was nicht stimmt. Jetzt suchen die mich. Wie kann man es bloß schaffen, gleichzeitig fiese Biker *und* nette Eltern am Hals zu haben? So was kann echt nur mir passieren. Und vor beiden Gruppen habe ich Respekt.

Nojonen

Wenn mich einer nach meinem Job fragt: Papierkrieg, Full-time. Mit meiner Mutter geht es steil bergab, ihre Beweglichkeit ist zunehmend eingeschränkt. Von den Gedächtnisfunktionen ganz zu schweigen. Ich rufe überall an, aber so schnell passiert nichts. »Meine Mama ist im Arsch, jetzt übernehmt ihr mal«, funktioniert wohl doch nicht so einfach.

Wenn wir Kohle hätten, wäre die Lage anders. Aber die Armen müssen den Weg des Papierkriegs gehen. Erst gestern habe ich ein Formular zusammengeknüllt und an die Wand gepfeffert, es dann aber wieder aufgehoben und geglättet. Hilft ja nichts. Man muss alles brav eintragen und möglichst viele Kriterien erfüllen, sonst kriegt man keine Unterstützung.

Der Termin bei der Beratung bringt mich auch nicht weiter.

»Wenn die Krankenkasse alle Kosten übernehmen soll und Sie jetzt den Schritt in ein Heim machen wollen, muss die Kommune erst offiziell den Bedarf feststellen. Natürlich können Sie die Heimkosten auch selbst tragen, sofern Sie einen Platz für Ihre Mutter finden.«

»Was kostet das denn so?«

»Um die fünftausend pro Monat. Die wissen ganz gut, was sie verlangen können, nett ausgedrückt. Aber der Service ist dann am Ende auch nicht besser, als wenn Sie den bürokratischen Weg über die Kommune gehen.«

»Und wenn ich die Pflege meiner Mutter selbst übernehme? Ich bin jetzt schon täglich bei ihr zu Hause. Ehrlich gesagt glaube ich nicht, dass sie sich in ein Heim stecken lässt. Geschweige denn, dass man sie da haben will.«

Die Beraterin lacht. »Bislang haben die noch jeden genommen, auch wenn Demenzkranke oft etwas schwierig sind. Wenn Sie Ihre Mutter selber pflegen wollen, beinhaltet das auch solche Dinge wie An- und Ausziehen, Waschen und Duschen, Füttern. Und um finanzielle Hilfen dafür zu bekommen, müssen wieder mehrere Kriterien erfüllt sein. Das ist streng geregelt, damit man sich keine Leistungen erschleichen kann. Sie müssten auch noch einen Kurs besuchen, der Sie in die Pflege einführt. Der Verein für Gedächtniskrankheiten unterstützt Sie in diesem Fall. Aber wie gesagt, auch für diese Variante muss man den bürokratischen Weg gehen.«

Immerzu Formulare beackern und Kriterien erfüllen. Schlimm. Ich war noch nie gut darin, Kriterien zu erfüllen, weder im Job noch bei Frauen. Und meine Mutter ist ein besonders schwerer Fall. Aber gut, ich werde mir die Unterlagen ansehen.

Das Leben ist voller Herausforderungen und Veränderungen, das bin ich schon gewohnt. Bei mir wird es nur mit jeder Veränderung ein bisschen schlechter.

Im Bus lese ich die Broschüre mit der Überschrift *Würdig leben mit Demenz*. Würdig, ja, alles soll würdig sein, das ganze Leben lang. Die Senioren auf den kleinen Bildern wirken vital und fröhlich. Die Wahrheit sieht total anders aus. Und selbst wenn wir ein sympathisches Heim finden – wir werden es uns nicht leisten können.

Überall wird einem suggeriert, das Wohl der erkrankten Eltern sei das Wichtigste überhaupt. Dass man sich aufopfern und Geld und Kraft investieren muss. Andere Wege sind gesellschaftlich nicht akzeptiert – Liberalisierung und Individualisierung hin oder her.

Natürlich will ich das Beste für meine Mutter. Aber das darf mich nicht ruinieren. Weder finanziell noch sonst. Ich sorge mich nicht nur um meine Mutter, sondern auch um mich selbst.

Markus

Armer Sami. Sein Ärger mit der Motorradgang will mir nicht aus dem Kopf. Und ein bisschen hängen wir ja auch mit drin, Sami wohnt schließlich hier. Ich muss ihm unbedingt helfen. Die Nummer, von der die Drohungen geschickt werden, habe ich bereits in meinem Handy gespeichert. Am besten, ich packe es sofort an.

Ich verlasse das Großraumbüro und gehe über den Flur in die Kabine für private Gespräche. Ich rufe von einer Prepaidnummer an und nenne einen falschen Namen.

Meine Finger zittern. Aber ich bin studierter Anthropologe, und mein Job ist es, vor fremden Kulturen keine Angst zu haben, sogar offen auf sie zuzugehen. Mal sehen, ob die Motorradgang und ich miteinander kommunizieren können.

»Väänänen«, meldet sich eine knarzige Stimme.

»Jari Nieminen hier, hallo. Ich rufe für meinen Freund Sami Heinonen an, der von diesem Telefonat keine Ahnung hat. Ich habe mitgekriegt, dass auf seinem Handy diverse Nachrichten eingehen, und mal ein bisschen spioniert. Keine Sorge, er hat niemandem von der Sache erzählt. Dieser Anruf geht voll und ganz auf meine Kappe. Also, Sami hat Scheiße gebaut, und das weiß er auch selbst.«

»Das ist das Mindeste. Aber er soll sich gefälligst persönlich bei mir melden. Feige Sau.«

»Das kann ich ihm gerne ausrichten. Oder ich kann Ihnen und Ihren Freunden auch einfach neue Motorräder kaufen. Und im Gegenzug lassen Sie dann meinen Freund in Ruhe.«

»Es geht nicht um Geld. Unsere Maschinen haben symbolischen Wert. Er muss schon selbst anrufen, wenn er die Sache klären will.«

»Ich glaube, er traut sich nicht. Und ehrlich gesagt ist das auch kein Wunder, Sie haben ihm mit Mord gedroht. Gleich mehrmals.«

»Da ist es wohl mit mir durchgegangen.«

»Vielleicht könnten wir einen Deal vereinbaren?«, schlage ich vor. »Ich sorge dafür, dass er Sie anruft, und Sie versprechen mir, dass Sie ihn nicht umbringen oder verletzen. Sami ist ein korrekter Typ und darf auf keinen Fall wegen einer so dummen Geschichte sterben, verstehen Sie? Ich habe ja Ihre Nummer. Wenn Sie ihm was antun, sage ich sofort bei der Polizei aus.«

»Hören Sie, ich glaube nicht, dass *Sie* die Bedingungen stellen sollten. Und drohen darf man mir schon gar nicht.«

»Entschuldigung. Das war nicht meine Absicht.«

»Aber Respekt. Cool, dass Sie Ihrem Freund beistehen, so was wissen wir zu schätzen. Sorgen Sie dafür, dass er uns anruft, um alles andere kümmern wir uns.«

»Okay. Und ich kann Ihnen vertrauen?«

»In unseren Kreisen kann man sich auf Absprachen verlassen.«

Damit ist das Telefonat zu Ende. Meine Hände zittern. Ich bin stolz auf mich. Vielleicht ist das meine eigentliche Berufung? An mir ist womöglich ein Friedensvermittler verloren gegangen. Vielleicht könnte ich sogar die Mafia auflösen.

Abends spreche ich mit Sami.

»Ich habe über diese üble Geschichte mit den Motorradtypen nachgedacht.«

»Da sind wir ja schon zwei.«

»Ich finde, du solltest sie anrufen.«

»Aber die wollen mich umbringen!«

»Quatsch. Hunde, die bellen, beißen nicht. Schon gar nicht durchs Telefon, und auch sonst nicht. Wenn die tatsächlich Kriminelle sind, können die sich keine unnötigen Leichen leisten. Und wenn sie keine Kriminelle sind, bringen sie auch niemanden um. Logisch, oder? Echt, Sami, denk drüber nach.«

»Okay. Nicht, dass ich überhaupt noch was anderes tun würde. Mein Leben besteht aus nichts als Nachdenken. Wenn ich mal fünf Minuten entspannt im sogenannten Hier und Jetzt sein könnte, wäre das zur Abwechslung auch mal ganz schön. Aber das ist in meinem Leben wohl nicht vorgesehen.«

Sami

Ich kann mich nicht für den Rest meines Lebens verstecken. Ich habe eine Arbeit, Freunde und in der nahen Zukunft hoffentlich auch ein Familienleben. Markus hat recht, so wie eigentlich immer. Schon als Kind wusste er, dass man sich im Nationalpark nicht außen am Geländer der Hängebrücke entlanghangelt. Ich habs trotzdem getan.

Es ist das schlimmste Telefonat meines Lebens. Jedenfalls vorher. Viel schlimmer als die Anrufe bei den Mädchen, die ich in meiner Schulzeit gut fand. Das waren Festnetztelefonate, bei denen meistens die Mutter oder der Vater ranging. Die Mütter waren das kleinere Übel, die mochten es, wenn ich mich mit vollem Namen vorstellte und ihnen noch einen schönen Tag wünschte. Dann konnte ich im Hintergrund so was hören wie »freundlicher Junge«, während die Schritte des Mädchens näher kamen. Schrecklich waren die Väter. Die blieben misstrauisch, egal wie höflich ich mich gab. Sie ließen mich meine fehlende Befugnis, mit ihren Töchtern Kontakt zu haben, deutlich spüren.

Ich hatte bislang an die zweihundert Nachrichten bekommen, die alle auf eins hinausliefen: Stell dich, du gottverdammter Feigling, oder wir finden dich und bringen dich um.

Ich denke nicht, dass ich ein Feigling bin. Eher ein Verrückter. Denn statt weiter unterzutauchen, rufe ich meinen Verfolger jetzt an. Es klingelt drei Mal, dann meldet sich eine raue Stimme:

»Väänänen.«

»Hier Sami Heinonen, äh, guten Tag.«

»Hallöchen, haha. Wurde auch Zeit.«

»Ja, ich habe Ihre Nachrichten natürlich bekommen, aber ich hatte viel zu tun. Jetzt rufe ich endlich an. Da war doch diese ungeschickte Sache mit den Motorrädern, wirklich blöd, ein saudummes Versehen.«

»Wie ein Versehen hat das nicht gerade ausgesehen.«

»Ähm, nein, das war es auch nicht. Die Sache ist die, wir können nicht ewig so weitermachen. Was wollen Sie? Geld, einen echten Faustkampf, oder was? Darf ich vielleicht auch noch erklären, wie es überhaupt dazu kam?«

»Na los, nur zu.«

Ich erzähle ihm die ganze Geschichte: die Beerdigung meines Vaters, meine innere Leere und Erschöpfung, die Eskalation, als ich Jenna mit dem Typen auf dem Motorrad abzischen sehe. Statt »Eskalation« sage ich »ich fühlte mich so was von gefickt, verdammt«. Es ist wichtig, eventuelle kulturelle Unterschiede sprachlich zu überbrücken. Väänä-nen lacht mitfühlend.

»War das einer mit 'ner Japsenkarre?«

»Mit was?«

»Einer Plastikmaschine aus Japan.«

Ich habe keine Ahnung, was für eine Maschine das war, aber ich merke sofort, dass ich die Strategie »ein gemeinsa-mer Feind verbindet« fahren sollte.

»Ja, klar, das war eine verfluchte Japsenkarre.«

»Armer Wichser. Fährt auf diesen peinlichen Dingern. Das macht keiner, der wirklich Mumm hat.«

Ich kenne mich da nicht aus, ich habe ja nicht mal einen Führerschein. Das Thema sollte ich besser nicht vertiefen. Lieber schnell wieder übers Eigentliche reden – wie wir uns arrangieren können.

»Ja, also … was kann ich tun?«

»Alle Achtung, dass du angerufen hast, Kumpel. Das traut sich nicht jeder. Ich sprech mal mit meinen Leuten und ruf dich später wieder an. Wir werden schon eine Lösung finden.«

»Später« ist gut. Mein Handy klingelt um Mitternacht, ich will gerade ins Bett. Markus sieht mich fragend an. Ich gehe in den Flur und mache die Tür hinter mir zu.

»Folgendes. Wir können leider nicht *beide* Augen zudrücken. Aber die anderen wissen deinen Mut genauso zu schätzen wie ich. Wir haben uns was überlegt. Morgen Abend kommst du zu uns in den Klub.«

»Ihr wollt mich umbringen.«

»Quatsch, wir sind doch keine Tiere. Na ja, irgendwie vielleicht schon, aber keine Raubtiere. Kein Stress also. Du darfst niemandem was sagen. Sonst kriegst du Ärger, und zwar richtig.«

»Alles klar.«

Ich notiere mir die Adresse. Oh nein, die Gegend ist mehr als berüchtigt. Da soll ich alleine hin? Verdammte Scheiße. Wieso habe ich nicht einfach im Park gegen eine Straßenlaterne getreten? Dann müsste ich mich jetzt nicht mit Bikern herumschlagen, sondern mit einem Parkwächter. Wobei der mir vielleicht auch an die Gurgel gehen würde.

Nojonen

Mit Mamas Demenz wird es immer komplizierter. Die Ärzte haben festgestellt, dass sie eine sehr seltene Form von Gedächtnisverlust hat. Die Krankheit nennt sich Cadasil, in Finnland sind nur wenige Fälle bekannt, die meisten davon im Südwesten, und genau da kommt meine Mutter her. Furchtbarer Dialekt, die Mentalität ist auch nicht viel besser, aber darauf kann man diese traurige Neuigkeit nicht schieben.

Meine Mutter hat immer gesagt, sie sei ein stinknormaler Mensch und hätte keine Besonderheiten. Nun hat sie doch eine. Und die erklärt eine Menge: die eingeschlafenen Gliedmaßen, meist nur einseitig, die Vergesslichkeit, die Konzentrationsschwäche und auch die depressiven Verstimmungen. Das sind alles typische Cadasil-Symptome, keine Persönlichkeitsmerkmale. Ihr Schlaganfall lässt vermuten, dass die Krankheit relativ weit fortgeschritten ist.

Allein kommt meine Mutter nicht mehr zurecht, das ist jetzt offiziell. Sie erfüllt alle wesentlichen Kriterien, sodass ich ab sofort ihre Pflege übernehmen und staatliche Hilfe beziehen kann. Im Grunde war ich schon vorher ihr Pfleger, nur unbezahlt. Nach dieser Logik war ich allerdings auch bereits Paartherapeut, Hausmeister und noch einiges mehr.

Aber Blut ist dicker als Wasser. Und das gilt leider in doppelter Hinsicht: Ich trage ein deutlich erhöhtes Risiko, ebenfalls an Cadasil zu erkranken. Vielleicht habe ich es längst. »Diese Krankheit beginnt nicht erst im Alter. Erste Symptome können sich auch mit vierzig schon zeigen.« Der

Arzt gibt mir einen Ratschlag: »Lassen Sie das untersuchen. Ich schreibe Ihnen eine Überweisung.«

»Danke, nicht nötig, momentan schaffe ich das ohnehin nicht.«

Bevor ich offiziell für krank erklärt werde, was mir in diesem Augenblick sehr wahrscheinlich vorkommt, muss ich den Kurs für Angehörigenpflege absolvieren. Dann kriege ich ein paar fürstliche Hunderter jeden Monat – als Lohn dafür, dass meine Mama keinen Heimplatz besetzt und ich der Gesellschaft den Job abnehme. Ein ziemliches Nullsummenspiel, dieser Deal zwischen Individuum und Gesellschaft.

Ich sitze mit etwa zwanzig Leuten in einem Raum. Die meisten sind um die siebzig, nur wenige sind jünger oder sogar in meinem Alter. Die Frau vorn erinnert uns zu Beginn ihres Vortrags daran, dass wir nicht allein sind. In Finnland gibt es zweihunderttausend Menschen mit einer Gedächtniserkrankung. Auch wenn die spezielle Ausprägung meiner Mutter selten ist, im Endeffekt sitze ich mit zig Leuten im gleichen Boot.

Wir bekommen diverse Informationen. Alles, was eine Brücke zu früher schlägt, animiert die Kranken. Geliebte Lieder, geliebte Orte, Lieblingsgerichte. Das Wort »Liebe« kommt in jedem fünften Satz vor. Aber was mich betrifft, passt das schon. Was soll es denn sonst sein, wenn nicht Liebe, wenn ich meine Mutter pflege. Ohne diese Liebe läge ich irgendwo in Asien am Strand.

Wir werden in Kleingruppen eingeteilt und sollen uns über die Lieblingsdinge unserer Angehörigen austauschen. Das Gute an Gruppenarbeit ist, dass meistens eine besonders engagierte Person die Arbeit für alle miterledigt. So auch dieses Mal. Eine Endsechzigerin, die einen an Alzheimer erkrankten Mann hat.

»Mein Mann reagiert stark auf Gerüche. Wenn ich sein Leibgericht koche, ist er den restlichen Tag viel empfänglicher.«

Die anderen steuern eifrig ihre Erfahrungen bei, die rüstige Dame schreibt mit. Nur mir fällt nichts ein. Peinlich. Ich habe anscheinend keine Ahnung, was meine Mutter liebt. Vielleicht liebt sie ja mich? Dann würde ihr allein schon meine Anwesenheit helfen. Bei uns zu Hause wurde nicht über Gefühle gesprochen – nicht darüber, was man toll fand, auf was man Lust hatte. In meiner Familie wurde sachlich und vernünftig vor sich hingelebt. Wenn einem das zu langweilig war, konnte man sich damit trösten, dass das Leben unterm Strich eine kurze Angelegenheit ist.

Der Kurs besteht aus mehreren Teilen. Es geht um den alltäglichen Umgang mit den Kranken, wie man sie möglichst lange beweglich hält und was bei der Ernährung zu beachten ist. Das meiste ist sinnvoll und erhellend; einiges hätte man sich auch mit dem gesunden Menschenverstand zusammenreimen können.

Sehr wichtig scheint die Erwartungshaltung zu sein. Niedrig! Und eine gewisse Demut. Man sollte sich darauf einstellen, nur selten das zu erreichen, was man sich wünscht. Dennoch muss man freundlich bleiben, statt den Angehörigen anzuschnauzen. Das wird nicht immer leicht sein.

Vermutlich ist es mit Mama wie mit einem kleinen Kind. Ich werde oft das Gleiche sagen, mal im Dutzi-dutzi-liebe-kleine-Mama-Ton, mal laut und streng. Der einzige Unterschied: Ein Kind entwickelt sich weiter, ein Demenzkranker zurück. Trotzdem muss man positiv bleiben. Die Kalenderweisheit »Wenn eine Tür sich schließt, öffnet sich eine andere« gilt hier jedoch nicht. Vielleicht gehen die Türen eine nach der anderen zu. Und nie wieder auf.

Im Grunde kann ich dankbar sein für Mamas Timing. Papas Krebs ist inzwischen so schlimm, dass er palliativmedizinisch betreut wird. Die Verantwortung für ihn tragen jetzt andere, Profis. Ich kann mich voll und ganz auf meine Mutter konzentrieren.

Am Tag seiner Einweisung helfe ich Papa. Ich packe die wichtigsten Sachen für ihn ein. Am Schluss noch seine Zigaretten, von denen er einfach nicht lassen kann, und die Sudokuhefte. Er schaut mit großen Augen zu. Ihm ist klar, dass er nicht mehr zurückkehren wird in seine Wohnung. Und mir ist klar, dass ich es sein werde, an dem die Haushaltsauflösung hängen bleibt.

Ich helfe ihm auf die Rückbank des Taxis und setze mich neben ihn. Er brabbelt leise vor sich hin, unverständliches Zeug. Hinter meinen Schläfen pocht es. Ist das etwa eine Migräne? Ich sollte zu diesem Vererbungstest gehen, sonst analysiere ich mich ständig und werde noch verrückt. Andererseits, was bringt es mir, das Ergebnis zu kennen? Sterben muss ich sowieso, ob dement oder nicht.

Hanna

Dein Körper ist dein Tempel, deine Seele der Hüter

Ich habe zahlreiche Kommentare zum Thema Mutterschaft erhalten, vielen Dank dafür. Was für mich das größte Glück auf Erden ist, scheint für viele unerreichbar. Deshalb möchte ich hier mein uneingeschränktes Mitgefühl aussprechen und all denen Trost spenden, die ihn nötig haben. Und Folgendes mit euch teilen: Auch WIR mussten es jahrelang probieren, ehe es endlich geklappt hat.

Auf dem Weg dahin haben mir zwei Dinge geholfen. Erstens, Nachsichtigkeit mit dem eigenen Körper. Zweitens, ein stressfreier Alltag. Zum Glück hat mein Mann mich in beidem unterstützt. Rund um den Eisprung hat er mich immer mit kleinen Dingen verwöhnt, sodass ich mich wie eine Königin fühlte. Ich wurde geliebt und wertgeschätzt – so, wie ich bin. Vor lauter Glück konnte ich den Druck des Kinderwunsches sogar beinahe vergessen.

Die Nacht, in der es geklappt hat, war einfach perfekt. Ich kam an einem Winternachmittag müde von der Arbeit zurück, mein Mann hatte asiatisch gekocht und Kerzen angezündet. Er verband mir die Augen mit einem Seidentuch und führte mich zum Bett. Dort bekam ich eine ausgiebige Massage. Danach gingen wir ins Esszimmer und aßen, natürlich ohne Augenbinde. Schon beim ersten Bissen sah ich die Überraschung vor dem Fenster – auf dem großen Platz draußen hatte mein Mann »Du bist vollkommen« in den Schnee geschrieben. Um den Satz herum flackerten rote Fackeln. Das Essen schmeckte großartig, und schon bei der Vorspeise streichelten wir uns mit Blicken. Nach dem Dessert taten wir es richtig. Ich war vollkommen offen – für meinen Mann, für das gesamte Universum.

Als ich jünger war, schämte ich mich für meinen Körper. Nicht einmal vor meinem Mann wollte ich mich nackt zeigen. Aber er schaffte es, dass ich mich schön und begehrenswert fühlte – bis heute.

Neun Monate nach dieser wundervollen Nacht hielten wir unser geliebtes erstgeborenes Kind auf dem Arm.

Wir dürfen eins nie vergessen: Die wichtige Verbindung zwischen Körper und Seele. Unser Körper ist ein Tempel, herrlich und einzigartig. Aber er braucht Aufmerksamkeit, Pflege und vor allem Nachsichtigkeit.

Sei gut zu dir. Du besitzt einen Tempel. Pflege ihn, halte ihn gesund und rein. Du bist zugleich Hüterin dieses Tempels und die staunende, dankbare Besucherin.

Bei Jonas und mir sieht es anders aus, da ist noch viel Luft nach oben. Einmal hat Jonas mich an einem der Tage rund um den Eisprung liebevoll gestreichelt. Ich glaube, er meinte sogar, ich wäre einigermaßen hübsch. Dann hat er uns Pizza geholt.

Aber im Grunde hat Jonas keine Ahnung vom Eisprung, und erst recht nicht von Massagen oder der weiblichen Psyche überhaupt. Und das ist auch okay – dachte ich jedenfalls. Ich habe mir bewusst einen stinknormalen Mann ausgesucht. Aber anscheinend reicht so einer nicht in jeder Lebenslage.

Kann schon sein, dass der Körper ein Tempel ist. Dann wäre mein Tempel ziemlich marode und renovierungsbedürftig. Und das, bevor so richtig was in seinem Inneren stattgefunden hat. Was Positives.

Eine Fehlgeburt habe ich bereits hinter mir. Ich weiß, eigentlich ist das wenig. In den Internetforen steht, dass man sich ab der fünften Fehlgeburt ganz, ganz schlimm fühlt. Wie kann ich mich also beschweren? Es hat anderthalb Jahre gedauert, schwanger zu werden, und im Moment ist meine Angst vor einer neuen Fehlgeburt fast größer als der Wunsch, erneut schwanger zu werden.

Im Krankenhaus wurde meine Fehlgeburt sehr nüchtern kommentiert: »Das passiert ständig. Und so gut wie allen.« Die Ärztin schien zu müde und erschöpft, um persönlich auf mich einzugehen.

Klar, der Zweite Weltkrieg ist damals auch so gut wie allen passiert. Aber besonders schlimm war es für diejenigen, die einen Angehörigen verloren haben. Okay, ich muss mich zusammenreißen. Wenn ich es schaffe, ein zweites Mal schwanger zu werden, halte ich die neun Monate Angst schon irgendwie aus.

Auf den romantischen Abend kann ich bei Jonas vergeblich warten. Da könnte ich eher den Hausmeister bitten, dass er mir im Garten eine nette Botschaft hinterlässt und danach zu mir ins Schlafzimmer kommt. Jonas kann währenddessen für uns alle Pizza holen. Sofern wir dafür überhaupt noch Geld übrig haben. Die Behandlung in der privaten Kinderwunschklinik kostet ein Vermögen. Aber wir haben keine Wahl, die Wartelisten bei den normalen Kliniken sind zu lang. Und wir haben keine Zeit mehr, ich werde nicht jünger. Zeitdruck und Geldsorgen wirken sich leider ungünstig auf den Stresspegel aus.

In der Klinik empfängt uns eine freundliche Dame. Ihr Lächeln ist angesichts unserer Lage äußerst passend – nicht zu fröhlich, aber auch nicht zu schmallippig. Ein zweites Pärchen sitzt in der anderen Ecke des Wartezimmers, auf einem Tisch liegen Frauenzeitschriften, unter anderem das Magazin *Unsere Familie*. Geht es noch unpassender?

Auf dem Kaffeeautomaten, der eine top Auswahl bietet, steht eine Schale mit feinster Schokolade. Die stimuliert die Eizellen und Spermien definitiv nicht. Aber sie ist lecker. Ich nehme so viele Täfelchen, wie es gerade noch vertretbar ist – acht. Irgendwie muss man die teure Behandlung doch zu kompensieren versuchen. Funktioniert natürlich nicht richtig: Für die zweitausendfünfhundert Euro, die uns diese Runde kostet, könnte ich hundert Kilo Schokolade kaufen und würde geschmacklich nicht enttäuscht werden. Jetzt gebe ich eine Menge Geld für eine Behandlung aus, deren Erfolg ungewiss ist.

Im Behandlungszimmer schaut der Arzt sich meine Eizellen mit dem Ultraschall an. Mein Bauch ist voller blauer Flecke – von den Einstichen der Hormonspritzen, die ich mir mal zu Hause, mal auf der Arbeit setze. Hauptsache, immer zur selben Zeit. Jonas kriegt davon nichts mit. Ihn macht so was fertig. Aber es wird ihn auch fertigmachen, wenn nicht bald was passiert.

»Sieht gut aus. Die Hormone haben schöne Eier heranreifen lassen.«

Das klingt vielversprechend. Vielleicht kann Geld unser Problem doch lösen. Statt unsere Wohnung zu renovieren, wird jetzt eben der Körper instand gesetzt. Zum Glück haben wir was zurückgelegt. Und die alten Tapeten schaffen es auch noch die nächsten Jahre. Wenn man seine Träume realisieren will, muss man Prioritäten setzen und Opfer bringen. Opfer habe ich auch in anderen Bereichen erbracht: Ich habe mindestens drei Jobs nicht bekommen, weil klar war, dass ich bald wegen möglichen Nachwuchses ausfallen könnte. Obwohl ich bisher keine vier Monate schwanger gewesen bin, habe ich alle Nachteile der Mutterschaft schon mitgenommen.

Sami

Ich steige an einer dunklen Haltestelle im Industriegebiet aus dem Bus. An solchen Orten passiert in Krimis immer der Mord. Trotzdem kann ich meine Angst in Schach halten. Väänänen klang halbwegs normal und verlässlich. Soweit man das von einem durchgeknallten Motorradtypen sagen kann.

Google Maps leitet mich zum Biker-Quartier, ein Gebäude mit Wellblechdach, an dessen Front ein Motorradlogo prangt.

Ich klopfe an die Tür. Ein Schrank von einem Mann macht mir auf. Aber er trägt eine sympathische Schuhmarke, typische Daddy-Schuhe, wie mir sofort auffällt. Von den Gesprächen mit Markus ist was hängen geblieben. Vielleicht sind die Schuhe auch nur ein Trick. Die Bösewichte in James-Bond-Filmen haben ja auch oft eine süße Katze oder so was. Ich sollte vorsichtig sein.

»Komm rein, es nieselt.«

Ich will mir die Schuhe ausziehen, aber der Breitschultrige hält mich davon ab:

»Behalt die lieber an. Der Fußboden ist total verdreckt.«

Ich folge ihm über eine kleine Treppe nach oben. Er führt

mich in einen dunklen Raum, in dem vier weitere Motor-radtypen warten. Ich glaube zu erkennen, dass es die sind, deren Maschinen ich umgestoßen habe. Väänänen ergreift das Wort – er muss der Anführer sein. Auf seiner Lederkluft prangt ein Aufnäher, auf dem *The President* steht. Aber so nett wie unser Präsident Sauli Niinistö wirkt er nicht.

»Okay, Heinonen. Unser Vorschlag ist folgender.«

»Oh, es wird konkret, sehr gut«, stammele ich.

»Du wirst unser schönes Zuhause hier putzen. Wir haben dafür leider keine Zeit. Müssen ja an den Maschinen schrauben.«

»Aha. Klingt einleuchtend.«

»Du kannst doch putzen?«

»Selbstverständlich. Ich habe mir als Student mit Putzen Geld verdient. In den Semesterferien. Wollt ihr meine Arbeitszeugnisse sehen? Und zu Hause mache ich natürlich auch regelmäßig sauber.«

»Gut. Zeugnisse sind nicht nötig. Du kommst jeden Donnerstag pünktlich um achtzehn Uhr und putzt alles einmal durch. In abgeschlossenen Zimmern hast du nichts zu suchen. Keine Fragen, zu nichts. Und natürlich bleibt der Deal unter uns. Du hältst schön weiter die Schnauze.«

Ich würde gern fragen, ob ich hin und wieder auch mal einen Donnerstag freibekomme, aber ich schätze, nicht mal das Fragen steht mir zu. Ab sofort bin ich Zwangsarbeiter bei einer Bikergang und unterliege der Schweigepflicht. Das stellt mich quasi auf eine Stufe mit Pfarrern und Ärzten, ich könnte fast stolz sein. Einen Arbeitsvertrag bekomme ich allerdings nicht, die mündliche Absprache genügt.

Als ich wieder zur Bushaltestelle gehe, bin ich erleichtert. Meine Schritte sind schneller als auf dem Hinweg. So ein kleiner Zwangsarbeiterjob ist doch gar nicht schlimm, wenn man bedenkt, dass ich wochenlang Angst um mein Leben hatte! Und das Beste: Das Versteckspiel ist zu Ende. Ich kann wieder zu Hause wohnen. Und laute Motorradgeräusche und breitschultrige Ledertypen müssen mir keinen Schreck mehr einjagen.

Bei Markus packe ich sofort meine Sachen und verabschiede mich von den Mädels. Alle drei umarmen mich fest. Ada am längsten, sie hat mich ins Herz geschlossen.

»Wieso ziehst du aus?«, fragt sie mich traurig.

»Ich habe ja auch ein eigenes Zuhause. Da kann ich jetzt wieder hin. Aber ich komme euch besuchen.«

Eine Folge *My Little Pony* wird die Kinder auf andere Gedanken bringen; Markus legt schon die Decken und Kissen auf dem Sofa zurecht.

»Danke, dass du mich dazu gebracht hast, bei denen anzurufen«, sage ich.

»Dann ist es also gut gelaufen? Die haben dir bestimmt verziehen, und die Sache ist abgehakt.«

»Nicht ganz. Aber wir haben uns geeinigt. Besser, du weißt nichts Genaues.«

»Wenn du meinst … Denk dran, du bist hier immer willkommen, auch ohne Ärger mit bösen Kerlen. Die Mädchen lieben dich, und ich freu mich über deine Gesellschaft und deine Hilfe.«

»Schön, danke. Wie geht es eigentlich Sara?«

»Ach, nicht so besonders. Juli und Ida waren am Samstag bei ihr und haben mich schon nach zwei Stunden angerufen und geheult, weil ihre Mama so mies drauf war. Ich musste sie wieder abholen.«

»Ach, Mensch. Aber das wird auch wieder anders. Sara berappelt sich schon.«

»Hoffentlich.«

Zu Hause starte ich einen Großputz, es ist staubig geworden in meiner Abwesenheit. Auch den Poststapel nehme ich sofort in Angriff. Und das Wichtigste: Ich aktiviere mein Tinder-Profil. Aus Angst vor den Motorradmännern war ich auch dort abgetaucht. Ich hatte tatsächlich Angst, dass die sich als Frauen ausgeben und mich so finden. Und beim Date kriege ich dann ordentlich auf die Fresse. Wenn ich ehrlich bin, so viel besser waren meine realen Tinder-Dates auch nicht.

Nojonen

Papa ist tot. Es ging furchtbar schnell. Nie wieder werde ich Fragen zu Stoßdämpfern und fiese Bemerkungen über meine Mutter hören. Jetzt gibt es nur noch ein paar praktische Dinge zu regeln, danach ist Schluss. Die Beerdigung, die Auflösung des Kontos und so weiter. Natürlich die Anrufe bei den Verwandten. »Oje, tot?« »Ja, sag ich doch.«

Auf dem Sterbebett hat Papa mich gebeten, gut auf seine Autowerkstatt aufzupassen. Und sein letzter Wunsch war überraschenderweise, dass ich – stellvertretend für ihn – Mama um Verzeihung bitte.

»Was soll sie dir denn verzeihen, Papa?«

»Alles. Sag ›alles‹, dann haben wir nichts vergessen.«

»Das mache ich.«

»Du warst für mich immer wie mein eigener Sohn.«

»Wirst du jetzt wirr? Ich bin doch dein Sohn.«

»Oh, ja. Der allerbeste.«

Ich nehme Papas Habseligkeiten aus dem Krankenhaus mit. Die Marlboro-Schachtel ist noch halb voll. Papa wollte zig Mal aufhören, erst mit dem Tod hat es geklappt. Ich schenke die Schachtel dem Obdachlosen an der nächsten Kreuzung.

Der Tod hat eine erstaunliche Wirkung. Kaum ist jemand nicht mehr da, kommen die guten Erinnerungen wieder. Papa war gar nicht so schlimm. Er war kein böser Mensch. Er hatte nur dauernd schlechte Laune.

Auf einem Thermometer hätte sich Papas Stimmung beständig unter null befunden. Ewiges Eis. So gut wie kein Tauwetter, geschweige denn warme Tage. So war das eben, wie könnte ich einen Toten dafür kritisieren? Es bringt auch nichts, das Wetter zu kritisieren.

Ich vermisse ihn. Er war immerhin mein Vater. Papa.

Zum ersten Mal kommen mir die Tränen. Ist das Trauer, Abschiedsschmerz? Vielleicht habe ich auch bloß was im Auge … So hat Papa es ausgedrückt, als er bei Finnlands erstem WM-Gold im Eishockey weinen musste.

Das Gute am Tod ist – im Gegensatz zum ständig komplizierten Leben –, dass er so konkret ist. Wenn man mal die semireligiöse Frage außer Acht lässt, ob es danach eventuell noch weitergeht, ist der Tod eine extrem klare Sache.

Bis zu diesem Punkt war mir überhaupt nichts klar, jedenfalls nicht in Bezug auf meinen Vater. Immer, wenn ich zu ihm unterwegs war, hatte ich ein diffuses Magengrummeln, bei fast jedem Besuch gab es Spannungen und Stress. Das ist nun vorbei. Ein toter Körper kann nichts Negatives mehr von sich geben. Positives allerdings auch nicht.

Mein Handy klingelt und reißt mich aus meiner trüben Stimmung. Erfreulich ist der Anruf aber nicht: Es ist die neue Pflegerin von Mama, die mich auf Kosten der Stadt etwas entlastet und ein paar Mal im Monat nach ihr sieht.

»Ihre Mutter schreit und schreit, und ich habe keine Ahnung, was sie will!«

»Oh nein, bin schon unterwegs.«

Wie sagen die Ärzte noch mal?

Die Nächste, bitte.

Asta

Das nächste Mal sehe ich meine Kinder erst beim Termin für die Nachlassaufstellung. Meine Liebsten. Egal wie schwierig es mit ihnen ist, sie werden stets meine Liebsten sein. Sami lässt sich umarmen, Hanna ist noch widerborstig.

»Schatz, wollen wir uns nicht vertragen?«, frage ich.

»Bitte lass das, Mama.«

»Wie geht es dir und Jonas denn?«

»Ist doch egal. Können wir zur Sache kommen?«

»Hanna. Geht es wirklich nicht freundlicher?«

»Nein.«

Sami will etwas sagen, aber das unterbinde ich. »Lass gut sein, mein Junge. Du sollst dich nicht einmischen.« Das fehlte noch, dass er und seine Schwester sich meinetwegen in die Wolle kriegen.

Wir gehen alles durch; viele Punkte sind es nicht, wir bekommen die Angelegenheit schnell geregelt. Dann setzen wir unsere Unterschriften auf das Papier, und es ist geschafft. Ein weiterer Haken hinter Marttis Leben.

Ich schlage vor, zusammen essen zu gehen, aber Hanna macht sich sofort auf den Heimweg. Sami ist anständig und kommt mit. Ich habe ihn viel zu lange nicht gesehen. Leider hat er schlechte Neuigkeiten.

»Der alte Nojonen ist gestorben.«

»Du liebe Güte! Wann denn?«

»Letzte Woche.«

»Und das höre ich erst heute? Ich hätte doch eine Beileidskarte schicken müssen. Was sollen die nur denken?«

»Nichts. Die denken gar nichts. Jorma hat es sich so gewünscht, er wollte keine große Nummer aus seinem Tod machen.«

»Und wie geht es deinem Freund?«

»Ich glaube, den Umständen entsprechend ganz okay. Jormas Tod war ja keine Überraschung, so krank, wie er war. Bestimmt ist es sogar eine Erleichterung.«

»Ja, das ist schon merkwürdig, wie erleichternd der Tod sein kann.«

»Wenn nicht die Sache mit seiner Mutter wäre.«

»Was ist mit Riitta?«

»Irgendeine Gedächtniserkrankung.«

Du lieber Himmel. Die haben aber auch ein Pech. Und ich kriege davon nichts mit! Dabei standen wir uns mal so nah. Aber nach der Trennung von Jorma und Riitta wusste ich nicht recht, wie ich mich verhalten soll und auf wessen Seite ich eigentlich stehe. Da ist der Kontakt nach und nach eingeschlafen. Und jetzt ist der eine tot und die andere krank.

Ich kaufe einen Blumenstrauß und klingele. Es muss doch jemand nach dem Jungen sehen! Er kümmert sich rührend um Riitta, wir trinken zu dritt eine Kanne Kaffee, benutzen das gute Geschirr.

»Nun hat es Jorma erwischt. Mein Beileid.«

»Das ist der Lauf der Dinge. Aber vielen Dank.«

»Wie alt war dein Vater noch mal?«

»Siebzig, hat im Frühling noch Geburtstag gefeiert.«

Riitta schweigt und schaut abwesend aus dem Fenster. Wohin ist meine alte Freundin verschwunden? Sie wirkt leer und ausgelaugt.

»Wie geht es dir, Riitta?«, frage ich.

»Och, ganz gut. Etwas müde vielleicht.«

»Dann solltest du mehr schlafen.«

»Schlafen? Wieso?«

»Na, weil du müde bist.«

Riitta überlegt und sagt dann: »Ach, du auch? Andauernd müde?«

Ihr Sohn schüttelt liebevoll den Kopf. »Mama, ich glaube, wir sollten uns etwas hinlegen.«

Er bringt seine Mutter rüber ins Schlafzimmer. Ich stelle in der Zeit das Geschirr in die Spülmaschine.

»Sorry«, nuschelt er, als er zurückkommt. »So ist das nun mit ihr.«

»Ach, mit Müttern hat man doch oft seine Sorgen, nicht wahr? Deine sind jetzt eben etwas größer. Sami hat was von einer seltenen Krankheit gesagt.«

»Ja, eine vaskulär bedingte Gedächtniskrankheit, Cadasil. Sie hatte auch einen Schlaganfall und hat dauernd Migräne. Und müde ist sie schon seit Monaten. Von ihrer schlechten Laune ganz zu schweigen. Aber ansonsten ist sie ganz die Alte. Also das, was von ihr übrig ist.«

»Du hast es nicht leicht.«

»Ich schaffe das schon. Man darf die Hoffnung nicht aufgeben. Bisher hat sich doch immer alles irgendwie zurechtgeruckelt.«

»Ich könnte dir helfen. Mal gründlich durchputzen oder was kochen. Ich habe ja jetzt Zeit. Martti ist tot, und meine Kinder brauchen mich nicht. Hanna will mich nicht mal sehen.«

»Also, wenn du ab und zu eine Fischsuppe kochen könntest, wäre das toll. Mama liebt Fischsuppe, und mir schmeckt sie auch. Ich bezahle natürlich für die Zutaten.«

»Auf keinen Fall, das lass mal meine Sorge sein. Dann ist es abgemacht, ich freue mich, dass ich helfen kann.«

Nojonens waren damals wunderbare Nachbarn, sie haben meine Unterstützung mehr als verdient. Wie oft habe ich mir dort Zucker geborgt, und zum Quatschen hatte man auch immer jemanden, wenn es zu Hause langweilig wurde.

Es ist schön, gebraucht zu werden. Seit Marttis Tod fühle ich mich ziemlich nutzlos. Nicht, dass Martti mir je gesagt hätte, dass er mich braucht. Aber er hat mich auf Trab gehalten, ich hatte dauernd zu tun. Nicht einmal meine Freundin Teresa konnte ich in Ruhe treffen. Na ja, sie hat selbst wenig Zeit. Ist meistens mit ihren Enkelkindern zusammen.

Zum Abschied umarme ich den Jungen fest. Er bedankt sich für meinen Besuch.

Zu Hause sehe ich, dass Teresa mir eine Nachricht geschickt hat. Mit Foto: Sie und ihre vier Enkel essen Eis. Die Münder der Kleinen lachen breit und sind dick mit Eis beschmiert. Sehr süß. Wirklich.

Ich würde auch gern solche Fotos verschicken. Leider kann ich das nicht. Soll ich mir Eis um den Mund schmieren und ein Selfie machen? Das wäre nicht so süß. Und Teresa würde den Wink wohl auch nicht verstehen. Dafür verstehe ich plötzlich sehr gut, wie Hanna sich fühlen muss.

Sami

Schluss mit Homeoffice. Seit ich den neuen Putzjob habe, kann ich mich wieder frei bewegen. Eine Wohltat, endlich zurück ins Büro zu können. Sogar die Demonstranten vor dem Gebäude kommen mir freundlich vor. Meinungsunterschiede hin oder her, ich grüße sie wie alte Kumpel. Drinnen grinst mein Chef mich an.

»Schön, dass du wieder da bist. Ist jetzt alles in Ordnung?«

»Klar. Wie meinst du das überhaupt?«

»Ich denke da zum Beispiel an diese Motorradkerle.«

»Ach, die. Mit denen ist alles geklärt.«

»Bestens. Dann ist keine Polizei mehr nötig?«

»Nein, auf keinen Fall! Die sind harmlos, echt.«

»Fein. Dann müssen wir uns ja nur noch mit den Klimaaktivisten rumschlagen. Ich habe auch schon eine neue Strategie. Wir werden sie beruhigen.«

»Wow, wie soll das gehen?«

»Wir werden mehr Verantwortung übernehmen. Das ist eines unserer neuen Projekte, und du bist ein wichtiger Teil davon.«

»Verantwortung klingt gut. Das Wort der Stunde. Ich bin dabei.«

»Und es soll nicht nur bei Worten bleiben.«

»Absolut.«

»Deine erste Aufgabe für dieses Projekt ist ein Termin mit unserem potenziellen neuen Gesicht. Vielleicht werden wir Sponsor einer großartigen Sportlerin.«

»Aha, von wem?«

»Britta Frilander.«

»Die Surferin?!«

»Yes.«

»Die würde sich für uns hergeben?«

»Sie braucht Sponsoren für die Trainingscamps. Die Olympischen Spiele rücken näher, da zählt jeder Euro. Schon interessant, wie wenig manche Sportler sich um ethische Fragen kümmern. Oder mal so eben ihre Meinung wechseln.«

Meine Gedanken galoppieren voraus. Wenn man mich heute Morgen gefragt hätte, mit welcher international erfolgreichen Sportlerin ich gern ausgehen würde, ich hätte Britta Frilander gesagt.

Genau so läuft es doch angeblich. Wer nicht sucht, der findet. Oft sogar an unerwarteten Orten: in der Warteschlange, im Fahrstuhl oder eben bei der Arbeit. Normalerweise will mein Chef mit mir die neuen Quartalszahlen und die Absatzentwicklung besprechen, aber jetzt hat er mir eine echte Chance auf eine rosige Zukunft geboten. Doch stopp, ich sollte meine Gedanken kontrollieren. Erst einmal geht es darum, Britta unsere Firma vorzustellen. Das ist noch kein Date.

Nach dem großen Monatsmeeting mit voller Belegschaft bereite ich mich mit einer Google-Recherche auf Britta vor. Sie ist die große nationale Hoffnung für die Sommerolympiade. Weltmeisterin ist sie bereits, gut aussehen tut sie obendrein. Sie wäre perfekt, um das schlechte Image von AnchorOil aufzupolieren.

Ölbusiness und Nachhaltigkeit sind zwei Begrifflichkeiten, die schlecht zusammengehen. Außer bei Olivenöl. Ich fürchte, über kurz oder lang müssen wir unseren Namen wechseln. Weg vom Öl. Irgendwas mit »Solutions« wäre gut, Lösungen wünschen sich alle.

Für Britta ist das sicher kein einfacher Termin. Surfen steht für Freiheit und Naturverbundenheit, doch genau dafür benötigt sie jetzt einen Sponsor. Sie braucht Geld, um zu fliegen, pfui, und zwar an entfernte Orte. Sonst kann sie Olympia vergessen.

Sie ist pünktlich. Braun gebrannt und durchtrainiert steht sie im Foyer. Ihre tolle Körperhaltung kommt live noch viel besser rüber als im Fernsehen. Ich bin beeindruckt.

»Hallo, Britta. Mein Name ist Sami Heinonen.«

»Freut mich. Britta Frilander.«

Ihr Händedruck ist fest, der einer Spitzensportlerin.

»Ich bin eigentlich in der Logistik tätig«, erkläre ich, »aber offensichtlich traut mein Chef mir auch in anderen Bereichen was zu. Hat er dich schon in unsere Unternehmenswerte und die neue Strategie eingeführt?«

»Ja, aber nur kurz. Ein bisschen mehr sollte ich wohl doch

wissen. Aber mein Manager sagt schon mal, es wäre kein schlechter Deal.« Sie zwinkert mir zu.

»Garantiert nicht, und das gilt für beide Seiten. Dein Image hilft uns, das Firmenengagement endlich ins rechte Licht zu rücken. Besser gesagt, mit deiner Hilfe können wir die Welt retten. Sorry, das war zu dick aufgetragen, ich glaube, ich muss noch ein bisschen an meiner Wortwahl arbeiten.«

»Hihi, deshalb sollen wir Sportler grundsätzlich nur über Sport reden und nicht über Politik oder Umweltschutz.«

»Na ja, du weißt schon, wie ich das meine. *Planet first*, darum geht es.«

Das Eis ist gebrochen. Ich führe sie durchs Haus, erkläre ihr unsere Strategie und genieße ihre Anwesenheit. Ein paar meiner Kollegen schauen uns neidisch hinterher. Ich erkläre Britta auch die Schattenseiten unseres Geschäfts und wieso wir dauernd Demonstranten vor der Tür haben. Und dass sich das mit Britta ändern wird.

Wir setzen uns zu zweit in einen Besprechungsraum. Ich frage nach ihrer Karriere und den bevorstehenden Olympischen Spielen. Sie hat diese Fragen anscheinend schon zu oft gehört, jedenfalls wechselt sie das Thema und will wissen, wie ich ausgerechnet in diesem Job gelandet bin.

»Ich habe hier als Student ein Praktikum gemacht und bin wohl einfach hängengeblieben. Ich schätze, im Profisport ist man fokussierter?«

»Ja. Im Moment konzentriere ich mich komplett auf die Sommerspiele, und so geht das von einem Wettkampf zum nächsten. Irgendwann ist Schluss, dann fängt wohl das richtige Leben an. Aber erst mal muss ich die Erwartungen erfüllen. Glaub mir, der Druck ist enorm. Aber ich will nicht meckern, wahrscheinlich kriegst auch du Ärger, wenn du Mist baust.«

»Klar, das kriegt jeder. Aber mein Chef ist zufrieden mit mir. Trotzdem könnte ich irgendwann mal den Job wechseln, denke ich. Ich bin es leid, mich dauernd rechtfertigen zu müssen. Aber wenn es gut läuft, ist das bald nicht mehr nötig. Wie gesagt, wir investieren jetzt verstärkt in nachhaltige Energien, und das am besten mit dir als unserem strahlenden Gesicht.«

»Warum nicht. Meine Trainingsreisen verschlingen eine Menge Geld, und ohne effektives Training an Stränden mit entsprechendem Wellengang hab ich nun mal keine Chance auf eine Medaille. So einfach ist das. Wie gesagt, mein Manager hat mir zugeraten.«

»Ja, am Ende geht es um Geld. Aber nicht nur! Ich denke, wir wollen ja alle, dass unsere Kinder auf einem sauberen Planeten leben.«

»Hast du Kinder?«

»Nein, ich lebe allein.«

Jetzt muss ich mich zusammenreißen. Bloß nicht tagträumen. Trotzdem sehe ich Britta und mich schon als Eltern auf einer Tribüne sitzen und unsere Kinder anfeuern. Britta hält sich ein wenig zurück, als ehemalige Spitzensportlerin will sie die Kinder nicht zu sehr pushen. Sie sollen ihren eigenen Weg finden.

Könnte ich doch nur entspannter an die Sache rangehen. Aber immer, wenn ich eine Frau treffe, stelle ich sie mir als Mutter meiner Kinder vor. Doch dieses Mal ist das nicht allein meine Schuld. Sie selbst hat das Thema angeschnitten und mich nach Kindern gefragt. Zum Glück habe ich mich bedeckt gehalten und das Thema nicht vertieft. Ich denke, mein Chef kann zufrieden mit mir sein. Ich selbst bin es auch. Nach zwei Stunden verabschiede ich mich von Britta und überreiche ihr meine Visitenkarte.

»Hier, falls du noch Fragen hast, zur Firma oder zu was auch immer. Nur fürs Surfen kann ich dir vermutlich keine Tipps geben.«

»Dafür habe ich meinen Trainer. Danke für die nette Einführung. Würde mich freuen, wenn wir uns mal wieder begegnen.«

Perfekte Umgangsformen. Das lernt man im Sport also auch. Hoffentlich habe ich mich und das Unternehmen spannend genug präsentiert. Diese Frau hat es sonst mit mannshohen Wellen zu tun, auf so trockene Termine wurde sie bestimmt nicht vorbereitet. Aber es geht nun mal um Kohle. Das ist mein Glück.

Am selben Abend bekomme ich eine WhatsApp-Nachricht. Aus alter Gewohnheit zucke ich noch zusammen – es waren einfach zu viele Drohnachrichten in letzter Zeit.

Danke für die Einführung, hat Spaß gemacht. Vielleicht mal zusammen einen Kaffee trinken? Grüße, Britta

Wahnsinn. Ich denke gleich ein paar Jahre weiter. Britta ist berühmt, das würde auch unser Familienleben beeinflussen. Aber sie würde das gut hinbekommen. In Interviews würde sie über den Spagat zwischen Karriere und Familie sprechen und mir innig danken: »All das funktioniert nur, weil es meinen Mann Sami gibt.« Bei manchen Interviews wäre ich dabei und würde sagen: »Jetzt ist Britta dran, und ich lebe glückliche Papa-Jahre. Später tauschen wir die Rollen.«

Stopp, Sami. Schritt für Schritt.

Ich antworte ihr möglichst neutral. Gerne, wenn es sich

demnächst mal mit deinem Trainingsplan vereinbaren lässt. Schön, dass du meinen lahmen Vortrag ertragen hast.

Ich lese die Nachricht noch hundertmal durch. Klingt sie nicht zu bemüht? Normalerweise bin ich gegen taktische Spielchen. Aber jetzt geht es um Britta Frilander, da muss schon *sie* auf mich zukommen, wenn sie es ernst meint.

Doch, ich bin zufrieden mit meiner Nachricht.

Normalerweise schreibe ich so was wie »Du bist die perfekte Frau, willst du vielleicht Kinder mit mir?« und muss hinterher behaupten, ich hätte mich vertippt.

Nojonen

Papa wollte nicht, dass irgendwer zu seiner Beerdigung kommt. Ich habe mir trotzdem erlaubt, Sami einzuladen. Seine Mutter Asta kommt auch. Wer weiß, vielleicht brauche ich die beiden als Stütze, falls es für mich wider Erwarten emotional wird. Papa selbst war ja nie emotional, im Gegenteil.

Vom Verein für Gedächtniskrankheiten habe ich jemanden zugeteilt bekommen, der mich einmal pro Woche unterstützt und mit Mama Übungen macht. Mama ist heute nicht dabei, das würde nichts bringen.

Die Beerdigung läuft genauso ab, wie Papa es wollte: keine Mühen, kein Aufwand, ein billiger Sarg, kein Essen, nur Kaffee und süßen Zwieback. Kein weiches Gebäck, keine weichen Worte.

Der Pastor sagt ein paar banale Sätze, nach fünfzehn Minuten ist alles vorbei. Das wäre für Papa auch das Maximum gewesen. Aber ganz ohne Worte gehts eben doch nicht. Draußen vor der Kapelle nimmt Samis Mutter Asta mich fest in den Arm.

»Mensch, Mensch. Wie ist dir zumute?«

»Ach, es geht schon. Danke, dass du gekommen bist.«

»Ist doch selbstverständlich. Bitte ruf an, wenn du Hilfe brauchst. Ich meine es ernst. Ich weiß ja jetzt, wie das mit dem Papierkram läuft, habs gerade erst hinter mich gebracht. Wenn was unklar ist, kann ich dir das jederzeit erklären.«

Asta darf mich gern noch öfter umarmen. Das fühlt sich wirklich gut an. Sie strahlt Wärme und Zuverlässigkeit aus – bei meinen Eltern gab es das nicht. Echt, ich könnte den ganzen restlichen Tag so mit ihr dastehen. Sie streicht mir über die Haare und schaut mich mit feuchten Augen an. Sami scheint das peinlich zu sein.

»Mama, das reicht langsam, okay? Du darfst dich ruhig verabschieden, ich bleibe ja noch hier. Wir telefonieren dann später, in Ordnung?«

Asta schluckt. »In Ordnung. Wir telefonieren.«

Ich mag sie gar nicht loslassen. Ihre herzliche Art mochte ich schon immer. Als Kind bin ich lieber bei ihr gewesen als bei meiner eigenen Mutter, in ihren Augen lag immer etwas Warmes. Jetzt sieht sie mich so direkt an, dass ich meinen Blick kaum losreißen kann. Und da ist noch was in ihren Augen. Ein Geheimnis vielleicht, das ich gern kennen würde.

Sami wippt ungeduldig auf den Zehen. Ich nicke knapp, dabei will ich Asta überhaupt nicht loswerden. Ich habe Samis Mutter schon immer anders wahrgenommen als er.

Als Asta gegangen ist, brechen Sami und ich zu mir nach Hause auf. Ich kredenze Kaffee und Zwieback, genau wie Papa es wollte. Sami fragt, wie es mir geht. Fühlt sich vermutlich dazu verpflichtet. Dabei weiß er, dass ich nicht viel sagen werde. Über solche Dinge sprechen wir normalerweise nicht.

»Es geht mir halbwegs okay, denke ich. Du weißt ja selbst, wie das ist.«

»Ja. Aber mein Vater ist von jetzt auf gleich an einem Herzinfarkt gestorben. Ihr musstet euch lange mit der Krankheit rumschlagen. Dafür konnte ich nichts mehr mit meinem Vater klären. Ob das überhaupt geklappt hätte, sei mal dahingestellt.«

»Ich glaube, ein schneller Tod ist besser, Sami. Dieses ewige Dahinsiechen ist der Horror. Papa war fünf Jahre lang krank. Was ich ihm sagen wollte, hat fünf Minuten gedauert. Danach waren noch fünf Jahre minus fünf Minuten übrig, eine viel zu lange Zeit. Einfach nur deprimierend, für uns alle. Wie eine endlose Stille.«

»Ich kanns mir vorstellen. Glaubst du, du kommst klar in den nächsten Wochen?«

»Jep. So nah standen wir uns ja nicht, Väter sind halt Väter.«

»Wie sind Väter denn?«

»Sie sind Feiglinge. Erst halten sie einen dreißig Jahre klein und hacken auf dir herum, und dann, wenn man endlich mal was klären könnte, werden sie krank und machen sich aus dem Staub. Dabei hätten wir uns jetzt mal annähern und uns die richtigen Fragen stellen können.«

»Hm. Zum Beispiel?«

»Ich hätte ihn auf jeden Fall fragen müssen, wieso er ein

solcher Idiot ist. Aber nun ist es zu spät, aus dem Grab wird er nicht mehr antworten. Wenigstens kann er von da auch keinen Mist mehr verzapfen. Ich werde mich also voll und ganz auf meine Mutter konzentrieren. Ist anstrengend genug. Also, nicht sie selbst, sondern die Krankheit.«

Als Sami den Kaffee ausgetrunken hat, zieht er die Jacke über und umarmt mich. Dann geht er. Die Umarmung ist typisch für finnische Männer: eine Mischung aus hilflosem Geklopfe und Arm-um-die-Schulter-Legen.

Einer von ihnen ist nun unter der Erde. Ob sich das für Eltern so ähnlich anfühlt, wenn die Kinder ausziehen? Es ist ein Einschnitt, aber bedeutet auch weniger Sorgen und weniger Arbeit. Und an Weihnachten sieht man sich sowieso wieder – nicht am Esstisch, sondern beim Besuch am Grab.

Ich denke an die Beziehung meiner Eltern. Weil die ihre Ehe nicht auf die Reihe gekriegt haben, war mein Leben ein ständiges Auf und Ab. Papa hatte neulich noch über Stoßdämpfer gesprochen. Genauso habe ich mich gefühlt: wie ein Stoßdämpfer für ihre Beziehung. Ich musste zwischen ihnen übersetzen und die Konflikte klein halten. Und *sie* haben behauptet, sie seien wegen *mir* so lange zusammengeblieben. Bei ihrer Trennung war ich vierunddreißig. Ich bin also kein klassisches Scheidungskind, aber irgendwie dann doch. Um den Spruch mal umzudrehen: Es ist nie zu spät, eine schlimme Kindheit gehabt zu haben.

Mama war diejenige, die irgendwann den Schlussstrich gezogen hat; sie wollte eine Veränderung. Zur gleichen Zeit wurde Papa krank. Das lag natürlich an den schlechten Genen und seinem noch schlechteren Lebensstil. Er hat massenhaft Fleisch gegessen, Gemüse gemieden, geraucht und keinen Sport getrieben. Trotzdem hat er immer behauptet, der Krebs wäre Mamas Schuld. Dass die Trennung ihn krank gemacht hätte.

Und ich war so blöd, mir das alles anzuhören. Es wäre gesünder gewesen, wenn ich ihm den Mittelfinger gezeigt und mich von ihm ferngehalten hätte. Aber so ticke ich nun mal nicht.

In Bezug auf die Autowerkstatt muss ich meinen Vater allerdings enttäuschen. Doch das kriegt er zum Glück nicht mehr mit. Ich werde sie an zwei langjährige Angestellte verkaufen, die mein Vater immer geschätzt hat. Das Geld brauche ich für die Pflege von Mama, nicht mal die Medikamente werden erstattet. Ich denke, so ist es besser für alle Beteiligten. Nicht zuletzt für die Werkstattkunden und ihre Fahrzeuge. Eine tief sitzende Hose mit Maurerdekolleté macht noch keinen guten Automechaniker.

Da bleibe ich lieber bei meinem IT-Job. Im Grunde halte ich damit ebenfalls ein lebenswichtiges Alltagsutensil in Schuss. Und das ganz ohne körperlichen Einsatz und runterrutschende Hosen. Papa hat zwar immer gesagt, die digitale Welt hätte keine Zukunft und das Auto dagegen schon, aber da hat der Gute nun mal unrecht gehabt.

Vielleicht wäre es an der Zeit, mehr auf mich zu hören. Aber was will ich eigentlich? Vielleicht eine Frau? Puh. Gandhi hat gesagt: »Sei du selbst die Veränderung, die du dir wünschst für diese Welt.«

Markus

Samis Zeit bei uns zu Hause hat positive Nachwirkungen. Weil die Mädchen ihn so mögen, kommt er jetzt öfter zu Besuch. Ich kann ihn sogar als Kindermädchen einspannen. Heute muss ich zu Julis Elternabend, da passt das perfekt.

Zum Glück bin ich Elternabende schon gewohnt. Es geht um Freundschaften, die Lautstärke während des Unterrichts und Mobbing. Die Lehrerin erzählt, dass die Klasse die neuen Regeln des gemeinsamen Miteinanders nach und nach lernen wird und dass das alles ab der zweiten Klasse meist noch besser klappt.

Ich mustere die anderen Eltern. Meiner Erfahrung nach kann man Eltern in zwei Kategorien einteilen: Die einen beschützen ihre eigenen Kinder vor fremden Kindern. Die anderen beschützen fremde Kinder vor den eigenen Kindern.

Im Grunde ist das nur eine Sache der Perspektive. Wie mit dem Handtuch, das man in der öffentlichen Sauna benutzen soll: Mal wird der eigene Arsch vor fremden Bakterien geschützt, und mal werden die fremden Ärsche vor den eigenen Bakterien geschützt. Nur dass Zankereien zwischen Kindern weitaus komplizierter sind.

Ich finde den Arsch generell eine gute Metapher. Als Anthropologe habe ich festgestellt, dass das menschliche Hinterteil in vielen Kontexten griffiger ist als die Seele oder familiäre Beziehungen. Heteromänner lassen sich zudem in Arsch- und Busentypen unterteilen; das ist an vielen Kneipentheken dieser Welt Thema. Da können wissenschaftliche Thesen nicht mithalten.

Diese Arsch-Perspektive, beziehungsweise die Frage, wer wen schützt und wer wem nützt, lässt sich auf fast alles anwenden: die Anschaffung einer Pistole, den Gang zur Wahlurne, sogar den Atomwaffenbesitz einzelner Nationen. Die Welt wäre ein besserer Ort, wenn mehr Menschen überlegen würden, was sie selbst dazu beitragen können, unser Zusammenleben erfreulicher zu gestalten.

Die meisten Eltern hier im Raum denken so: Was kann die Schule für mein Kind tun? Nicht andersherum.

Eine Mutter meldet sich und fragt: »Mein ältestes Kind hatte eine Klassenlehrerin, die einen Musical- und einen Zeichenkurs angeboten hat. Was haben *Sie* denn außerhalb der normalen Fächer im Angebot?«

Die Lehrerin antwortet eher allgemein und spricht von musikalischen Impulsen. Doch die Mutter gibt nicht auf, ein paar Eltern springen ihr sogar bei.

»Geht es etwas konkreter?«, fragt ein Vater. »Kulturelle Bildung ist total wichtig, genauso wichtig wie Mathe. Meine Tochter ist schon im Kindergarten nach Berlin gefahren und war dort in einem Brecht-Stück, mit pädagogischer Vorbereitung natürlich. Davon wird sie ein ganzes Leben lang profitieren.«

Die Lehrerin bleibt gelassen. »Für Auslandsreisen fehlt unserer Schule leider das Geld, aber die Förderung von Kreativität muss nicht immer viel kosten. Wenn die Kinder Lust dazu haben, können wir gern eine Theatergruppe gründen.«

»Wie stark stellen Sie das Kind und seine Persönlichkeit in den Mittelpunkt Ihrer Pädagogik?«

»Das ist das Wichtigste. Ihre Kinder und das, was sie mitbringen.«

»Haben Sie Methoden, um hochsensible Kinder zu unterstützen? Gibt es dafür an der Schule zusätzliches Personal?«

»Es gibt eine Kollegin direkt hier an der Schule, und über die Stadt können wir weitere Hilfe beziehen.«

»Was sind Ihre erzieherischen Grundprinzipien?«

Die Lehrerin schlägt sich fantastisch. Sie gibt gute Antworten, ohne sich in die Ecke drängen zu lassen. Mir reicht es vollkommen, wenn sie meinem Kind Lesen, Schreiben und Rechnen beibringt und aufpasst, dass sich niemand in der Klasse einer kriminellen Gruppe anschließt. Auf so ein Kreuzverhör käme ich nicht.

Ich verlasse die Versammlung gemeinsam mit der Mutter von Julis Freundin, die in unserer Nähe wohnt und denselben Weg hat. An ihrem Gesichtsausdruck erkenne ich, dass auch sie für ihr Kind keine Berlinreise will.

»Ich finde, die Frau hat einen prima Eindruck gemacht«, sage ich.

»Absolut. Ich habe ein gutes Gefühl. Unsere Mädels sind da bestens aufgehoben.«

Ich bin froh, die Verantwortung für Julis Weiterentwicklung nicht allein zu tragen. Die Klassenlehrerin übernimmt auch einen Teil.

Zu Hause löse ich Sami ab. »Schluss mit Babysitten, vielen Dank, Kumpel.«

»Wie wars denn?«

»Ganz okay, ich habe es überlebt. Es wird ja jetzt regelmäßig Elternabende geben. Ich sehe diese Abende als Sozialstudien, dann halte ich das besser aus. Schon schlimm, wie manche Eltern die Schule als reine Dienstleistung betrachten.«

Sami

Im Rollenwechsel bin ich gar nicht schlecht: erst Kindermädchen, dann Putzfrau. Ich fahre zu meinem ersten Einsatz bei den Motorradtypen und hämmere mit der Faust gegen die Tür. Es ist wieder Väänänen, der aufmacht. Auch heute trägt er seine *The President*-Weste. Ich strecke ihm die Hand hin – er ignoriert sie.

»Äh, ich bins, Sami Heinonen. Ich bin zum Putzen gekommen.«

»Ich weiß, wer du bist. Rein mit dir.«

»Danke. Wo soll ich meine Jacke ablegen?«

Der Ledermann dreht mir bereits den Rücken zu, setzt sich in eine Ecke und beachtet mich nicht mehr. Vermutlich heckt er gerade ein Verbrechen aus. Zur Polizei gehen kann ich nicht, dann stehe ich da wie am Anfang. Ich muss es durchziehen.

Ob Väänänen seine Kumpel informiert hat? Nicht, dass jemand denkt, ich sei ein Eindringling, und mich zusammenschlägt! Wenn ich mal AnchorOil als Maßstab nehme, wo die Kommunikation eher mies läuft, und davon ausgehe, dass die Biker nicht besser sind, sollte ich mich auf unangenehme Begegnungen gefasst machen. Ich hoffe wirklich, dass die Typen nicht kriminell sind. Wer weiß, vielleicht stoße ich heute noch auf Drogen oder Schusswaffen. Moment, jetzt mal Schluss mit den Klischees. Niemand hier wird mich zusammenschlagen, aber es lächelt eben auch niemand. Eigentlich fast wie früher zu Hause. Ich entspanne mich langsam. Zum Glück schenkt einer der Ledertypen mir für zwei Sekunden seine Aufmerksamkeit.

»Der Putzkram steht dahinten im Wandschrank.«

»Danke. Soll ich in einem bestimmten Raum anfangen?«

»Die Reihenfolge ist egal. Hauptsache, du legst mal los und bist schnell fertig.«

Ich hatte nicht vor, meinen Aufenthalt in die Länge zu ziehen. Im Schrank befinden sich zwei steinharte, verschrumpelte Schwämme, ein Eimer, ein Wischmopp ohne Stiel, ein alter Staubsauger und ein Kehrblech. Das sollte genügen – ich werde mich hüten, Forderungen nach einer besseren Ausrüstung zu stellen.

Ich fange mit dem großen Raum an. Rund um die Sofaecke finden sich etliche leere Bierdosen und benutzte Kondome. Wäre das hier ein offizieller Job mit Vertrag, müsste ich sofort Schutzhandschuhe verlangen. Mist, das hätte ich eigentlich ahnen können, wieso habe ich mir nicht selbst ein Paar Handschuhe mitgebracht? Die Leute in Alaska, die die Vorarbeit bei AnchorOil erledigen, bohren ja auch nicht ohne Bohrer.

Ich ekele mich. Die Typen messen Hygiene definitiv keinen großen Wert bei. Ich versuche, die Gedanken an Bakterien und Viren zu verdrängen, und konzentriere mich aufs Putzen. Dank langjähriger Routine bin ich nach zwei Stunden fertig.

»Ich wäre jetzt so weit«, sage ich zu Väänänen. »Was ist mit dem abgeschlossenen Zimmer dahinten?«

»Das ist abgeschlossen, damit keiner reingeht.«

»Dort soll ich also nicht putzen?«

»Auf keinen Fall. Streng verboten.«

»Dann kann ich gehen?«

The President antwortet nicht, bewegt aber als Zeichen des Einverständnisses einmal die Augenbrauen rauf und runter.

»Bis nächste Woche«, rufe ich beim Rausgehen.

Wieder keine Antwort. Hat er nicht nötig. Es ist klar, dass ich meine Schuld nicht mit einem einzigen Einsatz abtragen kann.

Auf dem Rückweg sehe ich im U-Bahnhof eine außergewöhnlich hübsche Frau um die dreißig, die für eine Menschenrechtsorganisation wirbt und Passanten anspricht. Ich kann mich nicht beherrschen und starre sie an. Gleichzeitig versuche ich, so zu tun, als wäre ich intensiv mit meinem Handy beschäftigt.

Sie bemerkt meine Blicke trotzdem und spricht mich an.

»Hallo, eine Frage – interessierst du dich für Menschenrechte?«

Kein geglückter Einstieg. So kann man alles Mögliche eröffnen: Interessierst du dich für Musik? Interessierst du dich für Drogen? Interessierst du dich für Jesus?

Doch sie hat Charisma. Dummerweise bringe ich nur einen blöden Spruch raus. »Aber hallo, ich *bin* quasi ein Menschenrecht.« Ich kichere debil.

»Sehr lustig«, sagt sie. »Ich mache den Job hier eigentlich nicht zum Spaß.«

»Sorry, ich wollte einen Witz machen. Ging in die Hose.«

»Kann man so sagen.«

»Kriege ich eine zweite Chance? Natürlich ist das wichtig, was du machst.«

Ich unterstütze ihre Organisation sogar schon seit zehn Jahren mit einer monatlichen Spende. Aber das berechtigt nicht zu dummen Sprüchen.

Ich schaue ihr ins Gesicht. So beiläufig wie möglich. Mist, meine Gedanken galoppieren mal wieder davon. Aber das hier könnte was werden. Sie arbeitet für eine Menschenrechtsorganisation, ich in einer Firma, die sich ethisch neu aufstellt. Na ja, klüger wäre wohl, ich vergesse sie. Ich beende das holprige Gespräch und gehe weiter. Die Begegnung ganz abzuhaken, gelingt mir allerdings nicht.

Ich spende für eine Menge Organisationen. Dadurch könnte ich mich moralisch gut fühlen, tue ich aber nicht. Ich habe nämlich immer nur unterschrieben, weil eine attraktive junge Frau mich angesprochen hat. UNICEF, WWF, jedes Mal dasselbe. Mit der Frau vom WWF hatte ich sogar ein Date. Ich habe versucht, sie mit meinem ornithologischen Wissen zu beeindrucken, das im Vergleich zu ihrem leider lückenhaft war. Ich konnte nicht punkten und bin aufgeflogen.

In letzter Zeit habe ich versucht, mich mit neuen Spendenverpflichtungen zurückzuhalten. Außerdem bin ich allmählich zu alt für die meisten Frauen, die diese Straßenjobs machen. Ich muss eine Familie gründen – sie wollen zum Selbstfindungsseminar nach Laos. Ein Teil von mir sehnt sich trotzdem nach einem Leben mit einer dieser selbstbewussten, politisch aktiven Frauen. Gern bis ans Ende meiner Tage.

Markus

Ich lasse mich nach einem schweren Tag aufs Sofa fallen. Meistens schlafe ich da auch irgendwann ein. So viel zum Thema Quality Time. Ich liebe meine Töchter, daran gibt es nichts zu rütteln. Aber diese Liebe ist zu viel für mich als Einzelnen.

Keine Ahnung, wie lange ich das noch aushalte. Und für diesen Gedanken schäme ich mich sofort. Ich lebe im Land mit den statistisch glücklichsten Einwohnern und gehöre zum wohlhabenderen Teil der Bevölkerung. Ich kann mir eine Putzhilfe leisten und mir auch in vielen anderen Bereichen den Alltag verschönern. Ich bin kerngesund, die Kinder sind es auch. Und trotzdem stimmt das Gesamtpaket nicht.

Letzten Sommer war ich auf der Hochzeit eines Studienfreundes. Das Brautpaar hatte zusammen acht Großeltern! Alle vier biologischen Großeltern hatten sich getrennt und jeweils neu gebunden, weshalb acht glückliche Senioren auf dem Parkett tanzten. Rüstig und im Umgang untereinander überraschend harmonisch. Ich war baff – und neidisch auf die vielen potenziellen Babysitter.

Es ist schlimm, aber manchmal empfinde ich wegen meiner Kinder kurz so was wie Hass. Immerhin haben sie mir das Leben versaut, und ich denke, ich bin da ziemlich objektiv. Andererseits haben sie mein Leben erst richtig mit Sinn gefüllt.

Ich müsste mir öfter einen Babysitter gönnen. Aber immer, wenn ich dann nach Hause zurückkomme, sind die Mädchen aus dem Lot und haben verzweifelt auf mich gewartet. Sie haben Angst, dass auch ich einfach abhaue, wie ihre Mama.

Angeblich haben wir ein gutes Gesundheitssystem. Wo, bitte, war das, als es mit unserer Familie bergab ging? Sara ist diesem System einfach durch die Maschen geschlüpft. Hat sich bedeckt gehalten und getan, als wäre alles okay. Bei dem Einordnungstest zur Schwere der Depression hat sie gelogen, sie wollte es unbedingt ohne fremde Hilfe schaffen.

Ich erinnere mich an den Morgen vor einer Routineuntersuchung von Ida. Ich hatte angeboten, den Termin zu übernehmen, weil Sara noch im Bett lag und schon am Abend zuvor nicht mal mehr die Kraft zum Zähneputzen gefunden hatte. Ihr Blick war müde und ausdruckslos. »Ich hasse mein Leben und die Kinder«, murmelte sie. Dann zog sie sich blitzschnell an, schminkte sich mühelos und steckte Ida in ihre schönsten Klamotten.

Der Besuch lief super, die Ärztin war begeistert von der tatkräftigen Mama und der gut entwickelten Tochter. Zu Hause brach Sara komplett zusammen. Aber sie wollte immer noch nicht wahrhaben, dass sie Hilfe brauchte. Und so ging es weiter bergab. Uns blieb nichts erspart. Aber okay, wem bleibt im Leben schon was erspart?

Ich glaube, Saras Problem waren die Schuldgefühle. Wieso, verdammt noch mal, leiden vor allem diejenigen unter Schuldgefühlen, die sie am wenigsten nötig haben? Zum Beispiel die netten Mamas, die meinen, dass sie nicht gut genug sind. Wieso vergleichen sich Diktatoren eigentlich nicht in Facebook-Gruppen? Diesen Fehler hat Sara permanent begangen. Nach fünf Minuten in der Mama-Gruppe wäre sogar Stalin zerknirscht gewesen: *Du hast Länder annektiert, aber nicht gestillt?!*

Die Messlatte liegt unfassbar hoch. Nichts ist gut genug, kein Essen gesund genug, kein Hobby stimulierend genug, kein Kleidungsstück hip *und* ökologisch genug.

Einmal hat Sara den Inhalt eines Babygläschens in eine Tupperdose umgefüllt, ehe sie auf den Spielplatz ging. »Wieso machst du das?«, fragte ich sie. »Weil die anderen Eltern genau hingucken. Nur eine schlechte Mutter gibt ihrem Kind Fertigessen.« In Wahrheit sind die Gläschen die Rettung aller gestressten Eltern.

Nach Adas Geburt sind die Dinge dann komplett entgleist. Wir hätten die beiden Größeren unbedingt in die Kita geben sollen, aber Sara befragte dazu erst die Mama-Gruppe im Internet. »Du willst die zwei Älteren weggeben?! Wieso hast du sie dann bekommen?!«, schallte es ihr entgegen.

Ich kann meinen Mädels auch nicht richtig erklären, was ihre Mutter hat. Kinder verstehen mentale Probleme nicht, in die Köpfe der anderen kann man nicht reinschauen. Ein Gipsbein oder ein vollgekotzter Eimer am Bett sind eindeutig, psychische Krankheiten nicht. Man klebt den Betroffenen ja kein Pflaster auf den Schädel.

»Papa, bist du noch wach?«

Ada ist putzmunter, sie kann wieder mal nicht schlafen.

Ich bringe sie zurück in ihr Bett und streichle ihr lange über die weichen Haare.

»Jetzt kommt der Schlaf ganz bestimmt.«

»Kommt er nicht.«

»Was ist denn los?«

»Ich muss immer an Mama denken. Wann zieht sie endlich wieder bei uns ein?«

»Das weiß ich nicht. Hoffentlich bald.«

Ich rede mich raus. Wenn ich ehrlich bin, habe ich derzeit kaum Hoffnung.

Sara ist mir seit Idas Geburt zunehmend entglitten. Bei Juli, der Großen, gab sie die perfekte Mutter, hat alles organisiert, Bio-Essen zubereitet und kein einziges Mama-Kind-Yoga ausgelassen. Ich war beinahe eine Randfigur. Sara glaubte, ich könnte der Verantwortung nicht gerecht werden. Angeblich wusste nur sie, was das Baby brauchte und wann man die Windel wechseln musste.

Dann kam Ida, und sie versuchte, das Niveau zu halten. Dabei wissen alle Eltern von zwei Kindern, dass man nur überlebt, wenn man seine Ansprüche senkt. Man schreibt kaum noch Babytagebuch, kocht nicht mehr jeden Tag frisches Essen und passt auf dem Spielplatz nicht dauernd aus zwanzig Zentimetern Abstand auf, dass dem Kind nichts passiert. Die Temperatur des Badewassers wird nicht mehr so penibel überprüft, und die Vorlesestunden sind kürzer, wenn sie überhaupt noch stattfinden. Das ist das Schicksal des zweiten Kindes. Das erste kriegt dafür die ganze elterliche Panik und die Anfängerfehler ab.

Alle unsere Freunde und Bekannten haben versucht, es Sara klarzumachen: *Sei nicht so streng mit dir selbst. Das Kind wird nicht gleich kriminell, nur wenn du einmal nicht mit ihm zur musikalischen Früherziehung gehst!*

Als dann noch Ada kam, wurde es endgültig zu viel für sie. Eigentlich hatte es bei den Untersuchungen geheißen, es würde ein Junge werden, und den hatte Sara sich nach den zwei Mädchen sehnlichst gewünscht. Doch Ultraschallbilder können täuschen, und als wir mit unserer Jüngsten nach Hause kamen, hat Sara nur noch geheult. Sie hatte die Babyecke komplett in Blautönen gestaltet. »Die Kleine kann doch auch in einem blauen Bettchen schlafen, davon wird sie nicht gleich lesbisch!«, versuchte ich, sie aufzumuntern. »Ach komm. Im Ernst. Hast du Angst, sie trägt später Hosenanzüge und dreht experimentelle Schwarz-Weiß-Filme?« Doch Sara hatte jeden Humor verloren.

Es ging noch weiter bergab. Ada verweigerte die Brust. Dabei hatte Sara ihre Schwestern lange gestillt. Sie ist Mitglied der Gruppe ProMuttermilch – obwohl Fertigmilch für viele Frauen ein Segen ist.

Der absolute Tiefpunkt war erreicht. Sara konnte sich nicht länger durchmogeln. Die Diagnose lautete schwere postnatale Depression, sie kam sofort in die Klinik. Zuerst blieb das Baby noch bei ihr, dann rief mich Saras Ärztin an: Es wäre besser, wenn ich das Kind zu mir nehmen würde. Sara wollte unser Kind nicht einmal mehr anfassen. Es hatte ihr Leben ruiniert und war nicht das geworden, was es hatte werden sollen. Sara konnte noch nie gut damit umgehen, wenn etwas nicht nach Plan lief.

Und so bleibt seitdem alles an mir hängen. Ich verkündete meinem Chef, dass ich in Elternzeit gehen müsste, so lange wie möglich. Alternativen gab es nicht. Die vier Großeltern leben im Ausland – und Sara hat den Kontakt zu ihren Eltern nach dem zweiten Kind sogar komplett abgebrochen. Wegen nicht zu vereinbarender Ansichten beim Thema Kindererziehung.

Ich habe die Auseinandersetzungen oft genug mitbekommen. Meist stand ich auf der Seite von Saras Mutter, was ich natürlich nicht gesagt habe. Bei Mutter-Tochter-Angelegenheiten soll man sich nicht einmischen. Am Ende verbünden sie sich, und man hat beide zum Feind. *Meine*

Eltern können mit Kindern sowieso nicht gut umgehen. Und leben obendrein in Florida.

Trotzdem musste ich heute den ganzen Tag an sie denken. In der Kita war Großelterntag, alle Omas und Opas durften kommen. Von uns kam niemand.

Ich habe mehrmals versucht, meine Eltern nach Helsinki zu locken. Im Frühjahr gibt es in der Kita alljährlich das Frühlingsfest. Aber angeblich ist gerade dann so viel im Garten zu tun. Beschäftigen meine Eltern nicht drei Gärtner?

Ida hat heute aufgeschnappt, wie die Erzieherin zur Oma von ihrer Freundin Tilda gesagt hat, eine Umgebung mit vielen liebevollen Familienmitgliedern wäre für Kinder extrem wichtig; Kinder bräuchten ein enges Sicherheitsnetz aus Verwandten um sich herum.

»Wieso sind Oma und Opa heute nicht gekommen?«, fragt sie mich.

»Weil sie in Florida wohnen. Erinnerst du dich noch an Florida?«

»Ja. Wir sind Karussell gefahren und haben ein riesiges Eis gegessen.«

»Genau. Und von dort ist es sehr weit bis hierher.«

»Aber man kann doch Liebe von dort bis hierher schicken? Oma und Opa haben uns trotzdem lieb?«

»Natürlich.«

»Schafft es ihre Liebe, im Flugzeug zu fliegen? Und in London umzusteigen?«

»Klar. Liebe schafft eine Menge, Ida.«

»Wir haben das mit dem Umsteigen auch nur knapp geschafft. Du hast laut geflucht, Papa.«

Nicht nur in London. Es ist viel zu oft viel zu knapp. Ich gäbe was drum, wenn ich wenigstens einmal im Monat die Unterstützung von Großeltern hätte. Drei Kinder pünktlich zur Kita beziehungsweise zur Schule zu bringen, ist im Grunde unmöglich. Ein Kind kommt immer zu spät, das ist wie ein Fluch. Man könnte eine Doku über uns drehen. Wirklich, im Moment finde ich nichts schwieriger, als morgens drei kleine Menschen pünktlich abzugeben. Ohne mich zum tragischen Helden stilisieren zu wollen: Als Alleinerziehender pünktlich zu sein, verdient eine Medaille. Ich finde das beeindruckender als so manches Weltkulturerbe. Die Festungsinsel Suomenlinna – pah! *Ich* hätte in meinem täglichen Kampf internationale Anerkennung verdient.

Was sehne ich mich doch nach Freizeit. Nach einer Auszeit. Nach Erholung.

Ida lehnt sich an mich. Ich streichele ihr über die Stirn. Sie schläft ein. Und ich gleich nach ihr. Aber erst weine ich noch ein paar stumme Tränen in Idas Mumin-Bettwäsche.

Sami

Britta und ich sind ein Paar. Wir wohnen zwar noch nicht zusammen, verbringen aber die meiste Freizeit gemeinsam und sind quasi unzertrennlich. Britta hat Unterwäsche und eine Zahnbürste bei mir deponiert. Ich denke, all das deutet auf eine feste Beziehung hin.

Brittas Begeisterung für meine Wohnung hat jedoch auch praktische Gründe. Sie liegt zentraler als ihre eigene in

Sipoo und somit viel näher an ihrer Trainingsstätte. Wenn sie oft bei mir übernachtet, muss sie seltener pendeln.

Und nach jedem Training geht sie mir an die Wäsche. Herrlich.

»Du riechst so gut, Sami«, hat sie heute gesagt. »So sauber.«

Wenn sie wüsste! Ich kam gerade von meinem Putzjob und habe bessere Reinigungsmittel gekauft. Markenprodukte, die gut duften. Britta weiß nichts von meinem Einsatz bei den Bikern. Zwangsarbeit ist zu persönlich, finde ich. Das muss ich nicht in meine Beziehung reintragen.

Britta ist fantastisch. Und auch ich bin anscheinend nicht übel, der Funke springt jedes Mal sofort über. Britta weiß, was sie will, und ich gebe es ihr gern. Danach liegen wir nebeneinander auf dem Bett. Auf Brittas unterem Rücken leuchten die olympischen Ringe. Ich fahre mit dem Zeigefinger das Tattoo entlang. Die Farben stehen für die Kontinente, soweit ich weiß, und die Überschneidung der Kreise für die weltweite Verbundenheit.

»Wann hast du dir das Tattoo stechen lassen?«, frage ich.

»Als ich beschlossen habe, dass ich eines Tages dabei sein werde.«

»Das hast du einfach so beschlossen?«

»Logisch. Wenn man was erreichen will, muss man sich erst dafür entscheiden.«

Ich würde das gern glauben. Aber ich habe schon zu vieles beschlossen, ohne dass es später eingetreten wäre.

»Sind die Olympischen Spiele dein größtes Ziel?«

Britta dreht sich auf den Rücken und schaut an die Zimmerdecke.

»Im Moment ja. Absolut.«

»Ich habe mich leider nie getraut, mir ein Tattoo stechen zu lassen.«

Mehrmals stand ich kurz davor. Doch ich konnte mich für kein Motiv entscheiden. Einmal wollten Markus, Nojonen und ich zusammen zum Tätowieren gehen, haben es aber in letzter Sekunde abgeblasen. Markus, unsere treibende Kraft, wollte sich eigentlich die Namen seiner Kinder in den Unterarm stechen lassen – dann fand er das plötzlich albern, weil er die Namen ja im Kopf hat. Er sei keiner dieser Väter, die so ein Tattoo als Merkhilfe brauchen.

Britta sieht mich aufmerksam an. »Was ist denn *dein* größtes Ziel?«

»Eine Familie. Ich möchte Kinder.«

»Dann lass dir doch einen Schnuller tätowieren. Das hilft bestimmt.«

»Wie stehst *du* zum Thema Kinder?«

»Für mich zählt gerade nur das Training.« Sie steht auf und verschwindet im Badezimmer.

Männer sind gut darin, heiklen Themen auszuweichen, heißt es. Frauen können das ebenso gut. Und ich will Britta auch nicht reinfunken, sie muss ihren Traum verwirklichen.

Ich meinte die Frage eigentlich allgemeiner. Was ist *nach* den Spielen? Wartet gleich das Training für die nächste Olympiade? Oder geht es mal um was anderes? Wenn ja, gehöre ich dazu? Manchmal fühlt es sich an, als wäre ich nur ein kleiner Baustein in Brittas Trainingsplan. Eine Art Energydrink, der sie ihrem Ziel näher bringt.

Ein weiteres Thema ist die Sache mit Brittas neuem Nebensponsor. Als loyaler Freund komme ich natürlich mit, wenn Britta sich mit weiteren möglichen Kooperationspartnern trifft. Ich unterstütze sie gern, denn sie hat auch sonst genug zu verdauen. Seit sie einen festen Platz im finnischen Olympia-Kader bekommen hat, liegt der Kontakt zu ihrer Freundin auf Eis, die zugleich ihre Konkurrentin im Surferteam ist und wegen Britta nicht mit zur Olympiade fahren wird. Britta war besser. Ich käme nie auf die Idee, den Kontakt zu Markus abzubrechen, weil er Kinder hat und ich nicht.

Die Sponsoren haben sich am Ufer der Halbinsel Hernesaari aufgereiht. Es ist sonnig, die Firmenlogos leuchten auf den Segeln der Boote und den Surfbrettern. Nigelnagelneue Autos, ebenfalls mit Logos bedruckt, stehen mit offenen Türen herum. Britta wird sofort belagert; ich muss allein klarkommen. Sobald mich jemand fragend ansieht, präsentiere ich mich als Britta Frilanders Begleitung. Eine Journalistin vom Abendblatt wittert eine gute Story und stellt sich mit einem charmanten Augenzwinkern neben mich.

»Gelungenes Event, nicht wahr?«

»Ja, kann man nicht anders sagen.«

»Und Sie sind Brittas neuer Freund?«

Britta steht drei Meter entfernt und spricht mit einem Sportreporter, hört aber die Frage der Journalistin. Sie nickt und lächelt mir zu. Vermutlich hat ihr Manager gesagt, dass wir damit ruhig an die Öffentlichkeit gehen sollen.

»Ja, ich bin ihr Freund.«

»Sind Sie schon länger ein Paar?«

»Frisch ist es jedenfalls nicht mehr. Wollen Sie das drucken?«

»Ich bin von der Presse – davon können Sie ausgehen. Haben Sie schon Urlaubspläne für den Sommer?«

Ich schaue kurz zu Britta. Sie winkt aufmunternd.

»Ich richte mich nach Brittas Trainingsplan. Der gemeinsame Urlaub muss noch warten, bis ihre Saison zu Ende ist.«

Die Journalistin gibt ihrem Fotografen ein Zeichen und bittet mich, zu posieren. Leicht verlegen versuche ich, mein Bestes zu geben.

»Würden Sie mir noch Ihren Namen verraten?«

»Sami Heinonen.«

»In welcher Branche arbeiten Sie?«

»In der Energiebranche.«

»Und Sie stehen hundertprozentig hinter Brittas Karriere?«

»Selbstverständlich.«

»Die Familienplanung muss warten?«

»Ja. Das ist Zukunftsmusik.«

Ich nicke freundlich und ziehe mich an den Tisch mit dem Büfett zurück. Britta ist jetzt von mehreren Journalisten und Fotografen umringt. Sie lehnt sich an eines der Autos und lächelt in die Kameras.

Neben ihr steht ein muskulöser Surfer, der es ebenfalls in den Olympia-Kader geschafft hat. Als die Journalisten sich irgendwann ihm zuwenden, kommt eine hübsche Frau zu mir herüber. Sie ist die Freundin des Surfers.

»Hallo, wir sitzen ja im gleichen Boot«, begrüße ich sie und deute auf Britta. »Wie läuft es denn bei euch? Ich meine, mit all den Trainingsphasen und so.«

»Ah, das alte Thema. Zeit für uns haben wir nur wenig, aber das ist ja normal, wenn man mit einem Sportler zusammenlebt.«

»Klar. Habt ihr schon Zukunftspläne geschmiedet?«

»Zukunftspläne?«

»Familie und so.«

»Nicht wirklich. Wir Partner kommen ja nun mal auf Platz zwei, der Sport hat Vorrang. Manche Profis ändern sich angeblich, wenn die Karriere vorbei ist, doch die meisten bleiben ein Leben lang auf sich und den Sport konzentriert.«

Der Satz rattert noch durch meinen Kopf, als Britta und ich nach dem Event zu mir nach Hause spazieren.

»Britta, wie stellst du dir eigentlich die Zukunft vor?«, frage ich.

»Welche Zukunft?«

»Unsere.«

»Morgen Vormittag ist Training. Das stelle ich mir vor.«

Asta

Endlich sehe ich meine alte Freundin wieder! Teresa und ich treffen uns in unserem Lieblingscafé. Kaum dass wir sitzen, holt sie eine Zeitung raus und strahlt übers ganze Gesicht.

»Dein Sohn ist ein Promi, Asta! Das ist ja so aufregend.«

»Moment mal, wovon redest du?«

»Er ist doch mit dieser Surferin zusammen! Hier, schau.«

Sie hält mir eine aufgeschlagene Seite unter die Nase. Auf dem Foto im Sportteil ist unverkennbar Sami zu sehen. Er hält ein Weinglas in der Hand und blickt leicht verlegen in die Kamera.

»Lies«, fordert Teresa mich auf.

Die Weltklasse-Surferin Britta Frilander stellte uns gestern ihren Freund Sami Heinonen vor. Er arbeitet in der Energiebranche und ist schon länger mit der Spitzensportlerin zusammen. Der gut aussehende Hüne verrät, dass er zu hundert Prozent hinter Frilanders Karriere steht und die gemeinsamen Urlaubspläne bis nach der Saison warten müssen. Ähnliches gilt für die Familienplanung – die Sportkarriere hat Vorrang.

Teresa sieht mich erwartungsvoll an. Ich lasse die Zeitung sinken und atme tief durch.

»Du wusstest nichts davon?«, fragt Teresa.

»Leider nicht. Nun ja, das ist eine erfreuliche Neuigkeit. Schön für Sami.«

Mein Sohn hat mich aus seinem Leben ausgeschlossen. Von seiner neuen Freundin erfahre ich aus der Zeitung!

Als ich ihn abends anrufe, gebe ich mir keine Mühe, meine Enttäuschung zu verbergen.

»Du hättest es mir erzählen sollen. Wie peinlich, ich musste es aus Teresas Klatschzeitung erfahren. Ich bin doch deine Mutter.«

»Mama, ich hätte es dir noch gesagt. Ich wollte erst warten, wie die Dinge sich entwickeln. Du hast es immer so eilig mit allem, ständig der Druck mit den Enkelkindern.«

»Aber der Zeitung hast du es gleich erzählt. Gut, ich werde es verkraften. Wann lerne ich die junge Dame denn kennen?«

»Mal sehen, im Moment hat sie ein strammes Programm. Jetzt gehts für sie erst mal ins Trainingscamp.«

»Und was ist mit dir? Wann sehen *wir* beide uns wieder?«

»Ich gucke mal in meinen Kalender und versuche, was freizuschaufeln.«

Fürchterlich. Meine Kinder müssen erst was »freischau-feln«, um mich zu treffen. Und dann tragen sie *17 Uhr, Mama* ein und gewähren mir eine Stunde Zeit. Ich finde, Mütter und Kinder sollten regelmäßigen Kontakt haben. Ich will mehr sein als ein kleiner Eintrag im Kalender.

Nach unserem Gespräch schalte ich den Fernseher ein. Beim Sport berichten sie über diese Britta. Es ist zwar nicht dasselbe, aber wenigstens kriege ich auf diese Weise einen ersten Eindruck von meiner zukünftigen Schwiegertochter. Sie fährt für unser Land zu den Olympischen Sommerspielen. Immerhin hat sie hochgesteckte Ziele.

Was sind eigentlich meine Ziele?

Nojonen

Sprenge deine Grenzen und beginne ein neues Leben

Lange Zeit dachte ich, man kann sein Schicksal nicht beeinflussen. Als Marketingchefin lebte ich ohne große Träume und Ziele vor mich hin. Bis es eines Tages Klick machte.

Ich hatte auf der Facebookseite eines wanderbegeisterten Freundes gesehen, dass noch Begleiterinnen und Begleiter für eine Gruppe sehbehinderter Bergsteiger gesucht wurden. Und da wusste ich: Das ist genau mein Ding! Endlich würde ich meine bei-den großen Leidenschaften, das Klettern und das Helfen, kombi-nieren können, und ich kündigte meinen Job. Kein leichter Schritt, denn ein Hamsterrad gibt Sicherheit.

So kam es, dass ich blinden Menschen half, den Mount Everest zu besteigen. Und diese Reise erwies sich als die wichtigste meines Lebens. Denn Glück hat nichts mit teuren Designermöbeln oder einer Karriere in einem schicken Unternehmen zu tun. Das Glück liegt in der Verbindung zu unseren Mitmenschen. Mit meiner Hilfe konnten die Blinden den Mount Everest spüren. Mit all ihren Sinnen – außer dem Sehsinn.

Als wir am dritten Tag beim Frühstück saßen, hat eine der Frauen meine Hand genommen und sie fest gedrückt. Sie fühlte, wo ich im Leben stand, sah mich mit ihrer ganzen Seele. An diesem Tag war ich angespannt und konnte Ermutigung gebrauchen. Folgendes hat sie mir gesagt: »Der höchste Berg der Welt ist nicht der Mount Everest. Der höchste Berg, den es zu erklimmen gilt, bist du selbst. Und die Besteigung dauert ein ganzes Leben. Aber wenn du dranbleibst und dich immer wieder überwindest, schaffst du das und auch alles andere.«

Dieser Moment hat mein Leben verändert.

Auf dem Rückflug lernte ich meinen Mann Jarkko kennen. Er kam von einem Erdbeben-Einsatz der Ärzte ohne Grenzen zurück und lag müde auf einer Bank in der Haupthalle des Flughafens Kathmandu. Auch ich war müde. Wir hatten beide alles gegeben.

Unsere matten Blicke trafen sich, und sofort schöpften wir neue Kraft. Zwei Monate später verlobten wir uns. Der Rest ist Geschichte.

Damit meine ich nicht, dass es für euch alle so laufen wird wie für mich. Aber es lohnt sich, neue Wege zu beschreiten und das Schicksal in die eigene Hand zu nehmen.

Wir sind unseres Glückes Schmied. Veränderung ist möglich. Du bist immer die beste Version deiner selbst. Deshalb bist du perfekt.

Das Leben kann man auf verschiedene Arten betrachten. Mein

Leben sehe ich als eine Art Kunstwerk. Wir alle sind die Regisseure, Autoren und Maler unserer eigenen Stoffe und entscheiden, in welche Richtung es mit uns geht.

Ihr vollführt die Pinselstriche, die die Leinwand eures Lebens so aussehen lassen, wie ihr das wollt und wie die anderen sie sehen sollen.

Soso. Und was für eine Art Kunstwerk ist *mein* Leben? Höchstens ein mittelmäßiges Tanzstück, zeitgenössisch und ziemlich chaotisch. Definitiv mit niedrigem künstlerischem Anspruch: Der Solotänzer wird nämlich dauernd von den Realitäten des Alltags eingeholt und kann sich auf der Bühne nicht verwirklichen.

Im Internet nach Rat zu suchen, war naiv. Die Tipps dieses Blogs bringen mich nicht weiter. Die Bloggerin ist extrem hübsch, mit so einer würde doch fast jeder zusammen sein wollen, der sie mal kurz auf irgendeinem Flughafen sieht, egal wie müde sie wirkt.

Aber ich bin weder hübsch, noch bin ich interessant. Und meine besten Jahre habe ich in die Pflege meiner Eltern gesteckt.

Du bist immer die beste Version deiner selbst. So fühlt es sich aber nicht an. Vielleicht muss ich mal richtig nach dieser Version suchen. Hallo Nojonen, wo steckst du? Der, der du bist, kanns ja noch nicht sein. Da geht noch was!

Sami

Zu Brittas Wohnung in Sipoo gehört eine holzbeheizte Sauna. Wir wollen gerade hinein, als es an der Tür klingelt. Der Postbote überreicht mir ein Einschreiben. Es handelt sich um eine Einladung des Präsidenten. Wundern tut mich das nicht, Britta repräsentiert unser Land im Wassersport. Weltmeisterin ist sie bereits, vielleicht holt sie jetzt noch Olympisches Gold. Somit gehört sie beim traditionellen Präsidentenempfang am Unabhängigkeitstag unbedingt dazu, und das Beste ist: Auch ich bin eingeladen.

»Da muss ich mir wohl einen Frack zulegen«, sage ich und grinse breit.

»Quatsch, wozu denn?«

»Ich bin doch auch eingeladen.«

»Das gilt nur für feste Paare, die schon lange zusammen sind.«

»Sind wir das etwa nicht? Selbst der Präsident sieht in uns ein Paar, Britta.«

Sie antwortet nicht. Lässt einfach die Karte auf den Tisch flattern und geht in den Flur, wo sie ihr Stretching macht.

Hanna

Ein weiterer Besuch in der Kinderwunschklinik. Heute gehts zur Sache, diesmal kann Jonas sich nicht drücken.

Ein etwa gleichaltriges Paar fährt mit uns im Fahrstuhl nach oben. Wir nicken uns höflich zu und schauen zu Boden. Wir wissen, weshalb wir hier sind, und für alle ist es schmerzlich. Witze machen geht da schlecht. »Sie sind also Herr Schlaffi und Frau Bringtsnicht? Komisch, wir heißen zufällig genauso.«

Im dritten Stock steigen wir schweigend aus. Traurig, dass Menschen sich oft für das am meisten schämen, wofür sie am wenigsten können. Obendrein lässt Schamgefühl sich schlecht verbergen.

Jonas verschwindet in einem kleinen Raum. Er wird sich Pornos anschauen und eine Spermaprobe abgeben, wie schon Tausende vor ihm, die in dieses Zimmer gegangen sind. Obwohl wir weiß Gott kein Einzelfall sind, fühlt mein Mann sich persönlich gedemütigt. Monatelang hat er gezögert. Hauptargument war immer das Geld, aber in Wahrheit war es ihm peinlich.

Jonas ist auf die goldene Mitte gepolt, so wurde er erzogen. Alles soll schön im Durchschnitt liegen. Dass diese eine Sache bei uns unterdurchschnittlich gut läuft, und dazu noch überdurchschnittlich viel Geld verschlingt, damit kommt er nicht klar.

Erst letzte Woche wiederholte er seinen Standardsatz: »Wenn es wirklich sein soll, wirst du auf natürlichem Weg schwanger.« Zu der letzten Klinikrechnung meinte er: »Das läppert sich ja. Da hätten wir auch ein Auto kaufen können.«

Ich will aber kein Auto, ich will ein Kind. Schon merkwürdig mit dem Fortpflanzungstrieb und der Arterhaltung. Dabei wäre heute das Gegenteil gut: Kinderlos zu bleiben kann einer der Wege sein, das Überleben der Menschheit auf diesem Planeten zu sichern.

Ich werde ins Behandlungszimmer gerufen. Jonas, noch verunsichert von der Sperma-Abgabe, weiß nicht, ob er mitkommen soll.

Die Schwester bemerkt das und fragt: »Möchten Sie mit rein?«

»Ich glaube, ich warte lieber draußen.«

»In Ordnung. Wie es für Sie am besten ist.«

Jonas weiß oft nicht, was das Beste ist. Ich kenne das schon viele Jahre und versuche, nicht verletzt zu reagieren.

Die Hebamme und die Ärztin begrüßen mich freundlich und erklären mir, wie sie vorgehen werden. Ich lehne mich im Behandlungsstuhl zurück. Die Schwester gibt mir eine Spritze.

»Ein Schmerzmittel und ein bisschen was zur Entspannung«, erklärt sie. »Ganz ruhig und tief atmen. Wunderbar, so ist es gut.«

Ich versuche, sämtliche Muskeln locker zu lassen. Blöd, dass man sich immer dann entspannen muss, wenn es am schwersten fällt. Beim Seriengucken mit Chips habe ich das Problem nie.

Die Ärztin holt eine lange Nadel aus einer sterilen Verpackung. »Damit erreichen wir die Eierstöcke. Wollen Sie zugucken, oder soll ich den Bildschirm ein Stück zur Seite drehen?«

»Ich gucke zu. Kriegt man ja selten zu sehen, so ein medizinisches Wunder.«

»Prima. Immer ruhig weiter ein- und ausatmen. Gleich werden Sie ein Ziepen spüren. Versuchen Sie, locker zu bleiben.«

Auf dem Monitor kann ich den Weg der Nadel verfolgen. Das Entnehmen der Eizellen tut etwas weh, trotz Schmerzmittel. Aber die Berichte im Internet waren schlimmer, insofern bin ich erleichtert.

Manche Paare machen sich eine romantische Nacht, und neun Monate später haben sie ein Baby. Bei uns muss die Medizin ran. Eine Biologin, die schon im Nebenzimmer wartet, wird meine Eizellen mit dem Sperma von Jonas zusammenmixen, dann müssen wir ein paar Tage warten. Wenn es geklappt hat, wird mir eine befruchtete Eizelle eingesetzt. Irgendwie unangenehm, dass so viele gut ausgebildete Leute uns helfen müssen. Die Hebamme erklärt es mir noch mal genau.

»Die Kollegin nebenan überprüft, wann der ideale Zeitpunkt ist, und dann kommen Sie her, und wir setzen die Zygote ein. Die kann direkt an Ihre hormonell schön vorbereitete Gebärmutterschleimhaut andocken. Das verdoppelt die Chance auf eine Schwangerschaft.«

»Müsste es auch für Gehaltsverhandlungen geben, diese Chancenverdoppelung. Dann könnten wir vielleicht mal mit den Männern gleichziehen«, versuche ich zu witzeln.

Die Hebamme legt mir sanft die Hand auf die Schulter und bringt mich zur Erholung in ein anderes Zimmer. Vorhänge separieren die Betten voneinander. Hinter einem Vorhang höre ich leises Schluchzen. Als ich die Nachricht von Jonas auf meinem Handy lese, kommen auch mir die Tränen. *Dringender Arbeitstermin, bin auf dem Weg ins Büro. Komm gut durch, ja?* Was bleibt mir anderes übrig. So ein Idiot.

Die Ärztin schreibt mich zwei Tage krank. Unbezahlte Krankheitstage natürlich, selbst verursacht. Was Genaueres erzähle ich bei der Arbeit garantiert nicht. Bald werden wieder neue Projekte vergeben. Scheiß Karriere. Sie ist schuld daran, dass so viele Vierzigjährige hinter Klinikvorhängen heulen.

Drei Tage später kommt der Anruf. Ich erfinde einen Grund, um früher von der Arbeit verschwinden zu können, und fahre in die Klinik. Jonas ist sowieso keine Hilfe, soll er ruhig wegbleiben. Das Einführen geht erstaunlich schnell.

Jetzt heißt es Daumendrücken, in vierzehn Tagen wissen wir mehr. Das werden Horrorwochen. Die Stimmung zwischen mir und Jonas ist ohnehin schon mies, und natürlich wird seine mangelnde Unterstützung noch mal Thema.

»Du bist so ein Arschloch, alles muss ich allein durchstehen.«

»Moment mal, ich bin doch in Gedanken bei dir. Es ist nun mal extrem belastend.«

»Armer, armer Jonas. Das Leben ist voller Belastungen, und wenn man sich wegduckt, wird es ja soo viel besser!«

Entweder, man bietet ihnen die Stirn oder eben nicht.

Sami

Irgendwann musste der sechste Dezember ja kommen. Es ist Unabhängigkeitstag, und Brittas Style- und Make-up-Artistin Mira ist seit zwei Stunden in Aktion. Als sie mich zum ersten Mal wahrnimmt und meine Jeans sieht, ist sie schockiert: »Oh my God, Sami, du brauchst ja auch noch ein Outfit für heute Abend!«

»Keine Sorge, ich gehe nicht hin.«

»Echt jetzt? Dann sorry für den falschen Alarm.«

»Schon okay. Ich hatte sowieso was anderes vor.«

Mira wendet sich wieder Britta zu, die sich ausschweigt, während sie immer schöner wird. Sie sieht fantastisch aus mit ihrem Make-up und der Hochsteckfrisur.

Ich schaue demonstrativ aus dem Fenster. Natürlich hätte ich Britta liebend gern über den roten Teppich begleitet und Präsident Niinistö und seiner Frau, der Lyrikerin Jenni Haukio, die Hand geschüttelt.

»Machst du mir mal den Reißverschluss zu, Sami?«, bittet mich Britta, als sie in ihr Abendkleid gestiegen ist.

Ich spüre ihre Nervosität.

»Was soll ich sagen, wenn jemand mich nach meiner Meinung zum Unabhängigkeitstag fragt?«

»Du sagst einfach, wie es ist. Dass du diesen Tag großartig findest und auch deine eigene Unabhängigkeit feierst. Und zwar, indem du deinen Partner zu Hause lässt.«

»Toll, Sami, vielen Dank.«

Die Stimmung könnte kaum schlechter sein. Und das am Feiertag. Ich halte ab jetzt die Klappe. Anständig, wie ich bin, begleite ich sie mit dem Schirm zum Taxi und schütze ihre Frisur vor dem Schneeregen. Der perfekte Gentleman. Auf den Fotos würden wir ein Traumpaar abgeben, vielleicht wären wir das schönste Paar des Abends.

Ich gehe zu Markus und schaue mit ihm die Fernsehübertragung aus dem Präsidentenpalais. Zur Feier des Tages bringe ich Schokolade und eine Flasche Prosecco mit. Die Schokolade verschwindet blitzschnell in den Mündern der Mädels, der Alkohol geht zu neunzig Prozent an mich.

Markus ist noch eine gute Weile mit seinen Töchtern beschäftigt: Haben sie genug gegessen, sind die Zähne geputzt, wieso hört mal wieder keiner auf Papa – das Übliche. Ich kann heute leider nicht mit anpacken, ich muss das Geschehen im Palais verfolgen.

Endlich kommt Britta ins Bild. Sie reicht dem Gastgeberpaar die Hand und macht in ihrem roten Kleid eine top Figur. Der Designer ihrer Abendrobe ist Mert Otsamo, erklärt der Kommentator. Woher weiß der so was? Nicht mal ich als Brittas Partner weiß das! Wahrscheinlich hätte sie *ihn* als Begleitung akzeptiert.

Ein Journalist stellt Britta ein paar Fragen, keine zum Thema Unabhängigkeit. Ich bin erleichtert. Aber ich freue mich zu früh. Im Laufe des Abends muss ich am Bildschirm miterleben, wie sie sich auf der Tanzfläche amüsiert. Ihr Tanzpartner ist ein gut aussehender, junger Typ, der sie auch gleich noch ein zweites und drittes Mal auffordert. Die beiden strahlen sich an. Ich fasse es nicht.

Als die Mädchen endlich in ihren Betten liegen, setzt Markus sich zu mir aufs Sofa. Im Fernsehen geht es inzwischen mit dem inoffiziellen Teil weiter, einer Party im Traditionshotel Kämp. Britta posiert elegant auf dem roten

Teppich – Arm in Arm mit dem jungen Typen. Die beiden lächeln breit in die Kamera. Markus merkt sofort, wie verunsichert ich bin.

»Sami, das ist bestimmt nichts Ernstes.«

»Glaubst du? Ich finde, es sieht nach starker Anziehungskraft aus.«

»Ach, das ist nur ein harmloser Partyflirt. Britta ist nun mal extrovertiert und feiert gern.«

Markus plädiert dafür, das Ganze unter modernem Beziehungsstil zu verbuchen. Ich bin nicht ganz überzeugt.

Was bedeutet Unabhängigkeit für Sie? – Die Möglichkeit, immer und überall flirten zu können. So müsste ehrlicherweise Brittas Antwort lauten.

Britta kommt um Viertel nach vier. Am nächsten Tag wird sie nach Brasilien fliegen, zum Intensivtraining. Sie lässt sich in voller Montur und unabgeschminkt neben mich plumpsen. Mechanisch legt sie mir die Hand auf den Rücken. Ich stelle mich schlafend.

Beim Frühstück frage ich, ob sie einen guten Abend hatte.

»Nicht übel. Aber lass uns später reden. Ich muss jetzt packen, damit ich den Flug erwische.«

Zwei Stunden später sitzt sie im Taxi. Werde ich den ganzen Dezember in Ungewissheit verbringen?

Nein. Am Fünfzehnten macht sie Schluss, per WhatsApp. Fast gleichzeitig postet sie auf Instagram ein Foto von sich, braun gebrannt und strahlend, und schreibt dazu: Perfekter Trainingstag in Brasilien! Schöner kann das Leben nicht werden.

Markus

Ich nutze die Mittagspause, um Ada ein Kleid für die Weihnachtstage zu kaufen, das alte passt nicht mehr. Die fünfte Etage im Kaufhaus Stockmann ist dafür eine gute Adresse, vor allem, seit sie dort auch die Marke Poppi führen, für die ich eine VIP-Kundenkarte besitze. Eigentlich mache ich mir nichts aus solchen Mitgliedschaften, aber in diesem Fall bin ich schon ein wenig stolz.

Ich finde ein hübsches hellgraues Kleid mit originellen, großen Reißverschlusstaschen, das Adas knallrosa Leggins gut neutralisieren wird. Sie hat nun mal diese Mädchenphase. Ist schon komisch heute mit den Geschlechtern. Mädchen sollen nicht mehr so mädchenhaft aussehen, Jungen nicht zu sehr nach Jungen. Aber ist schon okay, auch ich will meine Kinder nicht in Rollenbilder drängen.

»Gute Wahl. Kann ich Ihnen vielleicht mit der Größe behilflich sein?«, fragt mich eine Verkäuferin. Ich bin ein engagierter Vater, ich brauche keine Hilfe mit den Größen, aber sie lässt nicht locker. »Wie alt ist Ihre Tochter?«

»Hundertzehn.«

»Wie bitte?«

»Das ist ihre Größe.«

Nun haben alle drei Mädchen was Hübsches zum Anziehen für die Weihnachtsfeiern der Kita und der Schule. Den Erzieherinnen und der Klassenlehrerin schenke ich eine Festtagspackung Edelpralinen, schließlich nehmen sie mir einen Teil der Erziehung ab. Sara informiere ich per WhatsApp über die Termine, aber bezweifle, dass sie sich blicken lässt.

Juli singt mit ihrer Klasse ein schwedisches Weihnachtslied. Ich bin gerührt. Als ich mich zu den anderen Eltern umdrehe, entdecke ich Sara in der letzten Reihe. Sie hat sich ihre Mütze tief ins Gesicht gezogen.

Beides finde ich positiv: Dass sie kommt. Und dass sie am Rand bleibt und sich ein bisschen schämt. Auf lange Sicht sollte sie natürlich wieder eine größere Rolle im Leben der Kinder spielen. Hoffentlich stabilisiert sich ihr Zustand.

Später bekomme ich eine Nachricht von ihr: Sie will mit uns Weihnachten feiern. Eigentlich könnte ich mich freuen, doch ich bin eher besorgt. Die Mädchen und ich haben uns ganz gut eingegroovt. Trotzdem vermissen sie ihre Mutter. Ich vermisse Sara eher selten, wenn ich ehrlich bin. An manchen Tagen vergesse ich sogar, dass es sie gibt. Ich habe mich an unser Leben zu viert gewöhnt und mich in mein Schicksal als alleinerziehender Vater, der keine Zeit mehr für sich hat, gefügt.

Nun gut, Weihnachten feiern wir also als vollständige Familie. Ich googele *Weihnachtsessen für Familien mit kleinen Kindern* und lande bei einem Blog namens *Quality Time*. Die Bloggerin ist zufällig die Mama von Julis Klassenkameradin Lea. Vielleicht hat sie ein paar gute Vorschläge für mich.

Würdige Weihnachten, aber bitte stressfrei

Weihnachten ist die Zeit, um mit seinen Liebsten zusammen zu sein. Und es ist die Zeit des Friedens und der Vergebung. Wir Eltern haben das ganze Jahr über so viel um die Ohren, dass wir in den Weihnachtsferien loslassen sollten. Ich musste das selbst erst lernen: Letztes Jahr habe ich in der Nacht auf den Vierundzwanzigsten noch rosenförmige Schokoverzierungen für die Torte geformt, mit dem Resultat, dass das Dessert zwar toll aussah, ich aber am Abend todmüde war und um neun eingeschlafen bin.

Oberstes Gebot also: Man muss nicht alles selber machen. Wer keine Kraft hat für Weihnachtsbasteleien, darf die Deko ruhig kaufen – gerne natürlich aus Recyclingmaterialien. Und auch das Wurzelgemüse für den Rote-Bete-Salat und den Steckrübenauflauf muss nicht aus dem eigenen Garten stammen. Sogar Kakaopulver ist okay, man muss die heiße Schokolade nicht selbst machen.

Ich habe meine Lektion gelernt und werde dieses Jahr nur eine einzige Gebäcksorte selbst herstellen – die Blätterteigsterne mit Pflaumenmusfüllung.

Das ist nicht die richtige Seite für mich. Ich brauche was Konkretes mit Rezepten. So was wie eine Wichtelpizza, Jesus-Burger mit Lammfleisch oder Chicken Nuggets in Engelform. Was Einfaches, aber Originelles, das Kinder lecker finden. Steckrübenauflauf und Rote-Bete-Salat rühren sie nicht an. Da hilft auch die schönste Nationaltradition nichts.

An Heiligabend gehen wir immer zusammen in die Sauna. Draußen im Hof ist Weihnachtssauna für alle; erst die Frauen, dann die Männer. Juli weigert sich, sie fühlt sich schon zu alt für die Männerrunde. Allein zu den Frauen möchte sie auch nicht. Damit habe ich nicht gerechnet, obwohl es nur eine Frage der Zeit war. Da wird noch einiges auf mich zukommen in den nächsten Jahren. Und ich fühle mich absolut unvorbereitet. Dass ich im Schwimmbad mit den Mädels in die Damenumkleide gehe, kann nicht die Lösung sein.

Zum Glück haben wir zu Hause genug Zimmer, um uns bei schlechter Laune aus dem Weg zu gehen, das wird mich in den Pubertätsjahren noch retten. Da kann ich meinen wohlhabenden Eltern wirklich dankbar sein. Sie haben mir zwar weder Liebe noch kluge Tipps im Umgang mit Problemen gegeben, mich dafür aber mit ausreichend Fluchtraum ausgestattet. Ohne sie hätte ich mir diese große Wohnung damals nicht leisten können.

Juli lässt die Sauna aus, nur Ada und Ida kommen mit. In Bademänteln tapsen wir runter und rennen draußen durchs Schneegestöber. Die Mädchen kichern ausgelassen und versuchen, die Flocken mit der Zunge aufzufangen. Immerhin, Schnee zu Weihnachten. In der großen Sauna hocken ein paar ältere Nachbarn. Der Witwer aus der Wohnung über uns wendet sich freundlich an die Mädchen.

»Na, habt ihr dem Weihnachtsmann rechtzeitig eure Wünsche aufgeschrieben?«

»Klar!« Ada steigt sofort ein. »*My Little Pony*, *Pets*-Kuscheltiere, eine große Puppe und noch viel mehr.«

»Kann der Weihnachtsmann das alles tragen?«

»Das schafft der, er hat ja seinen Rentierschlitten.«

Und noch viel mehr. Die Geschenke haben mich wieder ein halbes Vermögen gekostet. Hoffentlich kann ich damit ein bisschen was ausgleichen; die Mädchen haben keine leichte Zeit. Meine Eltern schicken wie üblich ihr Riesenpaket aus Florida, wegen des schlechten Wetters und der Dunkelheit wollen sie im Winter nicht nach Finnland kommen. Feige Drückeberger. In Wirklichkeit haben sie Angst vor ihren Enkelinnen – davor, wie fremd sie ihnen geworden sind.

Ida findet den Weihnachtsmann nicht mehr interessant genug und redet von Sara: »Vor der Bescherung kommt unsere Mama. Vielleicht schafft sie es sogar noch in die Sauna. Wann genau wollte sie da sein, Papa?«

»Das hier ist die Männersauna, Ida. Da kann Mama sowieso nicht mit rein«, erkläre ich und versuche, sie ein bisschen abzulenken. »Nimm doch mal die Kelle und mach für uns alle einen ordentlichen Aufguss.«

Unser Nachbar erweist sich mit seinem Kommentar als typischer Finne: »So isses, das Leben.« Er hat natürlich mitbekommen, dass Sara ausgezogen ist.

Im Umkleideraum öffne ich mir eine Bierflasche und gebe den Mädchen Mumin-Limonade. In Erwartung des Zuckerrauschs giggeln sie gleich beim ersten Schluck.

Unser Nachbar trocknet sich mit ungeschickten Bewegungen ab und zieht sich in Zeitlupentempo an.

»Für mich ist es das erste Weihnachten ohne meine Frau. Eeva hat sich immer ums Essen gekümmert.« Er schluckt. »Entschuldigung. Ich bin etwas gefühlsduselig.«

»Schon gut. Das geht mir heute nicht anders.«

Zurück in der Wohnung, kämme ich den Mädchen die Haare und flechte ihnen ihre Lieblingsfrisuren. Inzwischen kriege ich das ganz passabel hin. Ich lege ihnen ihre Festtagskleider und Strumpfhosen raus. Die Kinder sollen ordentlich aussehen. Sara darf ruhig mitkriegen, wie gut es bei uns läuft. Zumindest manchmal.

Ich lasse die Kinder einen Weihnachtsfilm gucken und packe die Geschenke ein. Noch die Namen drauf, fertig. Die Basteleien der Mädels für ihre Mutter packe ich ebenfalls in Geschenkpapier. Das geschmacklose Riesenpaket aus Florida stelle ich auf die Kommode im Flur.

Auch ich habe was für Sara besorgt, ein Buch. Ich konnte der Buchhändlerin schlecht sagen, dass ich was für eine Depressive suche, aber diese Leute machen ihren Job gut. Die Frau kapierte schnell, dass ich ein möglichst unverfängliches

Buch brauchte, und empfahl mir einen historischen Roman über das Leben am englischen Hof im 17. Jahrhundert.

Die Mädchen werden ungeduldig.

»Wann kommt endlich der Weihnachtsmann?«

»Ein bisschen müsst ihr schon noch warten.«

»Und Mama?«

»Die müsste jeden Moment eintrudeln.«

Ich ziehe mich kurz zurück und schicke Sara eine Nachricht.

Wo bleibst du? Die Kinder quengeln.

Ich kann doch nicht. Tut mir leid. Ich pack das nicht.

Heilige Scheiße, ich fasse es nicht.

Wie betäubt decke ich den Tisch und überlege, was ich tun soll. Erst mal Zeit gewinnen. Ich richte die Speisen an. Alles aus der Mikrowelle, anders hätte ich das nicht hinbekommen. Wegen Sara habe ich mich ans klassische Essen gehalten, Steckrübenauflauf, Karottenauflauf und Schweineschinken, dazu der Rote-Bete-Salat.

Und nun habe ich *ich* den Salat. »Kommt, wir fangen schon mal ohne Mama an.« Beim Anfangen bleibt es auch. Nach wenigen Bissen schieben die Mädchen ihren Teller weg.

»Ihr müsst was essen. Sonst gibts keine Bescherung.«

»Pizza!«, fordern sie. »Mama freut sich auch immer über Pizza.«

Seufzend schiebe ich vier Tiefkühlpizzen von Dr. Oetker in den Ofen und schalte auf Umluft. Hätte ich nicht gedacht, dass ein deutscher Fertigessen-Fabrikant mir kulinarisch den Weihnachtsabend rettet.

Ich schicke die Kinder wieder vor den Fernseher und serviere die Pizza auf dem Sofa. So werden sie die schlechte Nachricht am besten verkraften – Fast Food und Filme.

»Mädels, hört mal zu. Mama fühlt sich leider krank und kann deshalb doch nicht kommen, sie hat mir gerade Bescheid gesagt.«

Meine Große klatscht ihre Pizza auf die Dielen und marschiert wütend in ihr Zimmer. Die anderen beiden gucken betrübt und stopfen sich stumm ihre Margherita rein. Ich streichle ihnen übers Haar und gehe in Julis Zimmer.

»Raus hier!«, brüllt sie.

»Ach, Juli. Ich weiß, wie enttäuscht du bist.«

»Sie hat es versprochen!«

»Das hat sie. Aber jetzt geht es eben nicht. Wir müssen versuchen, uns auch ohne Mama einen schönen Abend zu machen.«

»Haha, tolle Idee, Papa. Das wird ein superschöner Abend.«

»Versuch es doch wenigstens. In einer knappen Stunde kommt der Weihnachtsmann, ich habe ihn längst bestellt. Für dich ist ein neues iPhone dabei. Vielleicht muntert dich das etwas auf?«

Statt zu antworten, wirft sie sich aufs Bett und schluchzt. Als ich ihren Rücken berühre, schüttelt sie meine Hand ab.

»Hau ab, Papa. Lass mich in Ruhe!«

Hat sie dieses destruktive Verhalten von mir? Ich muss ihr wohl Zeit geben.

»Okay, Juli. Du kommst einfach später dazu. Wir sind im Wohnzimmer.«

Die beiden Kleineren haben noch immer nicht ihre Weihnachtskleider angezogen. Sie haben die Bademäntel einfach gegen Jogginghose und Kapuzenpulli getauscht. Auch wenn die Stimmung im Eimer ist, Festtagskleidung muss sein. Und der studentische Weihnachtsmann, den ich engagiert habe, muss ja nicht gleich merken, wie trübsinnig es bei uns zugeht.

Als es endlich klingelt, hellen sich die Gesichter der Mädchen schlagartig auf. Sogar Juli kommt aus ihrem Zimmer geschlurft. Ein Smartphone kann keine Mutter ersetzen, aber es ist ein Anfang. Der Student scheint zu spüren, dass er hier lieber schnell zur Sache kommt, und hält sich nicht lange mit dem Geplänkel ums Bravsein auf. Ins Fettnäpfchen tritt er trotzdem.

»Auf diesem Geschenk steht *Mama*. Wo ist sie denn?« Irritiert sieht er sich um. »Na, dann gebe ich es mal dem Papa. Der wird es an die Mama weiterreichen. Ich glaube, hier sind jetzt nur noch Mama-Geschenke. Ich lasse sie da und muss dann auch gleich weiter, es warten noch etliche andere Kinder auf mich …«

»Kinder, die eine Mama haben, die mit ihnen feiert«, grollt Juli.

»Frohe Weihnachten dann!« Damit ist der Kerl verschwunden. Ich wette, er gönnt sich einen Schluck Glühwein, ehe er seine Tour fortsetzt. Dabei stand auf seiner Website: *Bleibe den ganzen Abend nüchtern, bis zum letzten Einsatz.*

Die Geschenke stimmen die Kinder versöhnlich. Materieller Wohlstand ist zu Unrecht in Verruf. Er macht bestimmt nicht glücklicher, aber er macht Unglück erträglicher.

Später beim Zähneputzen fällt Sara den Mädchen doch wieder ein.

»Hasst Mama uns eigentlich?«, fragt Ida.

»Auf gar keinen Fall! Sie liebt euch. Mama ist nur leider krank und will nicht, dass wir sie so sehen.«

»Stirbt Mama?«

»Aber wieso denn das?«

»Weil sie krank ist.«

»Nein. Sie hat eine andere Art von Krankheit. Und kriegt ganz viel Unterstützung.«

»Aber wenn sie richtig alt ist, stirbt sie. Kommt sie dann in den Himmel?«

»Das weiß ich nicht. Bestimmt.«

»Können wir das auf YouTube nachgucken?«

Juli verbessert ihre jüngere Schwester:

»Nachgucken tut man auf Google.«

Ich muss lachen. »Solche großen Fragen kann man nicht googeln, Kinder.«

Zum Einschlafen lese ich Ida und Ada noch aus dem *Guinnessbuch der Rekorde* vor, das der Weihnachtsmann gebracht hat. Irgendwann sind sie eingeschlafen, auch bei Juli ist das Licht aus. Leise schleiche ich noch einmal an alle Betten und decke die drei gut zu.

In der Küche schneide ich eine großzügige Scheibe Schinken ab, lege sie auf eine Scheibe Roggenbrot und schmiere dick Senf drauf. Dazu ein frisches Pils, und ab auf die Fensterbank im Erker.

Draußen ist niemand zu sehen. Helsinki wirkt wie ausgestorben. Ich trinke das Bier auf ex.

Ganz schön scheiße alles, aber ich halte mich wacker. Als ich mir das dreimal gesagt habe, fange ich an zu heulen. Verdammt, das hört gar nicht mehr auf. Aber die Medien predigen ja, dass auch wir Männer das rauslassen sollen. Sei's drum.

Nach dem letzten Bissen durchnässter Schinkenstulle gehe ich durch die Wohnung und mache die Lichter aus. Die Mädchen atmen ruhig und regelmäßig. Schon wieder fließen die Tränen. Ich verschwinde ins Badezimmer, schluchze noch ein paar Mal und wasche mir gründlich das Gesicht.

Die Kinder haben als Letztes *Paw Patrol* geschaut. In dieser Serie hat ein zehnjähriger Junge das Sagen über eine Hundeschar. Bei ihm läuft es besser als bei mir, und ich bin erwachsen! Leider ist mein Leben nicht Fiktion.

Ich formuliere eine fiese Nachricht an Sara – und schicke sie sogar ab. Ich kanns mir nicht verkneifen. Auch wenn sie psychisch krank ist, mein Frust muss irgendwohin. Als Mutter bringt sie es schon lange nicht mehr. Dass auch ihr Heiligabend spätestens ab jetzt versaut ist, fühlt sich nur gerecht an.

Asta

Schon wieder eine WhatsApp-Nachricht, und das am Heiligabend, wo doch eigentlich Ruhe einkehren sollte. Schon wieder Teresa, die Bilder von ihren Enkeln schickt, mit denen sie gerade Pfefferkuchen isst. Immerhin habe ich Sami zu Besuch, besser als nichts.

Wir gehen nacheinander in die Sauna, alle Hausbewohner haben eine feste Zeit. Ziemlich still, wenn man Weihnachten allein in der Sauna sitzt. Aber darum geht es ja, Einkehr und Stille.

Danach essen wir. Jedes Jahr das gleiche Weihnachtsmenü. Und mal wieder habe ich zu viel vorbereitet; kleine Mengen kochen gelingt mir nie. Sami isst noch weniger als sonst. Ob er wieder mal Liebeskummer hat? Er ist auffallend schweigsam.

»Wieso warst du am Unabhängigkeitstag nicht beim Präsidenten dabei? Es war peinlich für mich, Teresa war extra zum Fernsehgucken da.«

»Soll ich mein Leben so leben, dass ich dir ja nie peinlich bin?«

»Nein, so meinte ich das nicht.«

»Na ja, ist sowieso Geschichte.«

»Der Unabhängigkeitstag?«

»Britta. Es ist vorbei.«

»Du liebe Güte. Aber mit einer so bekannten Person wäre es bestimmt irgendwann schwierig geworden.«

»Bei mir ist es immer irgendwann schwierig geworden.«

Ach je, der Arme. Wenn es doch endlich mal klappen würde.

Ich sage besser nichts mehr dazu. Weihnachten liegen die Nerven blank, da sind alle empfindlicher. Auch ich muss ständig an Martti denken. Die ganze Wohnung steckt voller Erinnerungen. An Heiligabend hat er immer die Saunahandtücher und feine Birkenseife bereitgelegt, er hat den Schinken gegart, die Kerzen angezündet. Ich habe aus alter Gewohnheit sogar ein Geschenk für ihn gekauft. Einen Krimi, der auch Sami gefallen könnte.

»Willst du den neuesten Ilkka Remes haben? Ich habe ihn aus Versehen für Martti gekauft.«

»Danke. Ich glaube, ich fang direkt mal damit an.«

Er legt die Serviette beiseite und zieht sich mit dem Buch zurück. So verbringen wir den Rest des Abends. Jeder für sich.

Ich setze mich in die Küche und schreibe eine Nachricht an Hanna. Dann mache ich das Radio an und lausche einem Weihnachtskonzert. Als mein Handy piept, schrecke ich hoch. Antwortet meine Tochter mir wenigstens an Weihnachten? Oder ist das wieder Teresa?

Es ist keine von beiden.

Frohe Weihnachten, liebe Asta! Danke für deine Unterstützung. Du bist ein wunderbarer Mensch. Viele Grüße, Nojonen.

Da ist er plötzlich, der Weihnachtsfriede. Nach dem ich überall vergeblich gesucht habe. In der Sauna, im Zusammensein mit meinem Sohn, beim Abendessen, in der Musik. Jetzt finde ich ihn in dieser Nachricht. Das Ding heißt wohl nicht umsonst Smartphone.

Sami

Aufstehen und weitermachen. Das kenne ich ja schon. Britta hat mich abserviert, fertig. Mir bleibt nichts anderes übrig, als nach vorne zu schauen. Auf dem Weg zur Arbeit gehe ich durch den Kaisaniemi-Park und durchquere den Fußgängertunnel unter dem Bahnhof. Am Kiosk werfe ich einen Blick auf die Schlagzeilen – heute nichts über die Ölkatastrophe.

Die Firma ist ziemlich in Bedrängnis wegen eines Unfalls in Alaska. Allerdings muss man sagen, dass sich die meisten Leute erst dann für die Natur interessieren, wenn was richtig Schlimmes passiert. Ansonsten ist ihnen der ganz normale tägliche Wahnsinn egal, sie fliegen und fahren munter durch die Gegend. Doch wenn mal irgendwo Öl ausläuft, wachen sie aus ihrem Koma auf. Momentan sind es wieder mehr Demonstranten, die uns morgens beschimpfen. Statt der üblichen zehn beinahe hundert. Die Polizei hat zwar ein Absperrband gespannt und bemüht sich, die Lage zu entschärfen, aber einige sind stinksauer und zeigen das auch. Sie springen, grölen und brüllen wüste Schimpfwörter. Mein Chef hat für alle angeordnet, mit aufrechtem Gang und erhobenem Kopf durchs Tor zu gehen. Kein Geschleiche hintenrum. Also drücke ich die Brust raus und schaue den Demonstranten offen ins Gesicht. Hoppla, eine von ihnen ist die junge Frau, mit der ich neulich dieses peinliche Gespräch hatte. Die hübsche Menschenrechtsaktivistin. Besser, ich entschuldige mich bei ihr. Lieber spät als nie, wie die australische Regierung, die sich erst nach hundert Jahren bei den Aborigines entschuldigt hat.

»Hallo«, sage ich über das Absperrband hinweg, »erinnerst du dich an mich?«

»Klar. Du bist der Idiot.«

»Wow, du erinnerst dich wirklich. Ich wollte mich entschuldigen. Manchmal rede ich dummes Zeug, und ich hatte einen besonders schlechten Tag.«

»Entschuldigung angenommen. Es gibt viele, die blöde Kommentare machen. Die wenigsten entschuldigen sich später.«

»Da habe ich ja Glück gehabt.«

»Was machst du hier? Arbeitest du etwa für diese Verbrecher?«

»Du meinst AnchorOil? Äh, nein. Ich arbeite dort.« Ich zeige Richtung Bahnhof. Denkt sie jetzt, dass ich Fahrkartenkontrolleur bin? Na ja, wenigstens steht die Bahn für ökologisches Reisen. »Ich will hier nur was essen. Die haben im Souterrain ein super Thairestaurant, das rote Curry ist fantastisch. Heute bin ich mal etwas früher dran.«

Ich tue so, als würde ich das Restaurant ansteuern, und fahre drinnen mit dem Fahrstuhl hoch in die Firma.

Von meinem Arbeitsplatz aus sehe ich, dass die Frau sogar dann gut aussieht, wenn sie wütende Parolen brüllt.

Mein Chef klopft.

»Hast du Zeit für einen kurzen Austausch?«

»Aber logisch, was gibts?«

»Ich komme direkt zur Sache. Deine Beziehung mit Britta ist also wieder zu Ende. Musstest du das so schnell in den Sand setzen?«

Als würde das von einer Person allein abhängen. Als hätte man Liebesbeziehungen immer im Griff.

»Britta ist unglaublich wichtig für uns, gerade jetzt nach dem Schlamassel in Alaska. Euer Beziehungsende darf auf keinen Fall unsere Zusammenarbeit gefährden.«

»Das wird es nicht, und mal ganz unter uns, ich habe die Dame ja nun näher kennengelernt. Die denkt nur an sich und ihre Karriere. Mich hat sie längst vergessen. Solange du ihr schön die Reisen zu den Trainingscamps sponserst, lächelt sie sogar über ölverschmierte Vögel hinweg. Der ist alles egal, Hauptsache, Olympia.«

Mein Chef zeigt sich beruhigt. Trotzdem will er, dass ich in ein anderes Projekt wechsle. Auch das soll uns ethisch nach oben korrigieren.

Die Zeichen stehen auf Veränderung. Privat sowieso. Ich aktiviere mein Tinder-Profil – angeblich die beste Ablenkung bei Liebeskummer. Wie haben die Leute das eigentlich vor der Erfindung von Dating-Apps gemacht?

Nojonen

Heute kommt eine Ablösung für mich, und ich muss mich nicht um meine Mutter kümmern. Gut, dass es diese Entlastung ab und zu gibt. Ich schlage Sami vor, ein Nachmittagsbier trinken zu gehen. Bei seinen flexiblen Arbeitszeiten kann er es sogar einrichten. Im Ölbusiness läuft es entspannter als bei der Angehörigenpflege.

Sami erzählt, dass er sein Tinder-Profil reaktiviert hat. Für mich bislang eine fremde Welt, aber nicht uninteressant. Sami erklärt mir das Grundprinzip und ermutigt mich, es auszutesten.

»Aber ich habe gar keine Zeit. Mein Leben dreht sich um meine kranke Mutter. Und selbst wenn ich hier und da mal ein bisschen rauskomme – welche Frau hat Lust auf einen Mann, der seine Mutter pflegt?«

»Du musst das anders verkaufen. Beim Online-Dating ist eigentlich nur wichtig, wie du dich darstellst.«

»Ich will mich aber nicht darstellen, ich suche was Ernstes.«

»Es gibt dort viele, die was Ernstes suchen.«

»Wirklich? Und wie finde ich die?«

»Indem du schreibst, *keine Affären und Abenteuer*. Probier es doch mal aus.«

Leicht beschwipst gehe ich nach zwei netten Stunden in der Kneipe noch bei Dressman vorbei und kaufe mir eine vorteilhafte Jeans und ein dunkelgrünes Hemd. Ich will dem Online-Dating eine Chance geben. Sami meinte, man soll gleich mit offenen Karten spielen. Was denn nun, Selbstvermarktung oder Ehrlichkeit? *Ich pflege meine demente Mutter quasi rund um die Uhr*. Darauf wird garantiert keine Frau anspringen. Engagement für Klimaschutz oder Patenkinder in afrikanischen Dürregebieten, das wäre attraktiver.

Ich habe momentan nicht mal eine Wohnung, meine derzeitige Wohnadresse ist identisch mit der meiner Mutter. Wieso soll ich für eine Wohnung Miete zahlen, in der ich mich überhaupt nicht mehr aufhalte? Also habe ich untervermietet.

Zum Glück schreiben die Leute bei Tinder kaum was über sich. Ich kann das alles weglassen; Job, Wohnsituation, Mama. Die ernsten Absichten sind das Wichtigste.

»Ich muss mal!«, ruft meine Mutter aus dem Schlafzimmer.

»Warte ganz kurz, komme gleich!«, rufe ich zurück. Ich will mein Profil fertig erstellen.

Ein Fehler. Meine Mutter hat krankheitsbedingt ihre Blase nicht mehr unter Kontrolle, und als ich bei ihr bin, ist es bereits zu spät. Ich helfe ihr aus der nassen Hose und Unterhose, begleite sie ins Bad, hieve sie auf den Duschhocker und drücke ihr den Duschkopf in die Hand.

»Den Rest kannst du selber.«

So was ist jetzt Alltag. Kaffee und Kuchen und zwischendurch eine alte Frau sauber machen. Ich nehme es mit Galgenhumor.

»Ich komme nicht ans Handtuch ran!«

Ich gehe zurück ins Bad. »Hier.«

Sie trocknet sich flüchtig ab, ich muss nachhelfen.

Cadasil bringt auch taube Gliedmaßen, Halluzinationen und Koordinationsstörungen mit sich. Ich muss immer wieder kleine Wunden verarzten. Streitsüchtig ist Mama auch oft. Dann wieder weinerlich, geradezu depressiv. Das ist alles die Krankheit, nicht ihre Persönlichkeit. Jeden Tag aufs Neue versuche ich, mir das einzubläuen. Auch anstrengende Menschen verdienen Fürsorge. Ehrlich gesagt war sie schon vorher keine einfache Person, und Cadasil hat das nur verstärkt. Ob es auch Krankheiten gibt, die die positiven Züge eines Menschen verstärken? Wenn die ansonsten ungefährlich sind, hätte ich im Alter gerne so eine.

Die Psychologin von dem Kurs neulich hat mir gesagt, dass ich meinen Frust nicht runterschlucken soll. Dass Ärger und Wut dazugehören. Auch wenn mein Alltag stark um meine Mutter kreist, meine Gefühle bleiben meine und sollen zum Ausdruck kommen.

Ich helfe Mama beim Zubettgehen. Wieder einmal versuche ich, sie von Windeln zu überzeugen. Dann könnten wir beide durchschlafen, und ich müsste morgens nicht gleich wieder alles waschen.

»Ich will keine Windel, verdammt! Ich bin ein erwachsener Mensch. Irgendwo gibts eine Grenze.«

»Dann wasche ich aber auch nicht mehr deine Matratze, Mama. Irgendwo gibt es auch bei mir eine Grenze.«

»Der Mensch gehört nach Hause«, hat meine Mutter früher mehrmals gesagt. »Alles andere ist gegen die Würde.«

Leider bleibt beim aktuellen Konzept meine eigene Würde auf der Strecke. Jede Mahlzeit muss ich wie für ein Kind in Häppchen schneiden, bei allem muss ich helfen. Auch heute überwache ich wieder ihr Zähneputzen und weise sie darauf hin, dass sie die Zahninnenflächen vergessen hat.

Als sie endlich im Bett liegt – ohne Windel –, stelle ich mein Tinder-Profil fertig. Ich mache ein paar Selfies, auf

Samis Anraten von schräg oben. Das wirkt angeblich attraktiver und bringt mehr Matches. Natürlich ziehe ich vorher die neue Jeans und das Hemd an.

Bei schummrigen Lichtverhältnissen sehe ich gar nicht so bescheuert aus wie sonst. Sami sagt, ein gutes Selbstwertgefühl ist beim Online-Dating die halbe Miete. Bei mir kommt höchstens ein Zehntel der Miete zusammen. Selbstwertgefühl lässt sich leider nicht bei Dressman kaufen.

Heute sind alle extrem auf ihr Äußeres fixiert. Alle wollen *mindestens* überdurchschnittlich gut aussehen, am besten zu den obersten zehn Prozent gehören. Wer sind dann die restlichen neunzig?

Ich schäme mich für mein Gesicht, meinen Körper, mein ganzes momentanes Leben. Nicht mal entspannt einen runterholen kann ich mir, weil ich mich kaum anfassen mag. Dass jemand mich so annimmt, wie ich bin, obwohl ich mich selbst nicht akzeptiere, ist nicht gerade wahrscheinlich. Aber who knows, die Hoffnung stirbt zuletzt.

Ich drehe mich einmal um mich selbst. Scheiße, auch in dieser Jeans muss ich aufpassen, dass man meinen Hintern nicht sieht. Liegt das am Schnitt oder an meiner Figur? Wohl an Letzterem. Ich habe halt einen kräftigen Arsch. Den kompensiert dann der kleine Schwanz. Und mein genialer Humor.

Was solls. Ich aktiviere mein Profil. Los gehts.

Wenn ich ehrlich bin, gibt es im richtigen Leben längst eine Frau, die ich toll finde. Aber mit ihr wird es nie was werden, das ist einfach nicht realistisch.

Markus

Wenn die Weihnachtsferien hinter einem liegen und man sich wieder halbwegs vom Familiendauerstress und der Völlerei erholt hat, stehen schon die Skiferien vor der Tür: Gewuchte und Gezerre von sperrigem Gepäck, komplizierte Reisen an schwer erreichbare Orte. Und dort ist es dann entweder so eisig oder so warm, dass an Skilaufen nicht zu denken ist und sich alle von morgens bis abends drinnen in der Blockhütte auf die Nerven gehen.

Außerdem schwitze ich in dieser Zeit immer besonders viel. Väter schwitzen sowieso oft. Beim ersten Kind wird man ständig vor dem Schlafmangel und dem Stress in der Beziehung gewarnt, kein Sexleben mehr und so weiter, aber von dem Dauerschwitzen erzählt einem keiner. Als alleinerziehender Mehrfachvater kriege ich vermutlich Mineralienmangel, so oft, wie ich schwitze: Beim Anziehen der Kinder und beim Ausziehen. Beim Packen der Tasche für den Spielplatz. Beim Tragen der Jüngsten, die es nicht mehr bis nach Hause schafft. Beim Tragen des Laufrads, das leider aus Vollholz ist. Und das erste Fahrrad natürlich aus Vollmetall. In den viel zu langen Sommerferien, wenn die Kinder mit Ausflügen bei Laune gehalten werden wollen, schwitze ich beim Rucksäcke-Packen und Mücken-Wegwedeln. Sind diese Ausflüge wirklich alle nötig? Es ist doch noch kein Kind umgekommen, weil es die süße Hafenaltstadt von Porvoo nicht gesehen hat.

Der Mensch lebt etwa achtzig Jahre. Je älter ich werde, umso deutlicher sehe ich, wie wenig Zeit das im Grunde ist. Man müsste die eigenen vier Wände und das eigene

Viertel gar nicht verlassen. Das ganze Gerenne und die viele Logistik jedes Mal, wenn man aufbricht – sind die es wirklich wert?

Alleinerziehend zu sein, wirkt sich extrem auf das Zeitempfinden aus. Die Tage dauern ewig, aber das Jahr ist ruckzuck um. Eigentlich kommt ja jetzt erst der Skiurlaub, aber mich stresst bereits der näher rückende Sommerurlaub. Und danach sind gleich wieder Herbstferien, quasi kurze Sommerferien mit Scheißwetter, und obendrein gibt es den Dreikönigstag, Ostern, Himmelfahrt, Pfingsten und noch haufenweise andere Feiertage, von denen niemand die Bedeutung kennt. Trotzdem sind sie aus Sicht der Berufsverbände wichtig, private Ruhezeiten und so. Hat auch Jesus schon Computerspiele gezockt?

Ich will die Arbeitsbelastung von Leuten aus anderen Berufsgruppen gar nicht kleinreden. Eine Krankenschwester mit Schichtdienst braucht zur Regenerierung jeden einzelnen Urlaubs- und Feiertag. Für mich aber ist es bei der Arbeit weitaus entspannter als in den Ferien. Der Job im Finanzwesen folgt einer klaren Logik, und die Kollegen hören mir zu, sind kooperativ, ziehen sich selbstständig an und essen, ohne zu murren.

Wenn ich irgendwann sterbe, bin ich vielleicht einer der wenigen, die dann sagen: *Hätte ich doch mehr gearbeitet und nicht so viel Zeit zu Hause verbracht. Aber als Alleinerziehender konnte ich mir das nicht aussuchen.*

Ich sage es ungern, aber es ist die Wahrheit: Schon die Woche *vor* den Ferien ist purer Stress. Man muss die ganze Vorbereitung stemmen und alles Mögliche einkaufen. Ada hat ihre Skihandschuhe verloren, also muss ich wieder los. Dieses Mal in die Kamppi-Mall, ich will zu Polarn o Pyret. Die beiden Älteren lasse ich zu Hause, auf die Gefahr hin, dass sie sich die Köpfe einschlagen. Vielleicht hilft Dauerfernsehen, das Schlimmste zu verhindern. Ich parke die beiden auf dem Sofa und schalte den Kinderkanal ein.

Draußen regnet es. Ich schiebe Ada mit dem Buggy über das Kopfsteinpflaster, wie erhofft schläft sie bei dem Geruckel ein. Unter der Plastikabdeckung kriegt sie sowieso nichts Spannendes mit. Im Einkaufszentrum gehe ich zum Fahrstuhl und fahre mit ihr in den dritten Stock.

»Sie müssen die Abdeckung abmachen, Ihr Kind erstickt sonst«, mischt sich eine ältere Dame ein, die neben mir steht.

»Ach, meine Kleine fühlt sich ganz wohl.«

»Um Gottes willen, das kann nicht gutgehen. So bekommt sie nicht genug Sauerstoff.«

»Sie wird schon nicht sterben.«

Das junge Pärchen, das im ersten Stock zugestiegen ist, kichert über meine Ruhe, aber die Alte schnaubt vor Wut. Es gibt zwei Regeln, die man als Vater beachten sollte: Milch nicht im Stahltopf erhitzen, und keine alten Leute provozieren.

»Vätern fehlt der Instinkt! Und an Liebe fehlt es ihnen auch«, schimpft die Frau.

»Danke für das viele Lob«, sage ich und verlasse als Erster den Fahrstuhl. Schade, dass alte Menschen, die doch eigentlich viel Lebenserfahrung haben müssten, sich oft so danebenbenehmen. Vätern fehlt der Instinkt, ja? Der Instinkt von Sara war so übertrieben, dass er sie krank gemacht hat.

Die Verkäuferin erkennt mich wieder. Meine Stimmung hellt sich ein wenig auf.

»Na, wonach suchen Sie heute?«

»Neue Skihandschuhe für meine Jüngste. Sie hat ihre leider verloren.«

»Das war ja noch nicht so lange her, da geht bestimmt noch Größe zwei?«

»Ja, da passen sogar noch Wollfäustlinge drunter, wenn's richtig kalt wird.«

Ada schläft tief und fest, ich muss die Farbentscheidung allein treffen. Ich wähle ein fröhliches Gelb, damit kann ich nichts falsch machen. Ich finde, mein Instinkt funktioniert tadellos. Bei einer teureren Anschaffung hätte ich aber zur Sicherheit noch mal die Verkäuferin gefragt.

Ich habe auch die Merinojacke von Ida dabei, die am Saum aufgegangen ist.

»Oh, da war die Verarbeitung nicht in Ordnung, tut mir leid. Nehmen Sie gleich eine neue mit, wir haben noch welche da.«

»Könnte ich vielleicht auch die nächste Größe nehmen? Sie wächst im Moment so schnell.«

»Eigentlich nicht. Aber Sie sind Stammkunde, da mache ich eine Ausnahme.«

Früher habe ich davon geträumt, als Eishockeyspieler oder Wissenschaftler bekannt zu werden. Heute kennt man mich als Vater mit Gespür für gute Kinderkleidung.

Sami

Draußen ist es sonnig und trocken, ein richtig schöner Wintertag. Ich habe noch das Rad von Sara, das könnte ich Markus mal zurückgeben. Ich schwinge mich auf das rosa Retromodell mit Kindersitz und fahre damit zu den Bikern – auf dem Rückweg fahre ich dann bei Markus vorbei.

Die Motorradtypen scheinen mich inzwischen zu mögen. Sie werfen mir freundliche Blicke zu und lassen mich unbehelligt meine Arbeit erledigen. Seit ich regelmäßig zu ihnen komme, ist es bei ihnen geradezu wohnlich geworden. Die Küche, der Wohnbereich und die Sauna können sich sehen lassen. Sauberer ist es selbst bei meinem Arbeitgeber nicht.

Auch die obligatorische Thekenzeile habe ich endlich sauber geschrubbt gekriegt. Die Frauentoilette ist ebenfalls okay; wozu sie die überhaupt brauchen, traue ich mich nicht zu fragen. Und ob der riesige Fernseher gekauft ist oder geklaut? Ich sollte nicht ständig vom Schlimmsten ausgehen. Am Black Friday sind die Dinger superbillig.

Ich klopfe an die Tür vom Chef.

»Kann ich reinkommen und putzen?«

»Jep. Müll rausbringen und Staub wischen, nur das Gröbste heute.«

Ich räume die alten Biker-Zeitschriften vom Tisch, um die Holzplatte sauber zu wischen. Zuunterst liegt eine Pistole. Ich erschrecke. Väänänen sieht mein irritiertes Gesicht.

»Das ist nur ein Imitat, zur Abschreckung. Wir würden hier niemals Waffen aufbewahren. Unsere wurden außerdem alle längst beschlagnahmt. Traurige Zeiten. Da musst du bei deinen Großonkels betteln, die haben für die Jagd-saison bestimmt ein ordentliches Gewehr im Schrank hän-gen.«

»Alles klar … äh, bin auch gleich fertig.«

Er nickt.

»Könntest du vielleicht die Beine kurz hochheben? Da sind so viele Wollmäuse. Und wenn es um deinen Schreib-tisch herum schön sauber ist, arbeitet es sich doch gleich viel besser.«

Er hebt seine dürren Lederhosenbeine an.

Als ich fertig bin, fällt mir das kleine Foto auf seinem Tisch auf. »Sind das deine Kinder?«, frage ich.

»Ja. Hast du auch welche?«

»Leider nicht. Ich hätte gern welche, aber bisher hat sich das nicht ergeben.«

»Wenn das bei einem wie mir klappt, und ich habe ja nun nicht die sauberste Weste, dann müsstest du doch längst doppelt so viele Kinder haben.«

»Vielleicht kommt das ja noch. Wie findest du es mit Kindern? Bleibt dir genug Zeit und so?«

»Du willst wissen, wie ich Vaterschaft und Drogendeals unter einen Hut kriege?«

»So habe ich das nicht gemeint.«

»Eins kann ich dir sagen. Jeder will das Beste für seine Kinder, egal wie scheiße er selbst ist. Also versuche ich, meine Kinder von hier fernzuhalten. Leider bewundern Kinder ihre Eltern immer. Der Sohn unseres ältesten Mit-glieds wollte sich uns letztes Jahr anschließen. Wir haben Nein gesagt.«

»Du bist bestimmt ein guter Vater.«

»Quatsch. Ich schraube an Motorrädern rum und verticke Drogen. Andere stehen am Fußballplatz und feuern ihre Kinder an.«

»Jeder tut, was er kann. Bei mir in der Branche ist es auch nicht viel besser. Das sind alles oberflächliche, egoistische Hipster.«

Das scheint ihn zu freuen.

Als nichts mehr zu tun ist, wünsche ich einen guten Abend und verschwinde.

»Heinonen!«, ruft er mich zurück.

»Gibts noch was?«

»Du machst einen guten Job. Aber stell bitte das rosa Fahrrad beim nächsten Mal in den Hinterhof, nicht direkt vor das Gebäude.«

»Okay …«

»Ist nicht gut fürs Image, so ein Mädchenrad.«

»Verstehe.«

Alle basteln ständig an ihrer Selbstdarstellung. Unsere Großeltern haben sich nach dem Krieg ein bescheidenes Haus gebaut, unsere Eltern haben den Wohlfahrtsstaat gegründet, und wir arbeiten an unserem Image.

Markus

Die Kinder sind heute gut drauf – im Sinne von eigenständig. Ausnahmsweise kann ich beim Frühstück kurz in die Zeitung schauen. Der dreifache Mörder Juha Valjakka ist wieder auf freiem Fuß. Mich beunruhigt das nicht sonderlich; der Kerl hat ja seine Strafe und etliche Therapiestunden bekommen.

Was mich schon eher stresst: Eine beliebte Ikea-Kommode hat weltweit sechs Kinder unter sich begraben, alle tot. Die Kinder haben die Schubladen aufgezogen, und plötzlich ist das ganze Ding auf sie draufgekippt. Komisch, dass der Dreifachmörder die größere Schlagzeile ist. Dabei wurde die Kommode millionenfach verkauft, die ist um ein Vielfaches gefährlicher. Moment, Ikea-Möbel haben doch immer einen Namen – und Juha Valjakka hat sich gerade in Nikita Bergenström umbenannt, sein Name wäre also frei.

Wenn mein Humor düster wird, ist das Selbstschutz, da kenne ich mich. Im Grunde macht mir das mit der Kommode wirklich Sorgen. Wir haben die Bude vollstehen mit Ikea-Möbeln, und nichts ist hinten an der Wand befestigt.

Darum muss ich mich später dringend kümmern. Erst mal bringe ich die beiden Kleinen in die Kita. Juli geht jetzt schon allein zur Schule, ich schaue nur, dass sie die richtigen Hefte und Bücher mithat. Ida und Ada steigen mit mir in die Straßenbahn und plappern munter vor sich hin. Ada lässt auch ab und zu ihre geliebte Stoffschildkröte etwas sagen.

Als wir vor der Kita stehen, ist die Schildkröte weg.

»Papa, wo ist Kröti? Hast *du* sie vielleicht?«

»Nein.«

Ada schaut mich entsetzt an.

Ich suche nach einer Erklärung. »Dann ist sie uns wohl in der Straßenbahn runtergefallen. So eine verdammte Scheiße.«

Ada beginnt, laut zu heulen. Ich weiß, dass ein verlorenes Kuscheltier uns den ganzen restlichen Tag versauen kann, im schlimmsten Fall sogar eine ganze Woche. Wer weiß, im therapeutischen Rückblick vielleicht auch ein ganzes

Leben. Irgendwas Traumatisches passiert in jeder Kindheit, wieso sollte es nicht der Verlust eines Kuscheltiers sein?

Ich bringe Ida schnell in ihre Gruppe und kümmere mich um Ada. Was kann jetzt helfen? Zu Hause würde ich es mit Keksen und *Paw Patrol* versuchen und dabei laut vor mich hin fluchen. Zum Glück sind hier professionelle Erzieherinnen am Werk. Ich erkläre Adas Gruppenleiterin die Lage und verspreche meiner Tochter, Kröti zu suchen. Meinen Chef benachrichtige ich per WhatsApp, dass es bei mir später wird. Leider verpasse ich eine wichtige Teamsitzung.

Ich weiß, dass auf der Linie nicht allzu viele Straßenbahnen im Einsatz sind und sie immer hin- und herfahren. Nachdem ich vier Bahnen vergeblich durchsucht habe, rufe ich bei der Straßenbahn-AG an und erfahre, dass die Bahn, mit der wir vorhin fuhren, ins Depot gebracht wurde.

Also fahre auch ich dorthin und frage den Mann, der Aufsicht hat, nach der verlorenen Schildkröte.

»Eine *rosa* Schildkröte?«, fragt er leicht genervt; ich störe ihn offenbar beim zweiten Frühstück.

»Wäre Ihnen vielleicht blau lieber gewesen?«, versuche ich zu scherzen, ernte aber nicht mal einen hochgezogenen Mundwinkel.

Schweigend führt mich der Mann zu einer Bahn weit hinten in der Halle.

Ich steige ein und finde Kröti sofort.

»Tausend Dank, Sie haben meiner Tochter und mir den Tag gerettet.«

»Schon gut.«

Auch in der Kita geht gerade ein zweites Frühstück zu Ende. Ada strahlt übers ganze Gesicht, als ich ihr das Stofftier überreiche. Die Erzieherin freut sich mit ihr.

»Dafür habe ich jetzt ein wichtiges Meeting ausfallen lassen«, sage ich.

Die junge Frau lächelt. »Was tut man nicht alles für die Kinder.«

»Ich fühle mich manchmal eher wie ein Verrückter, nicht wie ein guter Vater.«

»Liebe und Verrücktheit liegen halt manchmal nah beieinander.« Jetzt lacht sie richtig laut.

Vielleicht kann auch ich mal drüber lachen. Leider passiert mir so was viel zu oft. In der Firma denken sie, das liegt an meiner Arbeitseinstellung, aber das ist Quatsch. Ich bin eben alleinerziehend. Und Alleinerziehende können nur begrenzt Karriere machen.

Das Meeting ist natürlich längst vorbei. Im Grunde kann ich den restlichen Tag genauso gut im Homeoffice verbringen. Und gleichzeitig die Ikea-Möbel sichern. Ich mache einen Abstecher zu Bauhaus und kaufe massenhaft Schrauben und Dübel. Drei Stunden später ist zu Hause alles bombensicher. Und ich bin mal wieder völlig durchgeschwitzt.

Hanna

Das Böse in uns

Wir alle haben unsere Schwächen. Dafür sollten wir uns nicht schämen – und sie auch nicht verstecken. Meine große Sünde sind Äpfel und Vichy-Mineralwasser. Ich könnte am Tag hundert Äpfel essen, mindestens!

Diesen Eintrag werde ich nicht weiterlesen. Ich habe gleich nach dem Frühstück meine Periode bekommen. Jetzt muss ich Jonas überreden, noch mal zweitausendfünfhundert Euro zu investieren.

Aber erst mal sündigen. Bei mir heißt das nicht Äpfel und Wasser, sondern Chips, Sahneeis und Schokolade mit Nüssen. Ich hasse meinen Körper mit jedem Scheitern mehr. Fast ekele ich mich vor meinem Unterleib, der das Natürlichste der Welt nicht hinbekommt.

Nach der ersten Eisportion rufe ich Jonas an und übermittle ihm die schlechte Nachricht. Und dass wir am Nachmittag gleich wieder in die Klinik sollen.

»Ich habe heute echt viel zu tun, schaffst du das nicht allein?«

»Nein, verflucht noch mal. Wenn ich da allein hingehe, dann verbringe ich den Rest meines Lebens allein!«

Jonas kommt mit. Der Arzt verhält sich ganz normal. Für ihn ist das hier medizinischer Alltag, für die Patienten ist es ein persönliches Schicksal. Aber er registriert, wie angespannt wir sind.

»Möchten Sie vielleicht mit unserer Psychologin sprechen? Das könnte Ihnen helfen, mit der Enttäuschung umzugehen.«

»Ich glaube nicht, dass wir das brauchen«, blockt Jonas ab.

»Doch, unbedingt«, widerspreche ich.

Diese Holzfällerart, mit Problemen umzugehen, muss endlich ein Ende haben! Seit Generationen wird in diesem Land alles Elend mit einem »Wird schon wieder« und zwei Klopfern auf den Rücken quittiert, ob es nun Gebietsabtretungen an Russland, Todesfälle, Fehlgeburten oder Niederlagen im Sport sind.

Die Psychologin begrüßt uns herzlich. Jonas und ich setzen uns auf ihr Sofa – zwischen uns klafft eine Lücke. Die rothaarige Frau sieht uns aufmerksam an.

»Möglicherweise empfinden Sie im Moment so etwas wie Schuld?«

Ich schaue zu Jonas. Ihn quält vermutlich die Scham am meisten. Dass er sich als Versager fühlt, wird er nicht zugeben. Aber ich werde der Psychologin ehrlich antworten.

»Ja. Ich hasse mich und meinen Körper geradezu. Es geht um nichts anderes mehr als ums Schwangerwerden. Und wenn es dann wieder nicht geklappt hat, ist das absolut vernichtend.«

»Dass Sie sich so fühlen, ist in Ihrer Situation ganz normal. Akzeptieren Sie Ihre heftigen Gefühle. Aber geben Sie der Wut und der Trauer Raum, anstatt sich zu bestrafen. Manche bestrafen sich, indem sie zu viel essen, andere mit übermäßigem Sport. Das Beste ist es, die Gefühle anzunehmen, sie zu durchleben und sich dann wieder an den Alltagsstrukturen festzuhalten. Weder Übergewicht noch

Untergewicht verbessern die Chancen auf eine Schwangerschaft.«

»Das macht mir aber alles ganz schön Stress.«

»Stress beeinflusst entgegen der landläufigen Meinung nicht die Chancen einer künstlichen Befruchtung.«

Die Psychologin weiß genau, was sie sagen muss. Aber mein Stress stresst mich trotzdem. Und wie! Und dann soll man nach außen hin immer so tun, als wäre man cool und gelassen, Buddha in Person! Ich könnte kotzen, am liebsten der Psychologin vor die Füße.

Sie versucht, uns neue Möglichkeiten zu eröffnen, und stellt Alternativen vor.

»Haben Sie sich mit dem Thema Adoption befasst? Oder Pflegeelternschaft? Es gibt viele Arten, Verantwortung für ein Kind zu übernehmen.«

Sie reicht uns zwei Broschüren. Ich blättere interessiert in der über Adoption. Jonas sieht auf sein Handy und signalisiert, dass er wieder zur Arbeit muss.

»Danke für das Infomaterial, wir melden uns gegebenenfalls wieder«, sage ich und nehme meinen Mantel. Jonas hat seinen schon an.

Bevor wir das Zimmer verlassen, schnappe ich mir aus dem Glas auf dem Tischchen mehrere Schokoladentäfelchen.

Abends ruft Sami an. Er versucht, zwischen Mama und mir zu vermitteln.

»Jetzt melde dich doch mal bei ihr. Sie ist immerhin unsere Mutter.«

»Auch Mütter müssen Rücksicht nehmen.«

»Sie ist eine andere Generation als wir.«

»Hör auf, sie zu verteidigen. Du hast keine Ahnung, wie sich das anfühlt, wenn sie dauernd von Enkelkindern redet.«

»Woher willst du das so genau wissen? Vielleicht will ich ja auch Kinder, Hanna.«

»Bei Männern ist das nicht dasselbe.«

»Aha? Und wieso nicht?«

»Bei Frauen geht es ans Eingemachte. Und wir haben weniger Zeit.«

Dann sagt Sami das Blödeste, was man sagen kann.

»Wird schon wieder, Hanna.«

»Willst du mich jetzt mit blöden Sprüchen trösten?«

»Nein. Aber das wird schon wieder, glaub mir.«

Ich fasse es nicht und lege auf.

Sami

Hanna und ich treffen uns in der Mittagspause. Das Telefonat gestern Abend ist etwas entgleist, das soll so nicht stehen bleiben. Wir haben beide Lust auf was Asiatisches, irgendeine geschwisterliche Übereinstimmung gibt es vielleicht doch noch.

Hanna sieht müde und verweint aus. Ich schaue sie mitfühlend an und frage, wie es ihr geht.

»Nicht gut. Ich kann diese Kinderwunschklinik nicht mehr sehen.«

»Ihr nehmt medizinische Hilfe in Anspruch? Das wusste ich gar nicht.«

»Was sollen wir denn sonst machen? Wir versuchen es schon ewig, auf natürlichem Weg klappt es nicht. Aber Jonas bremst mich ganz schön aus.«

»Will er keine Kinder?«

»Natürlich, aber er ist einfach total verklemmt und zieht sich immer mehr zurück.« Sie schnieft gequält.

Ich umarme meine Schwester. Sie atmet tief durch und lehnt ihren Kopf an meine Schulter. Ich beschließe, mich nur noch auf *meine* Beziehung zu ihr zu konzentrieren. Dass ich zwischen den beiden Streithähnen vermitteln wollte, war nicht gut für uns als Geschwister.

»Tut mir echt leid. Ich hatte keine Ahnung, dass es so aufreibend ist. Und schon so lange geht.«

»Du hast nie gefragt.«

»So was fragt man nicht mal eben.«

»Dann hättest du es dir wenigstens denken können. Aber du beschäftigst dich ja nur mit dir selber.«

»Mensch, Hanna, ich habe gedacht, dass ihr genau das Leben lebt, das ihr wollt! Karriere, Reisen, Ausgehen. Ein stressfreier Alltag ohne Kinder.«

»Das war auch so, als wir dreißig waren. Aber irgendwann verliert das seinen Reiz. Wirklich, ich will nichts lieber als ein Kind.«

»Das kann doch noch werden. Und selbst wenn nicht – glücklich sein geht zur Not auch ohne Kinder. Man darf sich nicht zu abhängig davon machen.«

Hanna funkelt mich wütend an.

»Du hast gut reden, du genießt dein Single-Leben und vögelst dich wild durch die Gegend.«

Das Paar vom Nebentisch schaut erschrocken auf.

»Was redest du für einen Mist? Ich kriege im Moment

überhaupt nichts hin, und ein wildes Single-Leben habe ich noch nie geführt. Ich will genauso sehr Kinder haben wie du. Und diese blöden Dating-Apps finde ich furchtbar, zum Vergnügen bin ich da garantiert nicht.«

Ich finde es ziemlich verletzend, wie meine Schwester von mir denkt. Seit ich Mitte zwanzig bin, will ich nichts dringender als eine feste Beziehung mit Nachwuchsperspektive. Doch wo in anderen Typen eine Jäger-Sammler-Mentalität steckt, bin ich mit der Klammer-Mentalität gestraft. Das riechen die Frauen und rennen davon. Ich lasse den Kopf sinken und starre auf die Tischplatte.

»Sorry, Sami, wenn ich das falsch eingeschätzt habe, aber ich komme bei deinen Freundinnen tatsächlich nicht mehr mit. Bei Nummer zwölf habe ich aufgehört zu zählen.«

Stumm stochern Hanna und ich in unserem Essen. Wir geben ein elendes Bild ab. Aber was solls, so ist es eben.

Als wir fertig sind, kommt die Kellnerin.

»Hats geschmeckt?«

»Sehr gut, danke.«

Ich behalte meine Serviette und wische mir über die Augen. Dann lege ich meiner Schwester die Hand auf die Schulter.

»Entschuldigung, dass das so doof gelaufen ist.«

»Nein, *ich* muss mich entschuldigen. Ich frage mich nur, wieso wir beide so wenig Glück haben.«

»Ich denke nicht, dass es an uns liegt. Bei dir ist es vielleicht einfach Pech, bei mir schlechtes Timing oder die falsche Person. Oder wir sind genetisch irgendwie Müll, aber das glaube ich nicht.«

»Ich auch nicht. Wenn man mal guckt, wer da draußen alles einen Kinderwagen durch die Gegend schiebt!«

Das Treffen mit meiner Schwester hat mir neuen Mut gemacht, und ich beschließe, mein Tinder-Profil etwas aufzupeppen.

Ich bin vierzig und wünsche mir eine Familie. Wenn das auch dein Traum ist und du eine sympathische, normale Frau bist, dann schreib mir. Ich bin im guten Sinne durchschnittlich. Ein paar besondere Eigenschaften habe ich natürlich, wer hat die nicht? Ich bin optisch durchaus tageslichttauglich, treibe Sport und bin unternehmungslustig. Gerne auch im Bereich Kultur, sofern es nicht zu abgedreht wird. Rassismus und jede Form von Diskriminierung sind mir zuwider. Ich bin ziemlich leidenschaftlich, allerdings nicht so extrem, dass ich ein Verbrechen begehen würde, ha. Der Polizei bin ich unbekannt.

Ein bisschen Humor schadet bei der Partnersuche nie. Das von den Frauenzeitschriften propagierte Männerideal ist hoch. Und mein Profil wird höchstens zehn Sekunden angeschaut. Ich fahre fort:

Ich suche eine Frau mit gesundem Menschenverstand, die kompromissfähig ist und ihre eigenen Interessen auch mal zurückstellen kann, wenn es um die Familie geht. Sollte das Projekt Familie irgendwann scheitern, möchte ich das gemeinsame Sorgerecht.

Nur meinen Putzjob verheimliche ich. Zwangsarbeit findet niemand attraktiv. Dabei fühlt sich mein Einsatz bei den Bikern inzwischen völlig normal an. Als würde ich ins Fitnessstudio oder zum Eishockeytraining gehen.

Schon auf dem Weg dorthin bekomme ich gute Laune. Mir ist längst klar, dass ich vor den Typen dort keine Angst haben muss. Es könnte natürlich auch das Stockholm-Syndrom sein, weshalb ich die Kerle so ins Herz geschlossen habe. Aber ich glaube, ich verstehe sie inzwischen einfach: Respekt, Zusammengehörigkeit, Freiheit – danach sehnen sich doch alle, aber die Jungs setzen das so konsequent um wie nur wenige.

Ich glaube, die Biker mögen mich auch. Sie grüßen, wenn ich komme, heben ohne Aufforderung die Beine, wenn ich mich ihnen mit dem Staubsauger nähere, einige scherzen sogar mit mir. Doch, sie mögen mich, das ist offensichtlich. Vielleicht würden sie mich sogar vermissen, wenn ich nicht mehr käme. Ich bin fast eine Art Familienmitglied geworden.

Am Anfang waren diese Männer für mich stumpfe Kriminelle. Jetzt sehe ich die Menschen in ihnen. Solange man Leute nicht näher kennt, sollte man nicht über sie urteilen. Wissen erwirbt man nur durch gemeinsam verbrachte Zeit. Was anderes ist es mit dem gefühlten Wissen. Wie oft habe ich mir eingeredet, dass eine Frau gut zu mir passt. Aber man muss immer genau hingucken, oft trügt der Schein. Dafür habe ich ein gutes Beispiel: Vor einem Haus in meinem Viertel sah ich regelmäßig einen Krankenwagen halten. Als ich nach einer neuen Wohnung suchte und eine Traumwohnung in genau diesem Haus angeboten bekam, habe ich Nein gesagt. Ich ging davon aus, dass ich nur klapprige Tattergreise als Nachbarn haben würde. Später bekam ich mit, dass die Sanitäter beim Türkischen Imbiss unten im Haus regelmäßig Mittag aßen. Der Imbiss ist einer der besten der Stadt.

Leider habe ich mich in meinem Leben viel zu oft von Äußerlichkeiten beeinflussen lassen.

Markus

Ida hat ihren letzten Tag in der Kita. Drei Jahre ist sie hingegangen. Die Erzieherinnen dort waren großartig und haben ihr Tischmanieren, Gruppenarbeit, Basteln, regelmäßige Abläufe, Frustrationstoleranz und vieles mehr beigebracht. Ohne diese Menschen wäre Ida nicht so weit wie heute; ich allein hätte das nicht geschafft.

Die paar Flaschen Wein und die Karte, die ich mitbringe, sind im Grunde zu wenig. Diese Leute verdienen Dauergutscheine für Museen und Massagen und regelmäßige Verwöhnurlaube.

Aber der Wein ist ein Anfang. Ich habe extra einen ausgesucht, der schon ausgezeichnet wurde. Die Geste zählt. Aber auch Worte sind wichtig. Als ich den Erzieherinnen gegenüberstehe, kriege ich leider keinen Ton raus. Eigentlich wollte ich sagen, dass meine Tochter es nicht besser hätte haben können. Doch statt Worten kommen mir tatsächlich die Tränen. Ida nimmt den Abschied zum Glück lockerer, sie klettert mit ihren Freundinnen auf der Rutsche herum und kichert. Die meisten werden sich in der Vorschulklasse wiedersehen, das sind beruhigende Aussichten.

Fast alle Eltern sind heute gemeinsam da, als Paar. Nur ich bin allein. Trotzdem fühle ich mich wohl und mag gar nicht wieder gehen. Ich werde Idas Erzieherinnen vermissen. Immerhin bleibt Ada noch eine Weile hier, die Nabelschnur muss noch nicht durchtrennt werden.

Ich kenne die Menschen, die in dieser Kita arbeiten, seit bald vier Jahren. Meine Eltern kenne ich seit vierzig Jahren.

Zu den Erzieherinnen in der Kita habe ich eine gute, vertrauensvolle Beziehung, zu meinen Eltern nicht. Wenn das nicht einiges aussagt.

Nojonen

Tinder funktioniert! Kaum zu glauben, aber ich habe ein Date. Die Frau ist mein Jahrgang und sieht auf den Fotos fast ein wenig zu gut aus für mich. Erst wollte ich wieder kneifen, aber dann fand ich das peinlicher, als es durchzuziehen. Hoffentlich hat sie nicht mit ihren Freundinnen eine Wette am Laufen, dass sie mit einem Loser auf ein Date geht und ihn so richtig verarscht. Doch je länger wir uns vor dem Treffen schreiben, umso wohler fühle ich mich. Und selbst wenn es nur ein Spaß von ihr und ihren Freundinnen ist – dann amüsieren sie sich wenigstens mal richtig. Wäre für mich auch okay.

Meine Mutter ist heute leider noch wirrer als sonst, ich kann sie auf keinen Fall allein lassen. Zum Glück kriege ich wieder Unterstützung vom Verein für Gedächtniskrankheiten. Eine Frau kommt für drei Stunden. Das müsste genau passen für ein erstes Date: Man kann was essen und trinken und sich in Ruhe unterhalten. Länger schaffe ich sowieso nicht, dann wäre mein Hemd völlig durchgeschwitzt.

Ich zeige der Frau vom Verein die Küche, das Bad, Mamas Schlafzimmer und verabschiede mich.

»Tschüss, Mama, und benimm dich!«

»Nun geh schon, und benimm *du* dich!«, ruft sie mir nach.

Die attraktive junge Frau, die ich gleich sehen werde, findet es toll, dass ich mich um meine Mutter kümmere. »Ich mag familienbewusste Männer«, hat sie geschrieben.

Als ich in der Innenstadt bin, bleiben mir bis zum Treffen noch zehn Minuten. Ich atme tief durch und versuche, mich zu beruhigen. Dann gehe ich zu dem Italiener und spähe durch die Scheibe. Sie scheint noch nicht da zu sein. Ich hole mein Handy raus und schaue auf die Uhrzeit. Ich bin noch immer sieben Minuten zu früh. Genau da klingelt mein Handy. Es ist die Frau vom Verein; ich muss rangehen.

»Ihre Mutter ist zusammengebrochen«, ruft sie hysterisch.

»Oh Gott. Haben Sie einen Krankenwagen gerufen?«

»Natürlich, wir sind auf dem Weg in die Klinik Meilahti. Die Sanitäter versuchen, Ihre Mutter wiederzubeleben. Beeilen Sie sich.«

Ich rufe ein Taxi und bitte den Fahrer, Vollgas zu geben.

Am Empfang in der Klinik bin ich fix und fertig. »Ich muss zu Riitta Nojonen, wo ist sie? Ich bin ihr Sohn.«

»Rechts den Gang runter und dann ganz hinten.«

Ich sehe die Frau vom Verein am Ende des Flures stehen, ihr Gesicht ist gerötet. »Ihre Mutter liegt da drin«, sagt sie.

Ich klopfe an und trete ein. Am Kopfende eines Bettes stehen eine Schwester und ein Arzt und sehen mich mitfühlend an.

»Es tut mir leid«, ergreift der Arzt das Wort. »Wir konnten nichts mehr tun. Ihre Mutter ist bereits im Rettungswagen verstorben. Höchstwahrscheinlich eine Hirnembolie.«

Die beiden verlassen den Raum und geben mir Zeit, mit

meiner Mutter allein zu sein. Sogar im Sterben hat sie mein Leben noch beeinflusst. Wenn ich Glück habe, kann ich das Date nachholen.

»Ach, Mama. Jetzt ist es aber genug, oder? Es ist besser so, für uns beide.«

Dann heule ich los.

Hanna

Oh Wunder, ich habe Jonas zu einem Folgetermin bei der Psychologin überreden können. Und ich fand es eine richtig gute zweite Sitzung. Dieses Mal hat Jonas es nach dem Termin weniger eilig, starrt aber trotzdem auf sein Handy, kaum dass wir die Klinik verlassen haben. Als würde der gesamte finnische Export zusammenbrechen, wenn er mal eine Stunde nicht erreichbar ist.

»Was denkst du über Adoption?«, frage ich und suche seinen Blick.

Er glotzt weiter aufs Handy.

»Jonas, hast du gehört?«

»Jep.«

»Dann antworte mir bitte.«

»Ich weiß nicht, was ich über Adoption denke.«

»Du bist also dagegen?«

»Das habe ich nicht gesagt. Ich bin nur ziemlich gestresst und fühle mich unter Druck. Du und dein verdammtes Kinderthema, wirklich.«

»Moment mal, das ist unser gemeinsames Thema! Jedenfalls dachte ich das bis eben. Du willst doch auch ein Kind, oder etwa nicht?«

»Eigentlich ja.«

»Wieso *eigentlich*?«

»Keine Ahnung, Hanna. Jedenfalls ist Adoption eher nichts für mich, schätze ich. Es ist einfach nicht dasselbe.«

»Nicht dasselbe wie was?«

»Wie ein eigenes Kind, das auch biologisch von uns ist.«

»Hast du der Frau nicht zugehört? Sämtliche Studien belegen, dass die Bindung zu Adoptivkindern schon nach kurzer Zeit genauso stark ist.«

»Das habe ich mitbekommen.«

»Wo ist dann das Problem? Hast du Panik, dass das Kind nicht exakt denselben Hautton hat wie du? Dass es dunkler ist und sich die Leute auf der Straße fragen, ob du überhaupt der Vater bist? Großartig, aber wir können ja auch ein schneeweißes Kind bestellen.«

»Das meine ich nicht.«

»Was meinst du dann?«

»Was ist, wenn das Kind zum Beispiel in der Schule nicht mitkommt?«

»Dann helfen wir ihm natürlich! Und lieben würden wir es sowieso. Was soll da schiefgehen?«

»Liebe löst nicht alle Probleme, Hanna. Die Begabung für Mathematik ist erblich, vieles andere auch.«

»Man kann auch was anderes werden als Mathematiker oder Ingenieur! Und wo wir schon beim Thema Vererbung sind: Von *dir* würde unser Kind ja deinen verdammten Pessimismus erben. Da adoptiere ich doch lieber.«

»Vielen Dank.«

»Jonas, bitte. Gib der Sache eine Chance. Denk drüber nach.«

»Gut, aber nicht mehr heute. Ich kann nicht mehr.«

»*Du* kannst nicht mehr?«

Ich zähle stumm bis zehn und versuche, mich zu beruhigen. Ich weiß, dass ich jetzt die Klappe halten sollte. Jonas braucht manchmal eine ganze Woche, bis er sich an ein unbequemes Thema rantraut.

»Wir sind nicht allein mit dieser Situation. Tausenden Paaren geht es ebenso. Das hat die Psychologin doch auch gesagt. Hör auf, dich zu verurteilen, Jonas.«

Wir bleiben vor dem Gebäude stehen, in dem mein Mann arbeitet, und umarmen uns. So schlecht ist die Stimmung vielleicht doch nicht.

»Und denk auch über Pflegeelternschaft nach«, sage ich.

»Also, das Konzept überzeugt mich überhaupt nicht. Das ist ja wie eine Vertretung. Schon in der Schule waren Vertretungen scheiße.«

Markus

Die Mädchen schlafen alle in meinem Bett ein, natürlich auf Saras Seite. Sie vermissen ihre Mutter jeden Tag. Auch mir ist das Bett alleine zu groß.

»Wann kommt Mama wieder?«, hat Juli beim Zähneputzen gefragt.

»Bald, hoffe ich«, habe ich geantwortet.

Ich bin ein Feigling. Ich müsste offener mit den Kindern über Saras Situation reden. Aber ich halte die Fragen kaum aus. Auch im Bekanntenkreis haken sie dauernd nach: *Wie geht es den Kindern ohne Sara? Kommen sie nicht um vor Sehnsucht?* Selbstverständlich ist es schlimm für sie. Aber irgendwie müssen sie ja weitermachen. Und vermissen wir nicht alle etwas? Den alten Job, der viel besser war, oder den neuen, den man noch nicht gefunden hat, die Kindheit, die Schulzeit oder den finnisch-sowjetischen Vertrag über Freundschaft, Zusammenarbeit und gegenseitigen Beistand von 1948. Schlimmstenfalls den verstorbenen Partner.

Wenigstens bin ich nicht mehr so hilflos wie am Anfang. Die meisten Väter sind total im Eimer, wenn sie nur ein Wochenende für ihre Kinder zuständig sind. Dann gehen sie montags erleichtert zur Arbeit und erholen sich im Büro von den Strapazen.

Dabei ist es ziemlich simpel, für Kinder zu sorgen. Es ist nur höllisch anstrengend. Und ich muss es von morgens bis abends tun. Woche für Woche, Monat für Monat. Allein.

Ich versuche, mir immer wieder zu sagen, dass Sara nun mal krank ist. Es ist nicht ihre Schuld. Aber dass sie viel zu lange nicht zum Arzt gegangen ist, werfe ich ihr schon vor. Sie wollte es unbedingt allein schaffen, und irgendwann ging gar nichts mehr. So eine Partnerin ist keine Stütze, sondern eine zusätzliche Last. Hätte es sich bei ihr um eine reine postnatale Depression gehandelt, wäre die Krankheit immerhin irgendwann wieder verschwunden. Momentan sieht es so aus, als wäre es eine Depression, die gekommen ist, um zu bleiben.

Früher habe ich mich nie mit psychischen Krankheiten befasst; es lief halt irgendwie immer. Mit Saras Depression hat sich das schlagartig geändert. Dabei müsste Mutterschaft doch eigentlich was Tolles sein. Warum ist Sara so tief abgerutscht? Anfangs lag sie viel auf dem Sofa rum. Dann ist sie ins Schlafzimmer gezogen und gar nicht mehr aufgestanden. Wieso kann eine so fiese Depression sich nicht klarer ankündigen? Oder wieso kann sie nicht alternativ eine postnatale Hauterkrankung sein? Dreimal täglich Salbe drauf, dann verschwindet sie. Doch alles, was im Innern des Kopfes abläuft, lässt sich schwer behandeln.

Ich trage meine Töchter eine nach der anderen rüber in ihre eigenen Betten. Keine wacht auf. Ich bin immer wieder überrascht, sie müssen eine Menge Urvertrauen haben.

Bei jemandem wie zum Beispiel dem finnischen Ex-Präsidenten und Friedensvermittler Martti Ahtisaari kann ich mir nicht vorstellen, dass man den mal so eben vom Sofa ins Bett tragen kann, ohne dass er wach wird. Der hat so viel Streit und Elend gesehen, der fällt bestimmt nie richtig in Tiefschlaf. Dafür wäre er aber sicher ein guter Gesprächspartner, der meine Probleme verstehen würde. Ahtisaari ist selbst Vater.

Sara liebt unsere drei Mädchen abgöttisch. Aber sie bringt eine Menge Unsicherheit und Unberechenbarkeit in unser Leben. Manchmal überlege ich, ob es besser wäre, den Weg nur noch zu viert fortzusetzen.

Sami

Vor dem Schlafengehen checke ich kurz die Lage auf Tinder. Ich habe erstaunlich viele Matches, hätte ich nicht gedacht. Anscheinend war es klug, kein Foto mit freiem Oberkörper einzustellen. Und auch keins mit Lachs an der Angel oder mit Motorsäge. Es werden anscheinend doch noch Männer gesucht, die sich nicht geben wie Vladimir Putin.

Überraschend viele Frauen zeigen sich sportlich. Manche grinsen einem sogar aus dem Handstand entgegen. Eigentlich suche ich ja eine Frau, die Lust auf Familie hat, nicht auf Handstand. Vielleicht ergänze ich mein Profil noch um den Kommentar *Suche Frau mit beiden Beinen auf dem Boden*.

Katja sticht aus all den Fitnessstudiofrauen positiv hervor. Sie ist vierzig, Akademikerin und hübsch. Auf dem Foto lehnt sie an einem Baum, nicht an einer Kletterwand. Ich schicke ihr ein Herz und schreibe eine nette, kurze Nachricht. Bloß nicht die alten Fehler wiederholen. Jedenfalls nicht gleich den Anfang vermasseln. Gut, dass ich mich ungeschönt dargestellt habe. Auf meinem Profil präsentiere ich mich weder jünger, attraktiver, klüger, engagierter, klimabewusster oder empathischer, als ich wirklich bin. Und ein Katzenmensch bin ich dieses Mal auch nicht.

Als Kind habe ich mir manchmal in die Hose gepinkelt. Im Winter war das im ersten Moment richtig angenehm. Meine Beziehungsanläufe funktionieren ähnlich. Erst ist alles toll und vielversprechend, dann kühlt es unangenehm ab. Dieses Mal muss es anders laufen! Bloß nicht zu viel rosarote Romantik. Ich will mich nicht nur verknallen, ich will Liebe. Dann muss einem auch nichts unangenehm sein.

Katja ist echt sympathisch. Kaum zu fassen, dass sie solo ist. Sie ist Juristin und treibt in ihrer Freizeit gern Sport, aber zum Glück nicht übertrieben viel. Nach der Erfahrung mit Britta bin ich bei sportlichem Ehrgeiz vorsichtig.

Sogar unser Humor matcht, superwichtig für Beziehungen. Das sagen auch Leute, die keinen Humor haben. Außerdem gibt es ein gemeinsames Ziel – Familie. Und wir erzählen uns sofort eine Menge persönlicher Sachen. Kein Wunder, die biologische Uhr tickt laut, bei Katja sicher noch lauter. Man sagt, ein im Job verdienter Euro beträgt bei Frauen neunzig Cent. Die biologische Stunde hat bei Frauen dann vermutlich fünfzig Minuten. Meine Chancen bei ihr dürften also gar nicht mal schlecht stehen. Es gibt nur ein Problem: Bei mir ist gesundheitlich nicht alles okay, und das ausgerechnet im Intimbereich. Juckende Warzen! Die müssen von Britta kommen; andere Kontakte habe ich seitdem nicht gehabt.

»Kondylome«, stellt der Urologe fest, »man nennt sie auch Feigwarzen.«

»So ein Mist.«

»Tut mir leid, aber das ist eindeutig. Eigentlich eher bei Männern um die zwanzig verbreitet.«

»Das dachte ich bislang auch.«

»In Ihrem Alter sind die meisten ja in festen Beziehungen. Da kriegt man so was nicht so schnell.«

Was soll ich dazu sagen?

»Sie sollten umgehend Ihre Sexualpartnerinnen informieren. Bei Frauen können Kondylome lange unerkannt bleiben und schlimmstenfalls zu einer Krebserkrankung führen.«

»Ich habe derzeit keine Sexualpartnerin. Und gleich

mehrere schon gar nicht. Können Sie mir eine Creme oder so was verschreiben?«

»Ja, ich gebe Ihnen ein Rezept mit.«

»Wie schnell wirkt die?«

»Das ist von Fall zu Fall unterschiedlich.«

Ich bin fast vierzig und habe eine Geschlechtskrankheit. Und zwar von einer prominenten Sportlerin!

Ich checke Brittas Instagram-Account. Sie ist schon wieder oder noch immer in Brasilien. Ich beschließe, sie kurzerhand anzurufen, dort ist jetzt Vormittag.

»Hi, hier ist Sami.«

»Oh, hallo Sami! Wie gehts?«

»Ganz gut. Eine Sache ist allerdings weniger erfreulich. Ich habe Feigwarzen, und die müssen von dir sein.«

»Alright.«

Sie streitet es nicht einmal ab! Okay, ich habe ja am Unabhängigkeitstag live mitverfolgen können, wie leicht sie Typen aufreißt. Medaillen sind wohl doch nicht ihre einzige Leidenschaft. Nach ein paar dummen Floskeln legen wir auf. Als Nächstes rufe ich Nojonen und Markus an. Wir treffen uns bei Markus. Ich kaufe noch ein paar IPA-Biere und rede nicht lange um den heißen Brei herum – mit gedämpfter Stimme, sodass Markus' Mädchen mich nicht hören können.

Meine Freunde lachen laut los.

»Ich habe hässliche Warzen, und ihr amüsiert euch? Das habe ich alles Britta zu verdanken.«

»*Come on*, du hattest mindestens genauso viel Spaß wie sie. Ist doch lustig, Britta surft mit Intimwarzen durch die Gegend. Sieh das doch mal von der witzigen Seite«, kichert Markus.

Ich muss es leider Katja sagen, da führt kein Weg dran vorbei. Unsere Beziehung wird immer enger, bis zur ersten Nacht kann es nicht mehr lange dauern. Bisher haben wir noch gewartet, Katjas Erfahrung nach verschwinden die Männer schnell wieder, wenn man sofort ins Bett geht. Ich gebe ihr recht. Besser, man lernt sich erst näher kennen.

Heute kommt sie nach der Arbeit zu mir. Es ist Freitagabend, da bleibt sie bestimmt über Nacht. Ich will mit ihr ein Thai-Gericht kochen und habe auch schon überlegt, welchen Film wir danach schauen könnten. Bier und Weißwein stehen kalt.

Ich hole Katja an der Straßenbahnhaltestelle ab. Sie gibt mir einen Kuss und nimmt meine Hand. In der Öffentlichkeit Händchen zu halten ist ein gutes Zeichen, das tun nur echte Paare. Und Teenies natürlich. Wegen der Feigwarzen fühle ich mich leider auch fast wie einer.

Thailändisch gelingt mir immer, Katja ist begeistert. »Unglaublich, es riecht gut, es schmeckt gut, und es ist so einfach.«

Nach dem Essen mache ich Kaffee. Jetzt oder nie. Soll ich auch gleich meinen Job bei den Motorradtypen beichten?

»Katja, ich muss dir was sagen.«

»Du bist ein Serienmörder und ich das nächste Opfer.«

»Schlimmer. Oh Gott, es ist mir so peinlich. Aber ich muss es sagen, sonst …«

Es klingelt.

»Psst, wir verhalten uns still«, flüstert Katja, »das sind bestimmt die Zeugen Jehovas.«

Wer auch immer vor meiner Wohnung steht, er oder sie gibt keine Ruhe. Das Klingeln wird penetranter, schließlich dreht sich ein Schlüssel im Schloss.

Ich springe auf und hechte in den Flur.

»Mama, du?! Ich habe Besuch!«

»Oh weh, entschuldige bitte. Aber ich habe zig Mal angerufen, du bist leider nicht rangegangen. Ich wollte dir Mocca-Brownies vorbeibringen.«

Ich nehme die Tupperdose entgegen und will meine Mutter zurück in den Flur schieben. Doch da steht Katja neben mir.

»Hallo, ich bin Katja.« Sie streckt ihre Hand aus.

»Und ich Asta, Samis Mutter.«

Freundliches Händeschütteln.

»Also gut, danke, Mama«, sage ich, »dann bis bald.«

»Wo deine Mutter schon hier ist, kann sie doch einen Kaffee mit uns trinken«, schlägt Katja vor.

»Sicher? Ich glaube, ich gehe lieber«, stammelt Mama.

»Bleiben Sie doch«, sagt Katja bestimmt. Schon quetscht meine Mutter sich mit uns in die Küche.

»Seid ihr schon lange zusammen?«, fragt sie, als wir ausgetrunken haben. »Eigentlich geht mich das ja nichts an.«

»Absolut richtig. Außerdem wollen Katja und ich jetzt einen Film sehen, wir sprechen dann ein anderes Mal.«

»Gut, mein Lieber. Gib mir bitte die Tupperdose irgendwann zurück. Wäre schön, dich bald zu sehen, ohne dass ich hier reinplatzen muss. Geh doch wieder an dein Telefon.«

Als sie weg ist, stellen Katja und ich das Geschirr in die Maschine.

»Du wolltest vorhin was sagen«, greift Katja den Faden wieder auf.

»Richtig. Es ist mir verflucht unangenehm, aber es geht nicht anders. Pass auf, ich hatte doch vor einiger Zeit diese

Freundin, Britta Frilander, die Surferin. Wegen ihr habe ich jetzt eine Geschlechtskrankheit, Feigwarzen.«

Katja schweigt. Stumm wischt sie den Tisch ab. Sehr langsam und gründlich.

Ich warte, dass das Damoklesschwert auf mich niedersaust. Das wars. Kein Film mehr, keine gemeinsame Nacht, keine Zukunftspläne. Adieu, Familiengründung. Die Feigwarzen haben alles kaputtgemacht.

Plötzlich bricht Katja in lautes Gelächter aus. Sie kriegt sich gar nicht wieder ein. Ich müsste erleichtert sein, bin aber fast ein bisschen beleidigt.

»Was ist daran so lustig?«

Sie holt tief Luft und wedelt mit den Händen. »'tschuldigung, Sami, aber ich finde das witzig. Du bist vierzig und hast eine Geschlechtskrankheit! Bist *du* nicht derjenige, der auf alle herabschaut, die sich nicht fest binden wollen?«

»Ja, und ich nehme Sexualität verdammt ernst. Ich habe Britta einfach vertraut!«

»Ich war einundzwanzig, als ich das erste und letzte Mal eine Geschlechtskrankheit hatte.«

»Du hast auch mal eine gehabt? Kann ich mir kaum vorstellen.«

»Ach, weil ich Juristin bin und angeblich alles unter Kontrolle habe?«

»Nein. Aber du wirkst sehr schlau und vernünftig.«

»Danke. Ich habe auch andere Seiten. Und ich finds gut, dass du mir das erzählt hast. Der richtige Moment für uns wird schon kommen, Sami. Schauen wir jetzt den Film?«

Ich bin stolz auf mich – und begeistert von Katja. Es funktioniert super mit uns. Hätte ich nie gedacht, dass Ehrlichkeit so gut für eine Beziehung sein kann. Habe ich mich möglicherweise weiterentwickelt? Na ja, alles habe ich ihr dann doch nicht gesagt.

Wir gucken den Film und gehen danach ins Bett. Nach langem Kuscheln schlafen wir irgendwann in Löffelchenstellung ein. Es ist nicht so leicht, mich zurückzuhalten, aber eigentlich nur körperlich. Seelisch fühle ich mich so befreit wie lange nicht mehr.

Ehrlichkeit also, der Schlüssel zum Glück.

Nojonen

Ich stehe allein an Mamas Sarg. Es war so viel los in letzter Zeit, man kommt vom Friedhof ja gar nicht wieder runter – da wollte ich niemanden behelligen. Gern würde ich ihr was Nettes sagen. »Es war eine gute Reise« oder so was in der Art. Heute benutzt man das Bild der Reise ja für praktisch alles. Aber die Reise mit meiner Mutter war nicht gut. Der Anfang lief noch ganz okay, jedenfalls habe ich an meine Kindheit keine schlechten Erinnerungen. Aber dann wurde es hakelig. Und die letzten Jahre waren schlimm. Von daher bringt ihr Tod auch eine gewisse Erleichterung.

Was bleibt von meiner Mutter zurück? Ein paar wertvolle Vasen und ein edler Wandteppich. Dazu die seltene Krankheit, die ich mit großer Wahrscheinlichkeit erben werde. Kein so tolles Gesamtpaket. Wenigstens habe ich keine Geschwister, die mir was streitig machen. Andererseits kann ich die Krankheit auch an niemanden abgeben.

»Sie haben es nicht leicht«, sagt der Pastor zum Abschied.

»Nein. Aber wahrscheinlich war das die letzte Beerdigung für die nächsten paar Jahrzehnte, was meine Familie betrifft. Das hoffe ich jedenfalls.«

»Die Kirche steht Ihnen jederzeit offen, wenn Sie mit jemandem über Ihre Trauer reden wollen.«

»Danke, gut zu wissen. Im Moment fühle ich mich ehrlich gesagt nur leer.«

»Schmerz und Trauer kommen oft mit Verzögerung. Und sie können verschiedene Formen annehmen. Doch eins ist sicher, ausweichen kann man ihnen nicht.«

Ich verlasse die Kapelle und trotte durch den Park zur Bushaltestelle. Eigentlich fühle ich mich gar nicht so übel. Manche brechen zusammen, wenn beide Eltern tot sind.

Ich gehe etwas schneller. Und auf einmal merke ich, dass ich mich leichter fühle, freier. Im Grunde ist es gut, dass dieser anstrengende Lebensabschnitt zu Ende ist. Nur habe ich absolut keine Ahnung, was vor mir liegt.

Markus

Juli hat eine Geburtstagseinladung von ihrer Klassenkameradin Lea bekommen. Der Text klingt fast einschüchternd: »Auf ins Grüne, liebe Juli, und feiere mit uns den achten Geburtstag von Lea, einem absoluten Wunschkind, Kind der Liebe. Wir zelebrieren den Tag mit Achtsamkeit und

Yoga. Auch deine Eltern sind herzlich eingeladen, zu ein wenig Entspannung zu finden.«

Entspannung kann ich definitiv gebrauchen, aber die Herangehensweise macht mich skeptisch. Wenn so was auf der Arbeit angeboten wird, klappt es mit der Entspannung immer erst *nach* dem Yoga oder der Atemmeditation. Nämlich wenn man mit den Kollegen noch auf ein Bier geht. Dass fünfzehn Erstklässler gemeinsam entspannen, kann ich ehrlich gesagt nicht glauben.

Die Feier findet auf der Halbinsel Kivinokka statt, einen Kilometer von der U-Bahn-Station Kulosaari entfernt, in einem Erholungsgebiet direkt am Meer. Wir treffen uns auf einer Kiefernlichtung, wo ein paar bunte Lampions in den Bäumen hängen. Leas Mutter Vera begrüßt uns. »Großartig, euch alle zu sehen. Lea und ich laden euch ein, eure Verbindung zur Natur zu stärken und euch selbst und die anderen besser kennenzulernen.«

Sie klatscht in die Hände und bittet die Kinder, sich in einem großen Kreis aufzustellen, die Augen zu schließen und den Geräuschen der Natur zu lauschen. Drei Sekunden lang herrscht Stille, dann ruft ein Mädchen: »Ich höre die U-Bahn!«

»Das ist kein Naturgeräusch«, protestiert Lea.

Die Kinder fangen an zu kichern. Ein paar verlassen den Kreis und rennen los. So leicht gibt Leas Mutter nicht auf. Sie fängt die Abtrünnigen ein und bringt alle wieder in Formation. »Jetzt atmen wir tief ein und aus und machen uns bewusst, wie gut es hier in der Natur riecht.«

Ein kleines Mädchen pupst, die Kinder brüllen vor Lachen. Leas Mutter flucht laut vor sich hin. Das ist dieses verbindende, alle Eltern vereinende Element: Wenn die

Nerven blank liegen, helfen nur Kraftwörter. Doch sie reißt sich zusammen und zückt ihr Handy. Sie hat bereits etliche Fotos gemacht und kontrolliert ihre visuelle Ausbeute. Vera ist eine bekannte Bloggerin, ich schätze, gute Fotos beruhigen sie. Und ich habe recht. Zufrieden lässt sie das Handy sinken, die Außendarstellung ist schon mal gerettet.

Als Nächstes probiert sie es mit Yoga. Für mich ist das alles dasselbe, wobei Yoga natürlich etwas anstrengender ist als eine Achtsamkeitsübung. Auch die Erwachsenen sollen mitmachen. Wir suchen uns eine moosbedeckte Stelle und begeben uns in den »herabschauenden Hund«.

»Und jetzt tief ein- und ausatmen. Die Augen schließen und für einen Moment ganz bewusst in die Muskeln reinspüren.«

Juli ist direkt neben mir.

»Wann geht der Geburtstag endlich los?«, flüstert sie.

»Psst! Das *ist* der Geburtstag. Wir machen einfach ein bisschen Sport«, versuche ich ihr zu erklären.

Die Yogaübungen funktionieren besser; Aktion liegt Kindern näher als Ruhe. Aber ein großer Erfolg wird auch das nicht. Als die Kinder nach und nach aussteigen, wirft Vera das Handtuch. Nur ihre Tochter macht brav weiter und will ihre genervte Mama unbedingt zufriedenstellen. Bei so was frage ich mich immer, ob häusliche Gewalt im Spiel ist. Psychische Gewalt ist ja genauso schlimm.

Die Kinder klettern auf die Bäume. Zwei Jungen fechten mit Stöcken und brüllen sich Todesdrohungen zu. So viel zum Thema Achtsamkeit. Leas Mutter versucht, ihren Ärger wegzulächeln, und packt einen Picknickkorb aus. Gute Entscheidung, Essen verbessert zuverlässig die Stimmung. Aber kaum haben die Kinder in den Korb geschaut, wenden sie sich desinteressiert ab. Bei Dinkelknäckebrot, grünem Tee und Goji-Beeren wundert mich das nicht. Arme Vera; aber McDonald's oder das Kindermenü im Indoor-Spielpark HopLop sind nun mal die sicherere Variante. Sie beißt die Zähne zusammen und ruft fröhlich:

»Jetzt kommt der letzte Teil der Feier. Wie schön, dass ihr bisher alle so toll mitgemacht habt. Lea wird diesen Tag sicher nie vergessen. Nun bin ich gespannt, wie ihr die Geschenke-Challenge umgesetzt habt. Ist es nicht Wahnsinn, wie viel weggeschmissen wird?«

Verdammt. Haben Juli und ich was verpasst? Ich ziehe unauffällig die zerknitterte Einladung aus meiner Hosentasche und schaue auf die Rückseite. Da steht es. *Lea wünscht sich ein recyceltes Geschenk. Viel Spaß beim Stöbern und Containern. Auch Sperrmüll ist eine gute Fundquelle!*

Ich stelle mich mit meiner Tochter ganz hinten in die Schlange und zerknautsche kräftig den Karton der Lego-Friends-Packung, die wir für Lea gekauft haben. Juli wundert sich, hält aber zum Glück den Mund.

»Crazy, was die Leute alles wegwerfen. Das sieht ja aus wie neu!«, ruft Leas Mutter, als wir ihrer Tochter unser Geschenk überreichen. Sie umarmt mich fest. Ich glaube, sie hat mich durchschaut und freut sich insgeheim, dass ihre Tochter wenigstens *ein* neues Geschenk bekommt. Ein bisschen Konsum beruhigt eben doch das Gemüt.

Juli verabschiedet sich von Lea und den anderen Kindern und trottet gedankenversunken mit mir zur U-Bahn. Auch ich bin nachdenklich. Was soll ich mir für Julis nahenden Geburtstag ausdenken? Verkleiden, Bouldern, Parcours-Hindernisklettern, Gokart fahren, Poledance? Oder ein Impro-Theaterabend zum Thema finnisch-russischer

Winterkrieg? Das interessiert Juli und ihre vorwiegend weiblichen Gäste sicher nicht die Bohne.

»Wie sollen wir denn *deinen* Geburtstag feiern?«, frage ich.

»Ehrlich gesagt, hätte ich gerne was Normales.«

»Wollen wir noch mal in die HopLop-Halle?«

Diese Variante wäre für mich extrem praktisch. Da läuft alles von selbst.

»Da waren wir schon die letzten beiden Jahre. Ich fände Reiten oder Tauchen gut. Aber bitte kein Yoga, und schon gar nicht dieses komische Atmen.«

»Du meinst Achtsamkeit?«

»Ist mir egal, wie das heißt.« Zwei Tage nach dem Kindergeburtstag schickt Leas Mutter allen Eltern einen Link zu ihrem Blog.

Yoga funktioniert auch mit Kindern

Hat unser hektischer Alltag auch unsere Kinder hektisch werden lassen? Ich kann euch versichern: nein. Selbst wenn Smartphones & Co einen großen Einfluss haben, ist die Hoffnung nicht verloren.

Meine Tochter wurde soeben acht, und als ich sie vor vier Wochen fragte, wie sie ihren Geburtstag feiern will, war ich zutiefst erleichtert, dass sie keine *Frozen*-Mottoparty und auch nicht zu HopLop wollte. Mein Kind wünschte sich einen entspannten Tag in der Natur. Ich schlug ihr einen Achtsamkeitstag mit Yoga vor – natürlich im Wald. Das Wetter spielte wunderbar mit, und so verbrachte meine Tochter mit vierzehn weiteren Kindern und deren Eltern einen herrlichen Tag. Wir hatten Lampions aufgehängt und begannen nach der Begrüßung gleich mit der ersten Achtsamkeitsübung. Später gingen wir zum Yoga über. Fazit:

Auch Kinder können zur Ruhe kommen und sich konzentrieren. Am Ende wurden die kleinen Yogis mit Goji-Beeren, Dinkelgebäck und grünem Tee belohnt, der ausnahmsweise mit Honig gesüßt war – für noch mehr Geburtstagsfreude!

Asta

Sami hilft mir beim Umdekorieren, die alten Bilder müssen weg. Endlich was Frisches an die Wände. Vielleicht hilft mir das, nicht auf der Stelle zu treten. Marttis Lieblingsmotive müssen in den Keller, jetzt ist mal *mein* Geschmack an der Reihe. Allmählich sieht mein Zuhause nach mir aus. Ein Porträtfoto von ihm sollte ich aber anstandshalber aufhängen. Als Sami es sieht, wird er wehmütig.

»Wie alt ist Papa da?«

»Ungefähr so alt wie du jetzt.«

»Er sah ja ganz schön gut aus.«

»Oh ja, damals schon.«

»Wo soll ich das aufhängen?«

»Ich glaube, dort drüben wäre ein guter Platz.«

Neben dem Bücherregal an der Wand, in der Ecke. Von dort kann Martti nicht aufs Sofa gucken. Dann kann ich in Ruhe dasitzen und meinen Gedanken nachhängen. Und falls ich jemals wieder einen Mann kennenlerne und ihn zum Kaffee einlade, kann Martti nicht zu uns rüberstarren.

Sami markiert die Wand mit einem Bleistiftkreuz und

bohrt zwei kleine Löcher. Die Melancholie ist wieder aus seinem Gesicht gewichen, er sieht sogar fröhlich aus. Das liegt bestimmt an seiner neuen Freundin.

»Wie geht es Katja?«, frage ich.

»Gut. Es läuft richtig prima mit ihr.«

»Das freut mich, sie wirkt sehr sympathisch.«

»Oh ja, das ist sie. Und was ist mit dir, Mama? Wie siehts aus? Vielleicht findest du auch noch mal jemanden.«

»Ach, so ein Unfug«, wehre ich ab. »In meinem Alter doch nicht mehr. Kaffeetrinken gehe ich mit Teresa.«

»Mama, du bist im allerbesten Alter. Wäre doch toll, wenn es funkt. Geh ins Internet und nutz eine Datingseite für Senioren!«

»Du und dein Internetdating. Häng mal lieber die Bilder auf und setz mir keinen Floh ins Ohr.«

Ob Sami merkt, dass ich gute Laune habe? Nicht einmal Teresa habe ich es verraten; sie würde vielleicht über mich lachen. Ich habe Kasimir – ich nenne Nojonen beim Vornamen – in der Innenstadt getroffen, und er hat mich auf eine Tasse Kaffee eingeladen. Rein freundschaftlich selbstverständlich. Der Arme kann etwas Zuwendung und Trost gut gebrauchen.

Sami

Katja will mich ihren Eltern vorstellen. Ihre Zahnbürste liegt schon länger bei mir. Und mit den Feigwarzen hatte ich Glück, sie sind abgeheilt. Keine Hindernisse im Untergeschoss mehr.

Katja ist Staatsanwältin und nimmt ihren Job sehr ernst. Sie betrachtet juristische Fragen immer auch von einem ethischen Standpunkt aus und fordert nie leichtfertig eine Haftstrafe.

Ich würde ihr gern von den Bikern erzählen, sie könnte mir bestimmt einen Rat geben. Aber ich will sie nicht in eine Zwickmühle bringen – und auch mich selbst nicht, ich mag die Typen ja mittlerweile ganz gern, egal was sie treiben. Lieber warte ich noch ein bisschen.

Am Abend vor dem Treffen mit Katjas Eltern haben wir bei AnchorOil Besuch von unseren polnischen Partnern. Da darf sich niemand vor der obligatorischen Wodka-Runde drücken. Ich sitze neben dem polnischen Chef und versuche, ihm finnische Trinksprüche beizubringen.

»Cheers is *kippis* in Finnish. But you can also say *hölökyn kölökyn.*«

»*Hollicki kollicki?*«

»Yes.«

»In Poland, we say *Na zdrowie.*«

»*Na zdrowie!*«

Niemand sagt im Ernst *hölökyn kölökyn,* aber es kommt immer gut an. Aufs Trinken an sich habe ich eigentlich weniger Lust, ich möchte morgen keinen Kater haben. Leider hat mein Chef mir vorher eingeschärft: Polen ist unser wichtigster Markt, da wird nicht geschwächelt, schon gar nicht beim Trinken.

»Aber ich lerne morgen meine zukünftigen Schwiegereltern kennen«, habe ich augenzwinkernd gesagt, »das ist für mich wichtiger als Polen.«

»Ein paar Klare wirst du wohl trinken können.«

»Ich vertrage nicht viel.«

»Sami, ich verlasse mich auf dich. Wenn wir die Polen in das Nachhaltigkeitsprojekt reinholen, haben wir auch bei den anderen Osteuropäern eine Chance.«

Das hat eine gewisse Logik. Also singe und saufe ich mit unseren Gästen bis ein Uhr nachts und bin am Ende sturzbetrunken. Dafür muss ich am nächsten Tag büßen. Das Aufwachen ist furchtbar, so verkatert war ich zuletzt mit fünfzehn.

Als Katja mich um neun abholt, quäle ich mir gerade mein zweites Glas Cola rein, ohne die erhoffte Wirkung. Mir wird sogar noch flauer. Warum muss ich nur so inkonsequent sein?

Auf der Autobahn spricht Katja mich auf meine Verfassung an.

»Du siehst ja nicht so gut aus. Sollen wir lieber umdrehen?«

»Auf keinen Fall. Das wird schon werden.«

»Hoffentlich. Reiß dich bitte zusammen.«

Katjas Eltern stehen zur Begrüßung in der Toreinfahrt zu einem riesigen Grundstück mit Prachtvilla direkt am Meer. Der Ort Inkoo ist bekannt für seine traditionellen Holzbauten, auch Katja ist offensichtlich in so einer Villa aufgewachsen. Ihr Vater trägt ein marineblaues Jackett, ihre Mutter ein schickes Kostüm. Am Steg schaukelt ein großes Segelboot.

Kaum sind wir ausgestiegen, stoßen wir mit alkoholfreier Erdbeerbowle an. Ablehnen kann ich leider schlecht.

»Willkommen in der Villa Furuholm!«, tönt Katjas Vater.

Ich habe dummerweise eine kurze Hose mit Cargo-Taschen an und bin damit eindeutig underdressed. Wieso hat Katja mich nicht vorgewarnt? Mir wird von Minute zu Minute übler. Ich rede mir gut zu. Der konservative Geist, der hier herrscht, hat auch was Positives. Zum Beispiel muss ich mich gegenüber Katjas Eltern nicht für meinen Job schämen. »Sollen die ruhig Öl bohren in Alaska«, sagt ihr Vater. »Da wohnt doch ohnehin keiner, jedenfalls kein vernünftiger Mensch. Und die Hippies hierzulande sollen ihre Klappe halten. Öl ist ein natürlicher Bestandteil der Natur, da kann ruhig was ins Meer fließen.«

Als wir eine Weile geplaudert haben, kommt Katjas Schwester mit ihrem neuen Freund dazu. Oho, hier werden gleich zwei Schwiegersohnkandidaten auf einen Schlag begutachtet. Mein potenzieller Schwager ist Marineoffizier und trägt ein helles Sommerjackett zu edler Kakihose. Im Battle um die Gunst der Eltern liege ich hinten. Und es geht ungünstig weiter. Der Marineoffizier fachsimpelt entspannt über Segelboote und fragt Katjas Vater nach dem Kielschwert und dem Tiefgang seines Zweimasters. Alles Dinge, von denen ich keine Ahnung habe. Mit den Feigwarzen, die ich von einer Weltklasse-Surferin persönlich bekommen habe, kann ich schlecht angeben. Außerdem sind Surfen und Segeln nicht dasselbe. Ich begnüge mich mit einem hoffentlich intelligenten Gesichtsausdruck und einem Nicken hier und da.

Irgendwann kann ich die Übelkeit nicht mehr zurückdrängen und renne ins Haus. Katjas Mutter kommt hinterhergestöckelt und weist mir den Weg ins Badezimmer. Ich muss davon ausgehen, dass sie meine Würgegeräusche durch die Tür hören kann. Aber wenigstens hat die Übelkeit ein Ende, jedenfalls für kurze Zeit. Die nutze ich, um endlich meinen Charme spielen zu lassen.

»Was für ein wunderschön eingerichtetes Haus Sie haben.«

»Danke. Mein Vater hat bei der Möbelfirma Artek Design gearbeitet, ich habe etliche Stücke von ihm geerbt.«

»Genial, wie zeitlos diese Möbel sind. Ich habe zu Hause auch ein paar. Entschuldigen Sie mich noch mal.«

Als ich wieder aus dem Bad rauskomme, ist Katjas Mutter nicht mehr im Haus. Sie ist zu den anderen zurückgegangen, wo der dumme Offizier die Gruppe mit Witzen bespaßt. Katja schickt mir wütende Blicke rüber, versucht aber trotzdem, mir bei meinen kommunikativen Hängern aus der Klemme zu helfen. Sie will unbedingt vermeiden, dass ich schlecht dastehe. Sie wirkt fast verzweifelt. Der Kater lässt mich das elende Szenario kritischer sehen.

Nach langweiligem Small Talk gibt es Essen. Neue Kartoffeln, Hering, Skagen Pilsner und weitere Köstlichkeiten. Ich drücke mir zwei Kartoffeln und etwas Salat rein. Die Heringe sind mir schon vom Geruch her zu viel. Der Matrose muss sie natürlich in den Himmel loben.

»Mmh, die besten Heringe, die ich je gegessen habe.«

Katjas Vater schließt sich an. »Sage ich auch jedes Mal. Das Bravourgericht meiner Frau, nach einem geheimen Familienrezept. Sami, Sie müssen unbedingt von den Heringen probieren.«

»Natürlich, hatte ich sowieso gerade vor.«

Nach einem halben Hering steht wieder ein Gang ins Badezimmer an.

Als ich zurückkomme, hat der Marinestreber sich gerade eine neue Masche einfallen lassen.

»Ich habe gesehen, dass hinter dem Schuppen Holz liegt. Soll ich das mal eben klein hacken? Dann könnten wir damit gleich die Sauna heizen.«

Katjas Vater nickt anerkennend und fordert auch mich auf, zum Schuppen mitzukommen. Dort legt er sein Jackett ab und holt drei Äxte raus.

»Zu dritt haben wir die alten Birkenklötze ruckzuck zerkleinert«, sagt er.

Ich bin in denkbar mieser Form und haue mehrmals daneben. Als ich mir fast ins Schienbein hacke, nimmt Katjas Vater mir die Axt aus der Hand.

»Sami ist wohl nicht unbedingt praktisch veranlagt.«

Ganz sicher nicht heute. Wann anders hätte ich am Hackklotz durchaus punkten können, aber nicht mit Kater. Glänzen ist heute nicht drin, ich kann nur versuchen, irgendwie durchzukommen.

In der gut geheizten Sauna brummt mir der Schädel. Das Gespräch über die besten Segelhäfen der finnischen Westküste macht es nicht besser. Irgendwann renne ich raus und hocke mich zur Abkühlung auf den Steg.

Katjas Vater kommt hinterher und kommentiert: »Großartig, nicht wahr? Von hier hat man den besten Meerblick im ganzen Land.«

Ich murmele etwas Unverständliches. Mein Konkurrent läuft locker an mir vorbei, taucht mit einem sauberen Kopfsprung ins Wasser und schwimmt eine Runde perfekten Delfin.

Auf der Rückfahrt schweigt Katja sich aus. Das Wesentliche sagt sie dann aber doch.

»Ich glaube, wir sind ziemlich verschieden.«

»Alle Menschen sind verschieden.«

»Vielleicht sollten wir die Sache mit uns noch mal überdenken.«

Ich weiß, was das bedeutet. Und es geht hier nicht nur um meinen Suff. Den hätte man ehrlich erklären können, statt mein Befinden so albern zu überspielen, was sowieso nicht geklappt hat. Es steckt mehr hinter Katjas Zweifeln. Und wenn ich ehrlich bin, habe auch ich heute Seiten an Katja entdeckt, die ich nicht gut finde. Sie ist das totale Papa-Kind, will ihm unbedingt alles recht machen, und ich sollte bitte schön funktionieren. Wer so abhängig ist vom Urteil seines biederen Daddys, hat es schwer, sich wirklich zu binden.

Ich bin enttäuscht. Ich hatte angenommen, Katja sei selbstständiger. Aber der Schatten ihres bürgerlichen Zuhauses holt sie immer wieder ein. Da wäre es fast netter gewesen, sie hätte sich wegen der Feigwarzen von mir getrennt.

Ich erzähle Markus und Nojonen von meinem Tag in Inkoo. Sie lachen sich schlapp. Ich kann noch nicht mitlachen, denn immerhin wollte Katja genauso gern Kinder wie ich.

»Wieso ist es für uns drei so schwierig mit der Partnerwahl? Kann es sein, dass unsere Ansprüche zu hoch sind?«

»Zu hoch wofür?«, hakt Nojonen nach.

»Um einfach zu sagen, ich mag dich, wir ziehen zusammen und kriegen Kinder. Früher ging das leichter, guck doch unsere Väter an. Die haben sich nicht mal richtig Mühe gegeben und trotzdem jemanden gefunden.«

»Ja, die Zeiten sind andere«, sagt Markus. »Damals hat es gereicht, wenn man sich halbwegs riechen konnte. Heute müssen zig Kriterien erfüllt sein. Unsere Eltern dagegen konnten jemanden nehmen, der alles andere als toll war.«

»Ich brauch keine tolle Person. Hauptsache, ich fühl mich wohl«, wirft Nojonen ein.

Wir denken an unsere Väter und zitieren kichernd ihre peinlichsten Aktionen und dümmsten Sprüche. Diese Kerle hatten von nichts eine Ahnung und sind trotzdem durchs Leben gekommen.

Nojonen lenkt das Thema wieder auf die Partnersuche.

»Ich schätze, man braucht einfach Glück. Man muss am richtigen Ort sein.«

»Du meinst, zur richtigen Zeit und so?«

»Jep. Ich habe die letzten zwanzig Jahre vor Computern und mit meinen kranken Eltern verbracht, da konnte ich niemanden kennenlernen.«

»Klingt logisch, leider«, sagt Markus.

»Ich denke, Sami und ich sind wie *2 Minutes to Midnight*«, sagt Nojonen.

»Das Stück von Iron Maiden?«, frage ich. »Das ist doch ziemlich gut.«

»Genau das ist der Punkt«, erwidert Nojonen. »Es ist gut, kommt aber niemals an *Aces High* ran. Und genau das wird immer direkt danach gespielt, ob auf der Platte oder auf Konzerten. Schlechtes Timing.«

An dem Gedanken ist was dran. Letztlich muss man mit einer passenden Frau zur gleichen Zeit am gleichen Ort sein und dann noch ein bisschen glänzen können, ohne Konkurrenz. Das klappt bei uns anscheinend nicht. Nojonen wirkt trotzdem heiter.

»Wird schon wieder.«

»Bei dir läuft doch was!«, ruft Markus.

»Nee …«

»Komm schon, wer ist es?«

»Da ist nichts.«

»Kennen wir sie?«, frage ich.

Nojonen schweigt.

Asta

Kasimir hat mich um eine Verabredung gebeten. Ein *Date* – das hat er gesagt. Er war verlegen, aber er hat es gesagt! »Würdest du mit mir auf ein Date gehen, Asta?«, waren seine Worte. So was Schönes habe ich ewig nicht gehört. Und ob ich würde! Nichts lieber als das. Und zugleich habe ich Angst.

Meine letzte Verabredung dieser Art ist fast fünfzig Jahre her. Damals ging man ins Vereinshaus und trank zusammen Limonade. Und wenn man sich in Ordnung fand, wurde man ein Paar. Martti und ich waren beide dreiundzwanzig, damals wurde es höchste Zeit, jemanden zu finden. Selbstverwirklichung und all das Zeug, was heute so wichtig ist, spielte keine Rolle. Man hat gelebt, wie alle gelebt haben.

Mir wird richtig kribbelig, wenn ich an Kasimir denke. Was die anderen davon halten könnten, überlege ich mir lieber nicht. Ich weiß sowieso, wie das nach außen hin wirkt. Vielleicht sieht Nojonen das auch, wenn er mir bei unserer

Verabredung gegenübersitzt. Ich bin dreiunddreißig Jahre älter als er; eine alte, schrumpelige Frau. Den Männern lässt man eine jugendliche Begleitung durchgehen, aber mir?

Ich stelle mich vor den Spiegel und zupfe an meinen Wangen. Welkes, schlaffes Gewebe. Ob man da was machen kann? Ich hole das Tablet, das Sami mir geschenkt hat, und gebe bei Google *jünger aussehen* ein. Meine letzten Suchanfragen lauteten: *Woran erkenne ich Krebs*, *Sargmodelle* und *Arttu Wiskari*, der Schlagersänger. Es kann also nur bergauf gehen.

Boost für deine Haut (enthält Produktwerbung)

Schönheit kommt von innen und hängt mit Selbstvertrauen und Zufriedenheit zusammen. Trotzdem sollte man seiner Haut ruhig auch mal was Gutes tun, damit das Innen und das Außen in Einklang sind. Meine zuletzt ein wenig schlaff gewordene Haut hat sich deutlich verbessert, seitdem ich die Copenhagen-Skin-Serie anwende, das Geschenk eines (männlichen) Freundes. Bereits nach einer Woche waren meine Wangen und Oberarme straffer. Wabbelige Stellen ade!

Ich betone in meinem Blog immer wieder, wie wichtig Selbstliebe ist. Unser Körper ist ein heiliger Tempel. Doch jedes noch so gute Gebäude will gepflegt sein. Ausbesserungen, Schönheitsreparaturen und von Zeit zu Zeit eine Grundsanierung gehören nun mal dazu. Die Produkte der Copenhagen-Serie wirken wahre Wunder, und das schon über Nacht. Das ist Quality Time für die Haut.

Du bist gut, so wie du bist. Aber schon morgen kannst du eine Spur besser sein.

Die vielen Jahre an Marttis Seite haben meinen Tempel ver-
fallen lassen. Es gäbe eine Menge zu tun. Bessere Haltung
und vor allem glattere Haut. Die ist wirklich welk. Bisher
dachte ich, das wäre in diesem Alter einfach so. Und dass
jemand wie Kasimir sowieso keine Schönheitskönigin sucht.
Sich gegenseitig zu mögen, ist doch das Wichtigste. Und
vielleicht mag er den Charme meines Alters ja. So, wie man
abblätternde Farbe an alten Holzgebäuden schön finden
kann. Auf alle Fälle habe ich jede Menge Lebenserfahrung,
und in manchen Augenblicken vielleicht sogar Charisma.
Aber darauf verlassen sollte ich mich nicht. Lieber mit einer
Creme ein wenig nachhelfen.

In der edlen Kosmetikabteilung des Kaufhauses Sokos
duftet es angenehm süßlich. Bisher habe ich meine Cremes
ausschließlich im Supermarkt gekauft. Das hier ist etwas
vollkommen anderes. Eine junge Verkäuferin bemerkt meinen suchenden Blick.

»Wie kann ich Ihnen helfen?«

»Ich würde mir gerne diese Copenhagen-Creme anschauen.«

Sie führt mich zu einem Regal und hält mir einen edlen
Flakon hin. »Das ist die Intensiv-Pflege. Testen Sie ruhig
mal.«

Ich reibe mir einen Klacks auf den Handrücken und
schnuppere. Dezent frisch, aber unauffällig. Das ist gut. Bloß
nicht aufdringlich riechen, das wäre mir unangenehm.

Die Creme zieht schnell ein und hinterlässt ein samtiges
Gefühl. Ich lasse mir von der Verkäuferin eine Schachtel
geben und gehe damit zur Kasse.

Neunundvierzig Euro. Ein stolzer Preis für eine Creme,
aber für ein besseres Selbstwertgefühl dann doch nicht viel.

Über Nacht werde ich damit keine andere werden, aber wenn meine Haut ein wenig Spannkraft zurückgewinnt, wäre es ein kleiner Erfolg.

Auf dem Heimweg muss ich länger auf die U-Bahn warten. Neben mir verabschiedet sich ein junges Pärchen. Sie turteln und knutschen, was das Zeug hält. Als am Gleis gegenüber die U-Bahn einfährt, auf die das Mädchen wartet, verschmilzt das Paar zu einem langen Kuss. Erst im letzten Moment reißen sie sich los. Das Mädchen hüpft in den Wagen, der Junge rennt draußen neben ihr her und winkt.

Meine Bahn kommt in einer Minute. So lange beobachte ich noch den Jungen, der gar nicht weiß, wohin mit sich vor lauter Glück. Er kann seine Arme kaum stillhalten und steckt sie mal in die Hosentaschen, mal in die Jackentaschen und verschränkt sie dann hinter dem Rücken. Das Glück macht ihn kribbelig, keine der üblichen Körperhaltungen will zu seiner Freude passen.

Ich weiß genau, wie er sich fühlt, auch wenn das bei mir schon fast fünfzig Jahre zurückliegt. Aber jetzt scheint das Gefühl sich wieder zu melden. Ausgerechnet mit Kasimir, dem Freund von Sami! Müsste ich die Verabredung nicht absagen? Ich kenne ihn, seit er ein kleiner Knirps ist. Er war fünf, als seine Eltern in unsere Nachbarschaft zogen.

Kasimir weckt mein Mitgefühl. Er wirkt immer ein bisschen verloren, ist aber trotzdem mit seinem ganzen Wesen da. Und ich möchte ihn am liebsten drücken und verwöhnen. Aber nicht wie eine Mutter ein Kind, sondern als Frau. Und das fühlt sich bedenklich an. Sami würde es niemals gutheißen. Hanna auch nicht. Und recht haben sie. Dreiunddreißig Jahre Altersunterschied, Himmelherrgott. Ob ich das Verliebtheitsgefühl verwechsle? Suche ich in

Wirklichkeit nach einem Ersatz, weil meine Kinder ausgezogen sind und mein Mann gestorben ist? Habe ich dieses Helfersyndrom? Nein. Ich weiß schon, was ich fühle. Solche Schmetterlinge habe ich seit Jahrzehnten nicht mehr gehabt.

Ich muss mit jemandem darüber reden. Soll die U-Bahn ohne mich fahren, ich bleibe in der Stadt. Teresa hat zum Glück Zeit für ein spontanes Treffen. Ich setze mich in unser Stammcafé und warte. Mit ihr kann man über alles reden. Über Peinliches rede ich natürlich mit niemandem gern, aber jetzt muss es sein. Soll sie mir ruhig den Kopf waschen und mich zur Vernunft bringen. Als sie reinkommt, schiebe ich die Creme-Schachtel etwas tiefer in meine Handtasche.

Ich muss nichts sagen, sie weiß sofort Bescheid. Wie soll ich es auch verbergen. Sobald ich an Kasimir denke, muss ich lächeln. Die Schmetterlinge kitzeln mich überall.

»Asta, du bist verliebt.«

»Quatsch. In meinem Alter doch nicht mehr.«

»Das hat nichts mit dem Alter zu tun. Ich sehe es dir an. Ich weiß genau, wie du dich fühlst. Ich habe mich leider das letzte Mal in den Siebzigern so gefühlt, damals sind alle Fernsehnachrichten über die KSZE-Konferenz an mir vorbeigerauscht. Ich konnte mich nicht konzentrieren. Jetzt sag schon, wer ist es?«

»Ein junger Mann. Sehr jung. Kasimir. Ein Freund von Sami.«

Teresa lacht laut und stopft sich erst mal ein großes Stück Käsekuchen in den Mund. Daran hat sie einen Moment zu kauen und gewinnt Zeit.

»Was solls. Wo die Liebe nun mal hinfällt«, sagt sie schließlich.

»Aber was sollen die anderen von mir denken?«

»Asta! Darüber hast du dir dein ganzes Leben lang Sorgen gemacht. Jetzt kannst du endlich mal machen, was *du* willst! Der Kerl ist ein erwachsener Mann, kein minderjähriges Kind. Was ihr tut, ist nicht verboten.«

Nojonen

Ich habe Asta einen gemütlichen Italiener in der Innenstadt vorgeschlagen, den ich ganz gut kenne. Vom Essen her kann schon mal nichts schiefgehen, und es ist auch nicht übertrieben schick oder so.

Die Zeit mit ihr verfliegt geradezu. Zum ersten Mal seit wirklich langer Zeit fühle ich mich rundum wohl. Ich bin zur richtigen Zeit am richtigen Ort – mit der richtigen Person.

Über Sami reden wir nicht. Dabei kennen wir uns nur seinetwegen. Aber das ist jetzt egal. Natürlich weiß ich seit über dreißig Jahren, wer Asta ist, doch richtig kennenlernen tue ich sie erst heute.

Irgendwann sind wir die Letzten im Restaurant. Die Angestellten wollen schließen, der Kellner wieselt schon unruhig um uns herum. Von mir aus könnte dieser Abend ewig weitergehen, und das bringe ich auch zum Ausdruck.

»Danke, Asta. Es war ein wirklich schönes Treffen. Wann können wir uns wiedersehen?«

»Willst du das wirklich?«

»Ja. Wenn ich ehrlich bin, war das der beste Abend meines Lebens.«

»Aber wohin soll das führen? Ich bin doch schon so alt.«

»Ich bin auch alt. Fast vierzig, jung ist das wahrlich nicht mehr. Ich sehe da kein Problem.«

Asta lacht. Sie hat ganz offensichtlich über das Thema nachgedacht.

»Ich fand den Abend auch ganz wunderbar«, sagt sie. »Aber ich mache mir schon auch Sorgen. Vor allem wegen dir. Du musst mir versprechen, nicht zu zögern, wenn du eine jüngere Frau triffst, mit der du vielleicht auch Kinder willst.«

»Wir lernen uns doch gerade erst kennen. Da macht es überhaupt keinen Sinn, vom Ende zu sprechen.«

Ich übernehme die Rechnung, obwohl Asta sich erst sträubt.

Der Kellner kommentiert: »Manchmal muss man seine Mutter so richtig verwöhnen.«

Ich schweige, gebe aber kein Trinkgeld, obwohl ich das eigentlich vorhatte.

Draußen nehme ich Astas Hand und begleite sie zu der Haltestelle, wo ihr Nachtbus fährt. Als der Bus kommt und sie einsteigen will, gebe ich ihr spontan einen Kuss. Am liebsten würde ich sie nie wieder gehen lassen. So toll hat sich das für mich bisher bei keiner Frau angefühlt.

Ich schaue dem Bus hinterher und komme nun doch etwas ins Grübeln. Hat meine Verliebtheit vielleicht mit dem Verlust meiner Eltern zu tun? Suche ich in Asta eine neue Mutter? Angeblich suchen Männer in ihrer Partnerin immer ein bisschen die eigene Mutter.

Nein. Der Tod meiner Eltern ist traurig, aber ich vermisse sie nicht. Ich vermisse Asta. Schon nach fünf Minuten will ich sie wieder bei mir haben. Das ist ein völlig neues Gefühl, das mich geradezu überfällt. In den letzten Monaten wurde ich höchstens vom Gefühl der Sinnlosigkeit überfallen.

Hanna

Mit jedem weiteren verlorenen Monat wird die Frage lauter, ob ich mich in ein kinderloses Dasein fügen muss. Vielleicht werde ich nie Mutter sein.

Heute steht ein Saunaabend mit Elina an. Wir haben uns am Ende des Studiums kennengelernt und gehen regelmäßig mit ein paar anderen Studienfreundinnen in die Frauensauna. Elina und die anderen haben inzwischen Familie, die Saunaabende sind wesentlich seltener geworden. Heute hätten wir zu dritt sein sollen, aber Noora musste wegen des Magen-Darm-Infekts ihrer jüngsten Tochter kurzfristig absagen.

Elina hat zwei Kinder, vier und zweieinhalb, normalerweise trifft sie andere Erwachsene nur auf dem Spielplatz. Jetzt genießt sie sichtlich die Zeit in der Sauna.

»Was für ein Luxus, Hanna. Endlich mal keine Kinder, die alle paar Minuten was von mir wollen.«

»Das ist bestimmt anstrengend, ja.«

»Und obendrein immer dasselbe. Du musst mir unbedingt erzählen, was in der Stadt los ist. Worüber reden die Leute, gibt es eine gute neue Bar? Mikko und ich waren seit Jahren nicht mehr unterwegs.«

»Ach, wir gehen selber kaum noch aus. Wir machen es uns lieber zu Hause bei einer Serie gemütlich.«

»Wow, dabei machst du so einen aktiven und stylischen Eindruck. Ich lauf meistens rum wie eine Vogelscheuche, und unter den Klamotten hängt inzwischen alles nach unten, wie du siehst. Zwei Schwangerschaften hinterlassen ihre Spuren.«

»Ach, am Ende sind wir alle schlaff und alt. Da ist es doch toll, wenn man sagen kann, man hat Kinder zur Welt gebracht. Der beste Grund für Speckrollen.«

»Na ja, ich weiß nicht.«

Elina verlässt die Sauna, um zur Toilette zu gehen. Ich schlinge die Arme um meinen angeblich so aktiven Körper und wundere mich. Wir leben in einem Land, in dem es um die allgemeine Gesundheit, die Möglichkeiten der Freizeitgestaltung und den Wohlstand von Jahrzehnt zu Jahrzehnt immer besser bestellt ist. Und trotzdem ist niemand zufrieden.

Alle sind irgendwie neidisch. Die Kinderlosen auf die Kinder der anderen. Die mit Kindern auf die Freiheit der anderen. Die Angestellten auf das Geld des Chefs. Die Chefs auf die Sorglosigkeit der Angestellten. Vielleicht sind sogar Diktatoren neidisch auf den guten Ruf von Menschenrechtsaktivisten, und die wiederum auf die Macht von Diktatoren. Wieso vergleichen wir uns ständig?

Als wir uns zwei Stunden später wieder anziehen, sagt Elina:

»Mist, jetzt habe ich so viel von den Kindern geredet.

Mit Mikko gibt es ja kaum noch Zeit zu zweit. Wie läuft es eigentlich bei dir und Jonas? Ich denke öfter an euch.«

»Ach, es läuft ganz okay.«

Was rede ich da bloß? Es läuft überhaupt nicht okay. Wieso belüge ich eine alte Freundin? Und vor allem: Wieso belüge ich mich?

Sami

Nach einem halben Tag im Homeoffice gehe ich am Mittag ins Büro. Es sind weniger Demonstranten da als sonst, vielleicht eine Folge unseres veränderten Kurses. Oder die Leute haben keine Kraft mehr, sich täglich auf die Straße zu stellen. Selbst ein Gefühl wie moralische Überlegenheit nutzt sich irgendwann ab.

Allerdings nicht bei der hübschen jungen Aktivistin, die ich sofort entdecke. Ich habe sie ab und zu von Weitem irgendwo in der Stadt gesehen und sie jedes Mal zwei Tage nicht aus dem Kopf gekriegt. Das wäre eine klassische Romeo-und-Julia-Konstellation, aber bitte mit Happy End. Der Mann aus der Ölwirtschaft und die Umweltaktivistin. Ich weiß, wie unrealistisch das ist. Aber die Anziehung ist nun mal da. Ich winke ihr zu.

»Hi!«, ruft sie lächelnd. »Isst du gleich wieder Tofucurry?«

»Äh, genau«, sage ich schnell. Ich müsste sie sofort aufklären, aber ich tue es nicht.

»Kann ich mich dir anschließen?«, fragt sie mich.

»Sehr gern. Wie heißt du eigentlich?«

»Suvi.«

»Ich bin Sami.«

Suvi und Sami. Klingt gut. Jetzt muss ich nur hoffen, dass wir beim Essen keine meiner Kollegen aus der Firma treffen. Ein aufrichtiger Mensch würde spätestens an dieser Stelle sagen: Du, ich habe bei unserem ersten Treffen geschummelt, in Wirklichkeit verhält es sich so und so, tut mir leid, ich wollte besser dastehen, ich hoffe, du verzeihst mir. Ich lasse die Gelegenheit verstreichen.

»Was genau arbeitest du?«

»Energiebranche. Ich setze mich für erneuerbare Energien ein.«

»Yes! Wir brauchen unbedingt neue Wege der Energiegewinnung, nicht so einen Mist wie das da.« Sie deutet durchs Fenster auf das Firmenschild meines Arbeitgebers.

»Bin ganz deiner Meinung. Was machst *du* denn?«

»Momentan nichts Festes. Ich engagier mich für Umwelt- und Menschenrechtsfragen. Ich hab keine Lust, den Weg meiner Eltern einzuschlagen. Das ist doch Kacke, was die machen.«

Ich lache.

»Warum lachst du?«

»Ich weiß nicht.«

»Weißt du doch. Lachst du über *mich*?«

»Na ja, andere Leute sitzen ja nicht am Tisch.«

»Was ist so komisch an dem, was ich gesagt habe?«

»Die Rebellion gegen die Lebensweise der Eltern. Legt man das nicht mit der Volljährigkeit ab? Du bist doch sicher Anfang dreißig.«

»Schon, aber ich denke gar nicht dran, das abzulegen.«

Suvi erzählt von ihrer Mutter, einer Ärztin, und ihrem Vater, der Polizist ist. »Der hat ein ganz schlimmes Weltbild, total konservativ und schwarz-weiß.«

»Das wird durch seinen Job bestimmt verstärkt.«

»Logisch. Er kapiert einfach nicht, dass vieles zu langsam geht, wenn man den legalen Weg nimmt. Dass man eben manchmal mit illegalen Aktionen Druck ausüben muss.«

»Wie meinst du das?«

»Wenn wir den Planeten retten wollen, haben wir keine Zeit zu verlieren. Apropos Zeit, ich muss leider langsam los, war total nett und lecker.«

»Fand ich auch. Ich übernehme die Rechnung.«

»Weil du der Mann bist?«

»Nein. Weil du mir sympathisch bist und ich gerade mein Gehalt bekommen habe. Du kannst gern beim nächsten Mal zahlen.«

Es sieht gut aus für ein nächstes Mal. Wir tauschen Nummern aus und umarmen uns zum Abschied.

»Dann bis bald. Und viel Erfolg mit den erneuerbaren Energien«, sagt Suvi zum Abschied.

Ein paar Tage später bin ich bei Markus, der einen Termin hat, und passe auf die Kinder auf. Ich freue mich riesig, die Mädchen wiederzusehen. Ada ist neugierig und fragt mich aus.

»Sami, hast du eigentlich eine Freundin?«

»Im Moment nicht.«

»Und wieso nicht? Du bist doch nett.«

»Danke. Aber Nettsein reicht nicht immer, man braucht auch Glück.«

»Und wann hast du Glück?«

»Hoffentlich bald.«

»Bringst du deine Freundin dann mit zu uns? Ich will ihr meine Ponys zeigen.«

»Natürlich, das mache ich.«

»Bestimmt ist sie eine Prinzessin.«

»Bestimmt. Freundinnen sind immer Prinzessinnen.«

»Kriegt ihr irgendwann ein Baby?«

»Das weiß ich nicht. Ich hoffe es.«

Als Markus nach Hause kommt, erzähle ich ihm von Adas charmantem Kreuzverhör. Er amüsiert sich.

»Ach ja, in dem Alter weiß man noch nicht, wie kompliziert die Liebe ist.«

»Jep, das ist eine andere Nummer als im Märchen. Und wenn sie nicht gestorben sind, dann leben sie noch heute.«

»Gestorben wird immer. Und vorher ist es stachelig.«

Unmöglich ist es trotzdem nicht. Ich habe seit heute Mittag die Nummer von Suvi.

»Ich hatte dir doch von dieser hübschen Aktivistin erzählt, oder?«

»Ich erinnere mich dunkel. Du meinst die, die vor eurer Firma demonstriert?«

»Richtig. Ich war heute mit ihr essen, und ich muss sagen, sie hat was. Die Stunde verging wie im Flug. Mit manchen Menschen stimmt die Chemie eben einfach. Weißt du, was ich meine?«

»Klar. Hast du ihr von deinem Job erzählt?«

»Nicht so direkt.«

»Also nein. Worüber habt ihr dann geredet?«

»Ach, über alles Mögliche.«

»Zum Beispiel?«

»Über ihre Eltern, und über ethische Fragen und Geld.«

»Und da hast du ihr nicht gesagt, womit du dein Geld verdienst?«

»Ich hab gesagt, dass ich im Bereich erneuerbare Energien arbeite.«

»Sami, das ist eine faustdicke Lüge.«

»Aber die Firma ändert sich doch gerade.«

»Oh Gott, Sami, die Ölwirtschaft wird sich niemals verändern!«

»Na ja, die Menschen in der Branche können sich ändern, und das verändert auch die Sache an sich.«

»Du musst wirklich mit den Lügen aufhören. Das führt doch zu nichts.«

Markus

Einen passenden Partner zu finden und dann auch noch eine Familie zu gründen, ist nicht leicht, da stimme ich Sami zu. Ich tröste ihn, indem ich von den Strapazen des Vaterdaseins erzähle.

»Du kannst rein gar nichts *richtig* machen. Die Messlatte liegt unglaublich hoch, und der gesunde Menschenverstand bringt einen auch nicht weiter.«

»Gib mal ein Beispiel.«

»Es gibt haufenweise Regeln. Salzkonsum, Zuckerkonsum, überhaupt das Essen und Trinken, das Schlafen, Computerspielen, Handyzeit, Sport und Hobbys – alles ist reguliert, überall musst du es richtig machen. Und wenn nicht, hat dein Kind später schlechtere Chancen und geht baden.«

»Warum ist das so kompliziert? Essen, trinken und schlafen müssen Kinder doch sowieso.«

»Wenn du die vielen ungeschriebenen Regeln berücksichtigst, bist du von morgens bis abends beschäftigt. Genau das hat Sara kaputtgemacht. Und bei ihr ging das schon in der Schwangerschaft los, dass sie nichts falsch machen durfte.«

»Was kann man als Schwangere denn falsch machen? Das Kind wächst doch von selbst.«

»Es gibt eine superlange Liste von Dingen, die du nicht essen darfst. Keinen rohen Fisch, keinen Weichkäse, keine unpasteurisierten Milchprodukte. Dann die vielen Regeln, die sich ständig ändern. Den Säugling unbedingt auf dem Bauch schlafen lassen, ein halbes Jahr später heißt es plötzlich, nein, unbedingt auf den Rücken legen. In Schweden ist es komischerweise immer genau umgekehrt, wenn man mit dem Schiff rüberfährt, dreht man das Kind besser vor der Ankunft um. Dann schaut dich wenigstens keiner schief an.«

»Habt ihr das etwa gemacht?«

»Natürlich nicht. Aber diese Gedanken sind ständig da. Es wäre gut, wenn man sich ein eigenes Regelwerk zusammenstellen könnte, aus jedem Land das Beste. In Japan ist roher Fisch garantiert nicht verboten, in Frankreich kannst du dich mit Weichkäse vollstopfen, und dass die Italiener den Zucker- und Salzverbrauch überwachen, wäre mir neu. Aber Sara konnte es nicht locker nehmen. Ehrlich gesagt habe auch ich ein schlechtes Gewissen, wenn ich den Kindern Fertigessen vorsetze. Spinatpfannkuchen könnte man ja selber machen. Ich bin kein guter Vater.«

»So ein Blödsinn. Du bist der beste Vater, den ich kenne. Für mich hören sich die vielen Regeln nach unnötigem Druck an.«

»Danke. Aber das Thema Essen nervt wirklich jeden Tag. Früher kam irgendwas auf den Teller, fertig.«

»Das ist heute nicht mehr so?«

»Nein. Das geht schon beim Milchkauf los. Wenig Fett bedeutet weniger Vitamine, aber zu viel Fett ist auch nicht gesund. Biomilch ist zwar ethisch vertretbar, aber nicht homogenisiert. Das Calcium aus der Milch ist wichtig, blockiert aber die Aufnahme von Eisen. Hafermilch hat eine besonders gute Ökobilanz, da fehlt dann aber das Calcium. Und so weiter und so fort. Du kannst es nicht richtig machen.«

»Natürlich kannst du das. Du kennst dich doch unglaublich gut aus.«

Sami muss los. Er hat eine Verabredung mit seiner neuen Flamme. Ich parke die Kinder vor dem Fernseher und bereite ein warmes Abendessen zu.

»Papa, was gibt es heute? Lachssuppe oder Nudelauflauf?«, rufen sie rüber.

»Wieso sollte es Lachssuppe oder Nudelauflauf geben?«, frage ich erstaunt.

»Eins von beiden gibt es fast immer.«

Hm, vielleicht haben sie recht. »Aber ihr mögt doch beides. Und oft holen wir uns zur Abwechslung auch was vom Thailänder oder Inder. Oder Pizza oder Sushi.«

»Ja. Aber das Essen von dir ist das beste, Papa.«

Das muss man erst mal schaffen. Mit nur zwei Gerichten als Spitzenkoch zu gelten. Da können sämtliche Fernsehköche einpacken.

Wenn ich es mir genau überlege, kann ich wirklich nur zwei Gerichte zubereiten. Heute mache ich den Auflauf. Manchmal wärme ich aber auch irgendein Fertiggericht auf. Wenn das jemand erfährt, bin ich geliefert.

Als ich die Kinder rufe, kommen sie an den Tisch gestürmt. Die Ketchupflasche wird einmal im Kreis herumgereicht. Ich drücke mir zusätzlich noch Chili-Mayonnaise obendrauf, für die gewisse Imbissnote.

Später, vor dem Einschlafen, googele ich nach Rezepten. Unfassbar, wie viele Websites es dazu gibt. Vieles klingt gar nicht so kompliziert, das könnte sogar ich schaffen.

Nojonen

Ich muss die ganze Zeit an Asta denken. Nicht mal den banalsten Kram kriege ich geregelt.

Bei den schwierigeren Angelegenheiten hat sie mir ja zum Glück geholfen. Sie wollte mich nach dem Tod meiner Mutter entlasten, mir Raum für die Trauer geben. In Wirklichkeit hat sie mir Raum gegeben, mich in sie zu verlieben.

Heute muss ich mich mal zusammenreißen. Ich habe einen Termin beim Nachlassverwalter, so was kann einem keiner abnehmen. Und später schlägt sogar noch die Stunde der Wahrheit. Ich werde testen lassen, ob ich Cadasil habe. Es bringt nichts, die fünfzigprozentige Wahrscheinlichkeit zu verdrängen. Und es gelingt mir auch nicht, ich warte regelrecht auf die Symptome.

Der Termin zur Nachlassaufstellung läuft reibungslos. Es hat auch was Praktisches, wenn die Eltern kurz nacheinander sterben, man muss sich nicht wieder neu in die Abläufe reinfuchsen. Bei der Bank stellt sich heraus, dass meine Mutter weder sagenhafte Ersparnisse, zum Glück aber auch keine Schulden hatte. Bleibt nur noch die Nachforschung zu eventuellen weiteren Erben. Dazu muss man in jeder Stadt oder Gemeinde, in der der verstorbene Elternteil seit dem fünfzehnten Lebensjahr gelebt hat, offiziell beim Standesamt anfragen. Wir sind nach Helsinki gezogen, als ich fünf war. Davor haben wir in Turku gelebt, dem Heimatort meiner Mutter.

In Turku mahlen die bürokratischen Mühlen fix. Aber die Information in der E-Mail muss falsch sein, ich rufe besser persönlich an.

»Doch, das stimmt so. Sie sind doch der Sohn von Riitta Nojonen?«

»Richtig.«

»Gut. Wie ich Ihnen schon schriftlich mitgeteilt habe, wurden Sie mit einem Jahr von Ihren Eltern adoptiert.«

»Da muss eine Verwechslung vorliegen. Das hätten meine Eltern mir erzählt.«

»Dazu kann ich nichts sagen. Aber nach über zwanzig Jahren in diesem Job weiß ich, dass Menschen eine Menge verschweigen. Und es ist hier eindeutig dokumentiert.«

»Meine Mutter ist *nicht* mit mir verwandt?«

»Nein. Und Ihr Vater auch nicht.«

»Aber wer sind dann meine biologischen Eltern?«

»Das ist nicht vermerkt.«

Ich bin einigermaßen geschockt und brauche Zucker. Während ich in einem Café zwei Muffins esse, schaue ich noch einmal in die E-Mail. Da steht es, schwarz auf weiß. *Sie wurden adoptiert.*

Ich kann nicht glauben, dass meine Eltern, die also nur bedingt meine Eltern waren, mir das ein Leben lang verheimlicht haben. Enorm starke Schweigekultur. Gelogen haben sie aber auch nicht. Über meine ersten Babymonate wurde einfach nie geredet. Fotos gibt es logischerweise keine. Damals hat man hierzulande höchstens einen Film pro Jahr verknipst. Ich dachte halt immer, dass ich zu zerknautscht aussah und der oft erwähnte Dachs im Garten von Papas Kumpel Pertti schon zu viele Fotos beansprucht hatte. Auf einem Film waren ja auch nur vierundzwanzig Bilder, und mindestens sechs sind nie was geworden. Der Grund für die fehlenden Babyfotos ist also ein anderer.

Und ich habe beim Anblick von Müttern, die ihr Baby hochnehmen und ihm sanft den Rücken tätscheln, bis das Bäuerchen kommt, immer gedacht, dass meine Mutter mich genauso gehalten hat.

Plötzlich kommt Wut hoch, wenn nicht sogar Hass. Für wildfremde Leute habe ich meine Zeit geopfert? Habe ihrem Gejammer zugehört, ihnen beigestanden? So ein Betrug! Ganze Jahre habe ich an sie verschwendet, einen viel zu großen Teil meines Lebens! Kein Wunder, dass die Scheiße meiner Mutter beim Windelwechseln so verdammt schlecht und fremdartig roch.

»Genetische Faktoren begünstigen Darmkrebs.« »Cadasil wird leider häufig vererbt.« Die Worte der Ärzte kriegen jetzt eine andere Bedeutung. Ich habe diese Sätze noch genau im Ohr. Und auch den einen Satz meines Vaters direkt vor seinem Tod: »Du warst für mich immer wie mein eigener Sohn.« Er wollte mir im letzten Moment die Wahrheit sagen, hat es aber nicht geschafft. Meine Mutter hat es nicht einmal versucht. Soll ich jetzt mit Champagner anstoßen, weil mir eine fiese Erbkrankheit erspart bleibt? Doch wer weiß, was meine biologische Mutter für Krankheiten hat. Krebs kriegt ja fast jeder, und einen schlechten Musikgeschmack haben auch die meisten.

Die Spaziergänge zum Friedhof kann ich mir ab sofort sparen. Jahrelang habe ich mich an diesen Deppen abgearbeitet. Die schwierigsten Beziehungen sind ja immer die, bei denen starke Gefühle involviert sind. Wäre alles nicht nötig gewesen. Meine Wut ist eindeutig größer als die Erleichterung wegen Cadasil.

Ich wische mir die Krümel von den Lippen und trinke meinen Kaffee aus. Beim Aufstehen passe ich wie immer auf, dass meine Hose nicht zu tief hängt. Zu Hause setze ich mich aufs Sofa und rufe Asta an.

Hanna

Es ist besser so. Wir tun dem Erdball sogar einen Gefallen. Das globale Problem der Überbevölkerung ist relevanter als private Kinderlosigkeit.

Kinder werden eigentlich immer zur falschen Zeit am falschen Ort geboren. Sie haben die falschen Eltern, wohnen im falschen Land. Aber davon wissen sie erst mal nichts. Ob sie mit sechs Geschwistern unter der Armutsgrenze leben oder das ehrgeizige Einzelkindprojekt einer Akademikerin sind, ist ihnen egal. Vom erodierenden Generationenvertrag und der Tragfähigkeitslücke haben sie keine Ahnung. Und auch den Müttern ist das egal, obwohl sie natürlich um diese Probleme wissen. Aber Mutterliebe ist stärker. Und insofern werden Kinder dann doch zur richtigen Zeit am richtigen Ort geboren. Ob sie gesamtgesellschaftlichen Nutzen haben oder nicht.

Der finnische Staat kann seine Bürgerinnen noch so zum Kinderkriegen animieren – mir sind die latent nationalistischen Kampagnen ab sofort wurscht. Jonas und ich haben entschieden, dass Schluss ist. Das Drama muss ein Ende haben. Fehlt nur noch der Anruf in der Kinderwunschklinik.

»Hanna Heinonen hier. Ich möchte den Termin für die künstliche Befruchtung absagen.«

»Dann sind Sie also …«

»Nein, bin ich nicht.«

Ich lege auf.

Jonas guckt derweil Formel 1, was mich zusätzlich verärgert.

»Die fahren dumm im Kreis, verbrauchen Ressourcen und verpesten die Luft.«

»Machen wir das nicht in gewisser Weise alle?«, gibt er zurück.

Das ist hart. Aber berechtigt. Ich halte ausnahmsweise mal den Mund. Auch mit dem Kinderwunsch habe ich mich dauernd im Kreis gedreht und dabei Ressourcen verbraucht. Gut, dass das Vergangenheit ist. Irgendwo ist es auch eine Erleichterung. Und ich fürchte, der nächste Schritt nach vorne ist das Ende meiner Beziehung zu Jonas. Es macht keinen Sinn, länger mit ihm zusammen zu sein.

Ich wusste immer, dass er alles andere als perfekt ist. Aber wer ist schon perfekt? Wir waren verliebt, den Rest regelte ein gesunder Pragmatismus. Zusammenzuleben ist einfach angenehm. Irgendwann dämmerte mir, dass ich ziemlich auf der Strecke bleibe. Aber mit gelegentlichen Einladungen ins Restaurant und einmal im Jahr einem Sonntag im Spa hat er mich lange Zeit halbwegs bei Laune gehalten.

Ich hätte mich längst von ihm trennen sollen. Doch wenn man älter wird und einen starken Kinderwunsch hat, senkt man seinen Anspruch. Kein guter Effekt, Kinder haben den bestmöglichen Papa verdient. Es ist ein mieses Nullsummenspiel. Je lauter die biologische Uhr tickt, desto blinder wird man für die Mängel des Partners. Man redet sich ein, dass die teuren Autolautsprecher Ausdruck von leidenschaftlichem Kulturinteresse sind. Weil die doch mit Musik zu tun haben. Aber das Interesse an teuren Autolautsprechern ist das Interesse an teuren Autolautsprechern und nichts anderes. Das muss man erst mal kapieren.

Auch wenn ich es mir jahrelang eingeredet habe – Jonas ist nicht der Richtige für mich. Hätte er beim Kinderwunsch mitgezogen, sähe das vielleicht anders aus. Dann könnte ich mir morgens im Spiegel in die Augen schauen und sagen: *Wir haben es wenigstens versucht. Wir haben alles gegeben, und zwar beide.* Aber einen Mann wie Jonas muss man immer mitschleifen.

Wo ist der Mann, der zu mir passt? Die meisten anderen haben ihn doch auch irgendwann gefunden. Oder sieht das nur von außen so aus? Gibt es passende Männer überhaupt? Mal wieder finde ich die Antwort darauf im Blog.

Was ist ein guter Mann?

Manchmal schäme ich mich für mein Glück. Ich habe so wahnsinnig viel davon. Tolle, gesunde Kinder und ein rundum gutes Leben. Und vor allem habe ich Jarkko.

Wie ich schon früher einmal schrieb, trat Jarkko ganz überraschend in mein Leben. Als frisch Geschiedene dachte ich damals, ich würde nun für immer und ewig allein bleiben. Versteht mich nicht falsch, man kann auch ohne Partner glücklich sein. Aber ich gehöre zu denen, die sich als Single unvollständig fühlen und erst mit einer zweiten Hälfte richtig aufblühen.

Ich wundere mich immer wieder über die unendliche Liebe meines Mannes. Manchmal schneidet er mir herzförmige Gurkenscheiben aufs Frühstücksbrot, und immer wieder ertränkt er mich fast in Küssen. Einmal hat er in einen alten Tisch kleine herzförmige Kerben geschnitzt und brennende Teelichter hineingestellt.

Damit will ich nicht sagen, dass alle Männer so sein sollten – jeder drückt seine Gefühle anders aus. Jarkko ist eben der Typ für große, romantische Gesten. Als ich ihn kennenlernte, hat er in seiner Freizeit verfallene Häuser instand gesetzt, ehrenamtlich. Damit Geflüchtete und andere Bedürftige ein Dach über dem Kopf haben. Ständig engagierte er sich für einen guten Zweck. Dabei hatte er einen Fulltimejob als Oberarzt im Kinderkrankenhaus. Als ich ihn fragte, wie er das alles unter einen Hut kriegt, sagte er: »Die Zeit reicht nie. Die Liebe ist es, die reichen muss.« Ich war sprachlos.

Und jetzt bleibt dieser Mann schon das fünfte Jahr zu Hause und kümmert sich großartig um die Kinder und den Haushalt. Immer, wenn ich abends nach Hause komme, strahlen die Kinder vor Zufriedenheit. Sie erleben Tag für Tag spannende Dinge, die obendrein ökologisch und ethisch wertvoll sind. Kein Plastikspielzeug, keine hirnlosen Stunden vor dem Computer.

Meine Kinder kennen sich mit Pflanzen und Vögeln inzwischen besser aus als ich. Abends liest Jarkko ihnen selbst verfasste Gedichte mit positiven Botschaften vor. Dabei können die Kinder ganz entspannt einschlafen und müssen keine Angst vor schlechten Träumen haben. Danach sprüht mein Mann ätherische Öle auf unser Bett, damit auch ich gut schlafe. Manchmal denke ich, gleich wache ich auf, und alles war nur ein wunderschöner Traum. Einmal im Urlaub in Lappland hat Jarkko ein verletztes Rentierkalb gefunden und es zehn Kilometer weit zu einem Tierarzt getragen. Das Tier lag ganz ruhig an seiner Brust und hat Jarkkos verschwitzten Hals als Leckstein benutzt.

Bei einem Menschen wie Jarkko kommt jeder zur Ruhe. Erwachsene, Kinder und sogar Tiere. Dieser Mann ist ein Segen für den gesamten Planeten. Und ich glaube, dass noch mehr Jarkkos hier herumlaufen. Ich glaube, dass es für jede Frau einen Jarkko gibt.

Er versteht mich oft ganz ohne Worte, wenn überhaupt, braucht es höchstens einen halben Satz. Wenn ich freitags nach einer anstrengenden Arbeitswoche denke, »Wie schön, dass ich nachher nach Hause fahren kann. Mhm, ein selbst gebackenes warmes Brot mit Butter wäre die Krönung«, dann kann ich sicher sein, dass Jarkko in diesem Moment die Zutaten kauft und meinen Wunsch wahr werden lässt. Ach ja, nach unserem letzten Urlaub fiel uns auf, dass wir vierzehn Tage lang in allem einer Meinung gewesen waren.

Ich will gar nicht angeben, sondern euch Hoffnung machen: Jede von euch findet irgendwann ihre perfekte zweite Hälfte. Den Mann, der euch wirklich überzeugt und der euer Leben vervollständigt. Und so lange bleibt ihr entspannt und zuversichtlich. Ihr seid die beste Version eurer selbst, und ihr werdet eure bestmögliche Ergänzung finden.

Ich bin süchtig nach diesem Blog und stoße auch sonst ständig auf diese Frau. Die hübsche Vera ist überall, in den Frauenzeitschriften, auf Plakatwänden, in den sozialen Medien. Ihr Leben ist vollkommen anders als meins, trotzdem begleitet sie mich auf Schritt und Tritt.

Das Gute ist: Sie tut mir leid. Viel mehr noch, als ich mir selbst leidtue. Was sie schreibt, kann einfach nicht stimmen. Und das meine ich nicht zynisch, sondern das sagt mir mein gesunder Menschenverstand. Diese Frau ist total weltfremd, wenn nicht sogar krank. Ich fürchte, sie hält krampfhaft die Fassade aufrecht. Sie denkt anscheinend, dass die Leute solche Illusionen brauchen, Illusionen von einem perfekten Leben. Ich würde sie am liebsten mal sprechen und umarmen. Sie bitten, dass sie loslassen und sich zurücklehnen soll. Das Leben muss nicht immer toll sein, es darf auch neutral sein.

Mein Leben ist nicht mal neutral. Im Moment sieht es sogar richtig mies aus. Ich habe den Kontakt zu meiner Mutter abgebrochen und bin zu stolz, um sie anzurufen und auf sie zuzugehen. Obendrein lebe ich in einer kaputten Beziehung. Ich muss Jonas verlassen. Nicht, weil es mit dem Kinderkriegen nicht klappt, sondern weil er nie für etwas kämpft.

Er kommt um kurz nach sechs von der Arbeit nach Hause. Wie immer schnappt er sich die Zeitung und liest das, was er am Morgen nicht geschafft hat. Ich setze mich neben ihn und lege meine Hand auf seinen Arm.

»Lass mich das noch zu Ende lesen, bitte.«

»Nein. Ich muss dir was Wichtiges sagen.«

»Was denn?«

»Wir sollten uns trennen.«

Jonas schweigt. Er liest weiter, als wäre nichts gewesen.

»Hast du nichts dazu zu sagen?«, frage ich.

»Was soll ich denn sagen?«

»Na, zum Beispiel, dass du findest, wir sollten unserer Beziehung noch eine letzte Chance geben. Dass du es noch mal richtig versuchen willst.«

»Ich habs schon versucht.«

»Okay. Wenn du das so siehst, wenn *das* dein Versuchen war, dann ist es das gewesen.«

»Gut. Wie du meinst.«

Markus

Mein Leben wäre sicher ziemlich toll, wenn es nicht so scheiße wäre. Ständig brülle ich die Mädchen an, selbst wegen Kleinigkeiten. Das Problem ist, die Kleinigkeiten reißen nicht ab. Und das zweite Problem ist, dass man seine Kinder zugleich liebt und hasst. Ich tröste mich damit, dass selbst inhaftierte Mörder Post von ihren Kindern kriegen.

Aber wieso musste ich gleich drei haben? Drei Kinder sind zwei zu viel! Damit hat man die Wahrscheinlichkeit für Stress und Schwierigkeiten um zweihundert Prozent erhöht. Auch von einem Einzelkind hätte man genug Liebe bekommen.

Ich habe keine Ahnung, wann ich mich zuletzt entspannt habe. Jedes Dreiminuten-Zeitfenster geht für hektisches

Staubsaugen, Stullenschmieren oder Kita-Telefonate drauf. Ich packe das nicht mehr allein. Die permanente Verantwortung ist zu viel.

Da ist es eine willkommene Ablenkung, dass Sami vorbeischaut und von seiner neuen Beziehung erzählt. Endlich dreht sich das Gespräch mal nicht um Kinder. Obwohl, im Grunde doch, Sami will ja nichts lieber. Ich kann nicht anders, ich muss ihm erzählen, wie beschissen mir zumute ist. Ich lasse alles raus: den ständigen Stress, die lauernde Panik, am Ende erzähle ich sogar von meinen Tagträumen, alles hinzuschmeißen, was auch immer das heißt.

Sami seufzt. »Ich muss mich bei dir entschuldigen, Markus. Ich habe immer gedacht, es läuft alles bei dir, und wollte die andere Seite nicht sehen.«

»Im Moment ist die einzige Lösung, dass Sara auf die Beine kommt und ihren Anteil übernimmt. Eine saubere Trennung und geteiltes Sorgerecht.«

Eigentlich ist das fast komisch. Sami wünscht sich eine Familie. Und ich will meine Familie aufteilen und nur noch die Hälfte der Zeit mit den Kindern verbringen. Aber wenn ich mich in meinem Bekanntenkreis umschaue, läuft es bei den getrennten Paaren mit geteiltem Sorgerecht am besten. Vorausgesetzt, die Trennung war einvernehmlich oder ist es mit der Zeit geworden.

»Ich glaube, getrennte Elternpaare, die sich fair und ohne Drama das Sorgerecht teilen, sind eine Errungenschaft unserer Zivilisation«, überlege ich. »Wenn alle Schlüsselpositionen in der Politik von diesen Eltern besetzt wären, würde vieles besser laufen. Solche Leute bringen Empathie, Flexibilität und Kompromissfähigkeit mit. Genau das, was alle Weltreligionen predigen. Gerade mit den Menschen, die man anstrengend findet, geht einem ja schnell die Empathie verloren. Aber ein erfolgreich getrennter Mensch hat seine negativen Gefühle transformiert. Leider gehöre ich nicht zu dieser Kategorie, auch wenn ich's gern anders hätte. Sara ist eine zu große Unsicherheit, sie bringt nur Unruhe ins System. Ich fürchte, ich muss das alleinige Sorgerecht beantragen und sie aus unserem Leben streichen.«

Sami wirkt irritiert. »Das wäre ein drastischer Einschnitt. Und vielleicht geht es Sara eines Tages besser als jetzt. Ich glaube, so weit solltest du nicht gehen. Ich habe da eine bessere Idee.« Er klappt unseren Laptop auf. »Ein verlängertes Wochenende in Berlin, Hin- und Rückflug, Unterkunft im angesagten Hostel Circus am Rosenthaler Platz. Auf deinen Namen, Umtausch nicht möglich.«

»Bist du bescheuert?«

»So … klick, schon gebucht. Auf meine Kosten.«

»Das kann ich nicht annehmen.«

»Doch. Du musst sogar. Sonst habe ich das Geld aus dem Fenster geschmissen, und so viel habe ich nun auch wieder nicht. Du musst dir nur den Freitag und den Montag freinehmen, und ab gehts.«

»Und die Mädchen? Ada schläft ohne mich nicht ein.«

»Alle Kinder schlafen irgendwann ein, auch ohne ihre Eltern. War doch bei uns früher auch so. Suvi und ich ziehen für das Wochenende hier ein und kümmern uns um die Mädels. Und du kannst dich mal richtig treiben lassen und den Tapetenwechsel genießen.«

»Aber ich …«

»Ich habe leider keine Zeit mehr, das zu diskutieren, Markus, ich muss los. Dein Job ist es, dafür zu sorgen, dass meine Investition sich lohnt.«

Mit einem Augenzwinkern zieht Sami sich die Jacke über und geht.

Ich fasse es nicht. Ich fahre nach Berlin. Wie soll das gehen? Ich war ewig nicht mehr allein, selbst in Helsinki nicht. Was soll ich mit der Zeit anfangen? Was machen die Leute, wenn sie nicht gerade einen umgekippten Joghurt aufwischen?

Kann ich Samis Geschenk einfach so annehmen?

Vielleicht hat er recht, und ich brauche eine Pause. Ida hat mich heute Morgen gefragt, wieso ich nie lächele. Kinder stellen oft gute Fragen. Und meistens sind sie schwer zu beantworten. Ist Batman stärker als Spiderman? Darf ich meinen Freund anpinkeln, wenn er Ja sagt? Die ehrliche Antwort auf Idas Frage müsste lauten: Ich bin permanent so genervt, dass ich die schönen Momente nicht mehr bemerke.

»Ich bin innerlich sehr zufrieden, da muss man nicht dauernd lächeln«, habe ich meiner Tochter geantwortet.

Ich hole den staubigen Koffer vom obersten Regal des Wandschranks, aber der ist viel zu groß. Dieses Mal muss ich keine Kinderklamotten, keine riesige Notfallapotheke und keine Kuscheltiere mitnehmen. Die kleine Reisetasche reicht: drei Unterhosen, drei Paar Socken, zwei Hemden, viel mehr werde ich nicht benötigen.

Wäre doch schon Freitag!

Sami

Suvi und ich sehen uns nun seit zwei Monaten regelmäßig. Wir verbringen eine Menge Zeit miteinander. Aber meine Lüge vom Anfang habe ich nicht aufgeklärt. Ich habe Schiss, dass das alles kaputtmacht.

Deshalb scherze ich viel. Manchmal ist Suvi davon genervt. Ich verstehe sie; nach gut acht Wochen kann man durchaus etwas Ernsthaftigkeit erwarten.

»Ich merke doch, dass du mich magst, Sami. Wieso musst du dann dauernd so blöde Witze machen?«

»'tschuldigung. Vielleicht ist das Selbstschutz.«

»Selbstschutz wovor?«

»Keine Ahnung.«

»Vielleicht hast du Angst, dass es mit uns fester wird?«

»Könnte sein, dabei wünsche ich mir ja genau *das*. Bisher hatte ich einfach immer Pech. Ich habe eine ganze Reihe von Ex-Freundinnen.«

Und ich habe ständig Angst, was falsch zu machen. Die Grenze zwischen »aufmerksam« und »psycho« ist fließend. Nicht zu oft Blumen mitbringen, nicht ständig Schokolade kaufen, keine zu teuren Geschenke machen. Leider sagt mir mein gesunder Menschenverstand nur sehr leise, wann es zu viel wird.

Suvi boxt mir spielerisch in die Rippen und umarmt mich.

Freitagmittag machen wir einen Großeinkauf fürs Wochenende und klingeln dann bei Markus in Töölö.

»Suvi, hör zu, wir spielen hier wirklich nicht Vater, Mutter, Kind oder so. Es ist kein Test, ich muss einfach meinem Kumpel helfen«, flüstere ich noch, ehe Markus aufmacht.

»Weiß ich doch. Keine Panik, das kriegen wir hin.« Suvi wirkt entspannt.

Markus hat zwar fertig gepackt, kann aber mit seinen Ratschlägen nicht aufhören.

»Ach ja, und die Schlafanzüge liegen in den Betten. Die eigenen Zahnbürsten erkennen sie. Adas Lieblingskuscheltier ist die Schildkröte, ohne die schläft sie nicht ein.«

»Alles klar, Markus. Und jetzt zisch ab, du verpasst sonst deinen Flug.«

»Kinder, ihr macht Sami und Suvi keine Schwierigkeiten, ja? Benehmt euch.«

»Klar benehmen die sich, dafür kriegen sie Süßes und dürfen ganz viel daddeln, so muss das mit dem Patenonkel sein.«

»Ich bringe euch auch was aus Berlin mit, versprochen. Viel Spaß, und Papa hat euch lieb.«

»Tschüüühüüüss, Papa!«

Die Mädchen rennen ans Fenster, winken und klopfen. Als Markus ihnen beim Einsteigen ins Taxi einen Luftkuss zuwirft, kichern sie.

»So, Mädels, dann wollen wir mal die Pizza vorbereiten«, rufe ich. »Was möchtet ihr drauf haben?«

»Ananas!«

»Nein, Champignons!«

»Nein, Thunfisch!«

»Dann kriegt ihr alle ein eigenes Stück mit eurem Lieblingsbelag.«

Die Mädchen helfen prima mit, das Ergebnis ist richtig lecker. Nach der großen Pizzaschlacht schauen wir den Film *Frozen*, die Mädchen bestimmt zum zehnten Mal, Suvi und ich zum ersten Mal. Gar nicht so übel, die Handlung. Prinzessin Elsa hat magische, aber zerstörerische Kräfte und lebt abgeschottet von ihrer Umwelt in einem Schloss. Ihre Schwester Anna findet einen Prinzen, der leider böse Absichten hat. Erst durch die Kraft der Liebe finden die Schwestern zueinander zurück, und sie verbannen den ewigen Winter. Ich sehe so einige Bezüge zu meinem eigenen Leben.

Die Mädchen schlafen relativ gut ein, und als auch Ada leise und regelmäßig schnauft, kuscheln Suvi und ich noch ein bisschen auf dem Sofa. Ich bedanke mich für ihren großartigen Einsatz.

»Hat Spaß gemacht! Das sind tolle Kinder, echt. Als ich jünger war, wollte ich auch gern Familie, am liebsten drei Mädchen.«

»Und jetzt nicht mehr?«

»Ich bin mir nicht sicher, die Welt wird immer schlimmer. Ich weiß nicht, ob das heute noch eine gute Idee ist mit dem Nachwuchs.«

Aus Adas Zimmer kommt Geheul. Wir rennen hin und machen das Licht an. Das Bett ist vollgekotzt, das Mädchen brüllt. Es stinkt bis an die Tür. Ich gehe mit der Kleinen ins Badezimmer und halte ihr beim nächsten Würgeschwall die Haare aus dem Gesicht. Wir wechseln ihren Schlafanzug und beziehen das Bett neu; die alte Bettwäsche ist bestückt mit kaum verdauten Pizzazutaten. Die Pilze kann man noch bestens erkennen.

Adas Schwestern schlafen zum Glück tief und fest. Bei ihr geht die Kotzerei bis zum Morgen weiter. Sie liegt wimmernd auf dem Sofa, das wir mit Handtüchern abgedeckt haben, die kriegt man leichter wieder sauber. Zum Glück weiß ich, wo die Waschmaschine ist – draußen in einem Häuschen im Innenhof. Wir müssen das stinkige Bettzeug unbedingt gründlich durchwaschen. Auch unsere eigenen Klamotten vertragen eine Sechzig-Grad-Runde. Aus Markus' Schrank nehmen wir Ersatzkleidung.

Die nächsten Tage vergehen in einem Nebel aus Kotzgeruch und Geschäftigkeit. Auch die älteren Mädchen erwischt es, beide nachts, erst Ida, in der letzten Nacht Juli. Mein Kumpel Kalle meinte mal: Kriege, Geburten und Kotzkrankheiten fangen immer nachts an, darauf kannst du dich verlassen. Er scheint recht zu haben.

Suvi und ich laufen zwischen den Betten, dem Bad, dem Wäschehäuschen und dem Supermarkt hin und her. Zwischendurch googeln wir nach Tipps bei Magen-Darm-Infekten. Wir probieren es mit Banane, Blaubeersuppe, Haferbrei, Wasser, Honig und dem Klassiker aus unserer Kindheit, Salzstangen und Cola. Irgendwas muss doch helfen, und an Hunger werden die Kinder so garantiert nicht sterben.

Am Montag geht es ihnen endlich besser, aber für die Kita und die Schule sind sie noch zu schwach. Die Telefonnummern hängen am Kühlschrank, wir sagen den Erzieherinnen und der Lehrerin Bescheid. Markus haben wir nichts verraten. Auf seine WhatsApp-Nachrichten antworten wir nur: Läuft alles. Mach dir eine gute Zeit! Zwischendurch habe ich ihm ein Foto vom Pizzaabend geschickt. Markus sieht einen entspannten Moment. Nur wir hier in Helsinki wissen, wie es weiterging.

Als Markus nachmittags wiederkommt, ist alles gewaschen, und die Wohnung glänzt. Die Mädchen stürmen auf ihn zu.

»Ihr habt ja einen Großputz veranstaltet«, ruft Markus und umarmt alle drei Kinder auf einmal. »Hattet ihr eine gute Zeit?«

»Hatten wir, ja«, antworte ich. »Wir waren ein großartiges Team. Leider mussten wir auch den Magen-Darm-Infekt der Mädchen managen. Hat aber alles gut geklappt.«

»Magen-Darm? Ach du Scheiße, wieso hast du nichts gesagt? Ich wäre doch sofort zurückgeflogen.«

»Das weiß ich, und genau deshalb haben wir es ohne dich durchgezogen. Du, aber wir müssen jetzt los, ich fürchte, wir sind die Nächsten.«

Zu Hause schaffe ich es gerade noch rechtzeitig ins Bad. Bei Suvi geht es eine Stunde später los. Wir legen uns mit zwei Eimern ins Bett.

Irgendwie ist eine gemeinsam durchgemachte Krankheit auch eine Form von Liebe.

Markus

Berlin hat mir gutgetan, und im Nachhinein bin ich dankbar, dass Sami mich nicht angerufen hat. Das Wochenende in Helsinki war chaotisch, und trotzdem lief es auch ohne mich. Vielleicht bin ich nicht so unersetzbar, wie ich immer denke.

Ich habe relativ wenig in Berlin unternommen und es

mir vor allem im Hostelzimmer gemütlich gemacht. Zwischendurch bin ich spazieren gegangen und habe bei Babel an der Kastanienallee, meinem Lieblingsladen, einen Meze-Teller gegessen. Ich merke, wie müde ich bin und dass ich die letzten Jahre mit dem ständigen Schlafmangel nicht mal so eben mit einem verlängerten Wochenende ausgleichen kann. Aber mir wird klar, dass ich Pausen brauche und vor allem, dass sie möglich sind.

Am ersten Abend nach meiner Rückkehr habe ich seit Langem wieder Spaß mit meinen Mädchen. Als alle eingeschlafen sind, beschließe ich, mir noch was Gutes zu tun. Ich habe eine Schwäche für das Reality-Format *Finnland-Love*, wo Paare aus allen Ecken des Landes ihre Liebesgeschichte erzählen. Zum Beispiel Markku und Sanna, die seit ihrer Konfirmation zusammen sind, ein Dutzend Kinder haben und später noch Hunde züchteten. Dann hatte Sanna einen Schlaganfall, kurze Zeit später bekam Markus Krebs. Aber sie haben nicht aufgegeben, finnischen Schlager gehört, an das Gute geglaubt und tatsächlich sogar den Mount Everest bestiegen. Dort trafen sie zufällig ihre jüngste Tochter wieder, zu der sie den Kontakt verloren hatten. Sie betrieb auf zweitausend Metern Höhe ein Bio-Café; einen Teil des Gewinns spendete sie für wohltätige Zwecke. Ich weiß, man könnte es peinlich finden, aber ich heule wie ein Schlosshund. Es tut mir gut, den Gefühlen freien Lauf zu lassen. Wenn die Kinder mich auf meine Stimmungsschwankungen ansprechen, muss ich mich immer zusammenreißen. Aber sie merken es trotzdem und sagen dann so was wie »Du bist der beste Papa der Welt« oder »Niemand hat ein so gutes Zuhause wie wir«.

Ich schaue die komplette Folge und weine mit dem Liebespaar, das sein Kind verloren hat, mit dem Paar, das sich erst nach vielen Missverständnissen fand, mit den Busenfreundinnen, die einen Streit überwanden. Ich heule Rotz und Wasser und lasse alles raus, was in meinem hektischen Alltag keinen Platz findet. Seit Sara, in die ich mal sehr verliebt war, weg ist, habe ich nur noch funktioniert. Das muss aufhören. *Finnland-Love* lehrt mich, dass ich meine Gefühle nicht unterdrücken darf und dass das Leben auch nach einem Schicksalsschlag weitergeht.

Am nächsten Tag ist der Berlintrip schon etwas in die Ferne gerückt, der Alltag holt mich wieder ein. Ich muss bereits mittags aus dem Büro weg, um Ada zur Routineuntersuchung in die Arztpraxis zu bringen. Danach gehts zurück in die Kita, zum Gespräch über die neuen pädagogischen Impulse. Ein Taxifahrer, dem Zebrastreifen egal sind, fährt so schnell, dass er Ada beinahe streift. Ich flippe aus vor Wut und zeige ihm den Mittelfinger. Ada wundert sich darüber, doch ich bin sicher, selbst der Dalai-Lama bleibt nicht locker, wenn jemand seine Kinder gefährdet, also wenn er welche hätte. Ich versuche, mich zu beruhigen, bevor ich Adas Erzieherin spreche – ich habe ja sowieso schon Angst, dass mein aggressives Verhalten auf die Kinder übergegangen ist und ich gleich Negatives über Ada zu hören bekomme. Ich möchte keine schlechte Figur machen.

Ada rennt sofort zu ihren Freundinnen an der Rutsche. Ich gehe rein und begrüße die Erzieherin. Sie reicht mir einen Kaffee und stellt mir das Konzept für die nächsten Monate vor: »Wir stärken das Selbstbild der Kinder und ihre Sozialkompetenz.« Ich bin beeindruckt. Diese Leute hier haben ein klares Ziel für mein Kind und wollen eine Stütze sein in seiner Entwicklung. *Ich* habe früher höchstens Adas

Kopf gestützt, auf Anleitung der Hebamme. Danach habe ich nur noch versucht, mich so zu verhalten, dass die Kinder am Leben bleiben.

»Bei Ihnen zu Hause muss es äußerst nett und warmherzig zugehen. Man merkt, dass Ada viel Liebe bekommt. Sie ist ein wunderbares Kind, kommt immer gern in die Kita und gibt viel von ihrer positiven Energie und ihrem Können an die anderen Kinder ab.«

Ich bin baff. »Äh, wirklich? Na gut, ich lobe die Mädchen hier und da. Aber wenn ich ehrlich bin, wird es bei uns auch manchmal laut. Meistens bin ich das selbst.«

»Das ist normal. Es ist sogar wichtig, dass auch die Erwachsenen ihre Gefühle offen zeigen. Um den Ausdruck der eigenen Gefühle wird es in Adas Gruppe in den nächsten Wochen ganz besonders gehen.«

Heißt das, ich kann meinen nächsten Wutanfall als pädagogisch wertvoll rechtfertigen?

Das Gespräch endet mit einem freundlichen Austausch über Adas Gruppe. Dann gebe ich meiner Tochter draußen noch einen Abschiedskuss und gehe wieder zur Arbeit. Ich halte mich gerader als sonst. Bisher dachte ich, ich wäre ein reiner Chaosverwalter, dazu ein schlechter. Aber die Erzieherin hat von Liebe gesprochen und dass man Ada anmerkt, was für ein schönes Zuhause sie hat. Vielleicht bin ich doch ein guter Vater. Wenn man das Ada so deutlich ansieht, muss es stimmen. Mann, fühlt sich das schön an. Ich muss lächeln und kann gar nichts dagegen machen.

Sami

Suvi war in letzter Zeit sehr beschäftigt und hat sich irgendwie zurückgezogen. Jetzt bittet sie mich, zu einer wichtigen Demo mitzukommen. Im Grunde bin ich nicht der Typ für so was, aber ich möchte die Verbindung zwischen uns stärken und gehe auf ihren Vorschlag ein.

»Gegen was demonstrieren wir denn?«, frage ich.

»Das darf ich dir nicht sagen, wir müssen den Kreis der informierten Leute klein halten.«

»Hm. Plant ihr auch Sachbeschädigung oder so?«

»Nee, nee, das ist eine ganz normale Demo.«

»Aber geheim. Also illegal?«

»Definiere illegal. Ich finde sie moralisch gerechtfertigt, mir genügt das. Ich hoffe, dir auch?«

Wenig später geht es los. Wir versammeln uns im Bahnhofstunnel. Die anderen sind alle schwarz angezogen, einer holt Sturmmasken aus einer Lidl-Tüte. Ich schaue fragend zu Suvi, die sich, ohne zu zögern, eine überzieht. Ich folge ihrem Beispiel. »Das sieht aber schon irgendwie illegal aus«, flüstere ich.

»Vertrau mir einfach und bleib in meiner Nähe.«

Wenige Sekunden später ist mir klar, bei was für einer Aktion ich hier mitmache: Wir gehen Richtung Anchor-Oil. Suvi und ihre Freunde bewegen sich wie perfekt ausgebildete Soldaten. Wir betreten das Foyer. Ein paar bleiben am Rand und filmen. Die Ersten brüllen »Mörder, Mörder« und ketten sich ans Treppengeländer. Wir sind zu viele, die zwei Wachmänner rufen die Polizei. Als die eintrifft, will auch Suvi sich gerade anketten, wird aber von einem Polizisten grob davon abgehalten. Das kann ich nicht mit ansehen, ich gehe dazwischen. Ein Fehler, wie mir sofort klar wird; Polizisten stößt man nicht brutal zur Seite. Der Polizist ruft einen Kollegen zu Hilfe, zusammen überwältigen sie mich und legen mir Handschellen an. Auch einige andere werden festgenommen. Suvi nicht, ich kann sehen, wie sie nach draußen rennt.

»Du kommst mit aufs Revier, Freundchen.«

Im Polizeiwagen kriege ich eine Nachricht von Suvi. *Sorry! Musste abhauen, sonst kriegt Papa Probleme.*

Auf der Polizeistation muss ich lange warten. Bevor ich in ein Zimmer gerufen werde, zischt mir ein junger Typ, der gerade verhört wurde, zu: »Kein Wort zu den Bullenschweinen.« Die Polizisten schleifen ihn weg. Ich könnte sowieso nichts ausplaudern, ich habe ja keine Ahnung von der Sache.

»Guten Tag, mein Name ist Kommissar Merisalmi, bitte nennen Sie mir klar und deutlich Ihren Namen.«

Ich komme der Aufforderung nach und denke: verdammt. Das ist Suvis Vater! Der gleiche Nachname, und die Ähnlichkeit ist frappierend.

»Sie werden der Mittäterschaft bei dem Angriff gegen AnchorOil und der Gewalt gegen einen Polizeivollzugsbeamten bezichtigt.«

»Das war alles nicht meine Absicht. Ich wollte eigentlich nur einer Freundin helfen.«

»Wie lautet der Name der Freundin?«

»Ähm, keine Ahnung, ich kannte die im Grunde kaum, eine sympathische Frau eben. Eine wehrlose Person verteidigen, das gehört sich doch, oder nicht?«

»Komisch an der Sache ist nur, dass Sie bei AnchorOil angestellt sind.«

»Ja, schon seit fünfzehn Jahren.«

»Finden Sie es nicht merkwürdig, dass Sie sich selbst als Mörder beschimpfen?«

»Ich habe nichts gerufen, kein einziges Wort.«

»Aber eine Sturmmaske haben Sie getragen.«

»Wo steht, dass man nicht in Sturmmaske zur Arbeit gehen darf?«

Der Kommissar grinst. Er wäre ein cooler Schwiegervater. Die Chemie stimmt, der ermöglicht mir hier noch glatt einen Ausweg.

»Sie beteuern also, dass Sie mit Sturmmaske zur Arbeit wollten und eine junge Frau vor einem Polizisten beschützt haben?«

»Besser hätte ich es nicht sagen können. Und Letzteres wirklich nur aus dem Affekt heraus.«

»Also gut. Denken Sie dran, bei der Polizei darf man nicht lügen. Wir nehmen das zu Protokoll und lassen Sie laufen. Aber ein Schreiben wegen Behinderung polizeilicher Maßnahmen werden Sie trotzdem erhalten.«

Verwirrt trotte ich nach Hause. Ich bin nicht der Typ, der es darauf anlegt, mit dem Gesetz Ärger zu kriegen. Trotzdem mache ich jeden Donnerstag Zwangsarbeit für Kriminelle – und attackiere die Ölindustrie. Und immer ist es die Liebe, die mich in diese Situationen bringt.

Suvi wartet mit schlechtem Gewissen vor meinem Haus und läuft auf mich zu, als sie mich sieht.

»Es tut mir so leid, Sami. Das hätte friedlicher ablaufen sollen, eigentlich hatten wir das ganz anders geplant.«

»Die wenigsten Dinge laufen wie geplant.«

»Wie war es bei den Bullen?«

»Rate mal, wer mich verhört hat. Dein Vater.«

»Fuck, was für ein dummer Zufall. Was hast du ihm gesagt?«

»Ich habe dich nicht verraten, und schon gar nicht gesagt, dass ich dein Freund bin.«

»Kriegst du eine Anklage?«

»Ja. Wegen Behinderung polizeilicher Maßnahmen. Ich habe schließlich einen Polizisten von dir weggeschubst.«

»Sehr edel von dir. Geradezu ritterlich.«

»Quatsch, das war idiotisch.«

Suvi umarmt mich und entschuldigt sich leise. »Ich hätte dich da nicht mit reinziehen dürfen. Das war egoistisch.«

»Schon gut, wir machen alle Fehler. Ich bin auch nicht immer so toll, wie ich vorgebe.«

»Meinst du was Bestimmtes?«

»Ich arbeite für AnchorOil. Schon richtig lange, seit meinem Studium.«

Suvi wird blass. Wir schweigen gefühlt eine Minute.

Dann brüllt sie mich an: »Du Arsch! Für diese Wichser arbeitest du?«

»Ja. Und niemand dort ist ein Mörder. Und wenn nicht *wir* mit dem Öl aus Alaska Geld verdienen, tut es jemand anderes. Wir machen es immerhin so ethisch wie möglich.«

»Du hast gesagt, du arbeitest im Bereich erneuerbare Energien!«

»Tu ich doch auch, wenn man es weiter fasst.«

»Öl ist keine erneuerbare Ressource!«

»Da hast du wohl leider recht.«

Suvi wirft den Kopf in den Nacken und lässt mich stehen.

Hätte das nicht anders laufen müssen? *Ihretwegen* saß ich eben noch bei der Polizei! Das ist der Dank? Auch Vergebung ist offensichtlich keine erneuerbare Ressource.

Nojonen

Die Lüge meiner Eltern, die in Wahrheit meine Adoptiveltern sind, hat mein Grundvertrauen erschüttert. Werde ich anderen Menschen je wieder vertrauen können? Dabei ist Vertrauen die Basis für ein gutes Leben. Mal wieder ein Fall für Google: *Vertrauen aufbauen*. Nach mehreren Versuchen lande ich bei der Bloggerin, die ich bereits kenne.

Vertrauen ist eine erneuerbare Ressource

Wenn ich mich entscheiden müsste, was für eine stabile Partnerschaft unerlässlich ist, dann ist es Vertrauen. Ich werde öfter gefragt, ob ich schnell eifersüchtig werde. Meine Antwort: Nein. Ohne Vertrauen keine Liebe, keine Nähe, keine Zukunft.

Vertrauen hat viele Gesichter. Erinnert ihr euch an mein Posting vor einem Jahr? Da renovierten wir gerade eine alte Holzvilla auf einer Insel vor Helsinki. Ich hatte eine erfahrene Baufirma beauftragen wollen, aber Jarkko hat mich gebremst. Er wollte den Auftrag an ehemalige Drogenabhängige vergeben, die während der Arbeiten in der Villa wohnen sollten. Erst war mir mulmig zumute, doch dann sagte ich mir: Wenn Jarkko ihnen vertraut, dann tue ich das auch, denn ich vertraue Jarkko.

Nach dieser aufregenden Zeit konnten wir irgendwann die ersten Ferien in unserer Sommervilla verbringen, die wunderbar individuell geworden ist. Hier und da ist der Boden nicht ganz eben, und durch einige Fenster zieht es. Und man braucht Vertrauen, wenn die gesamte Elektrik von Laien gelegt wurde. Aber wie überall im Leben kommt es auf den Blickwinkel an. Wir wollten helfen – und haben selbst Hilfe bekommen. Alkoholiker und Junkies können einem Angst machen, doch wenn man in Räumen schläft, die sie für einen hergerichtet haben, baut das jede Menge Vorurteile ab. Wir alle sind Menschen, und wir leben von dem Vertrauen, das wir uns gegenseitig schenken.

Auch letzte Woche gab es eine Situation, in der Vertrauen gefragt war. Ich kam von einer Geschäftsreise zurück und fand am Abend eine fremde Cremedose im Badezimmerschrank. Eine teure getönte Tagescreme, die nicht mir gehörte. Hätte ich kein so stabiles Grundvertrauen, hätte ich meinem Mann sonst was vorgeworfen und ein großes Drama veranstaltet, aber das hatte ich nicht nötig. Ich zweifle kein bisschen an der Treue meines Mannes. Ich habe ihn entspannt auf die Creme angesprochen, und schon hatten wir einen herrlichen Lachanfall: Jarkko hatte beim Shoppen versehentlich ins Damensortiment gegriffen.

Ich vertraue meinem Mann tausendprozentig. Und auf dieser Basis bekommen selbst Situationen, die einen beunruhigen könnten, einen lustigen Dreh – und eine einfache Erklärung.

Wieso lese ich so was? Selfhelp, Selfcare … Brauche ich das wirklich? Ich habe ja jetzt Asta. Mit ihr wird mein Vertrauen wieder wachsen, hoffe ich.

Wir hatten unsere erste Nacht zusammen. Ich habe sie bis zum Aufwachen keine Sekunde losgelassen. Zum ersten Mal war ich einem anderen Menschen richtig nahe, und es fühlte sich so was von gut an. Warme Haut ist und bleibt warme Haut, egal wie alt sie ist, egal wie schlaff oder fleckig. Hauptsache, es ist die Haut des richtigen Menschen.

Nach dem Frühstück hat Asta mir ein Geschenk in die Hand gedrückt.

»Für mich?«

»Für wen sonst?«

»Soll ich es jetzt gleich aufmachen?«

»Warum nicht?«

Sie lächelt verlegen, während ich das Papier aufreiße.

»Was ist denn *das*?«

»Na, ein Gürtel.«

»Danke, Asta, den kann ich wirklich gut gebrauchen!«

»Ich weiß. Gern geschehen.«

Ich verstehe den Wink. Meine ständig rutschenden Hosen.

Ich lege den Gürtel auf den Tisch und küsse Asta. Kleine, aufmerksame Geschenke sind ein schönes Zeichen. Wir sind in einer Beziehung, und sie funktioniert! Das einzige Problem: Asta ist die Mutter meines besten Kumpels. Und er wird unsere Beziehung garantiert nicht gutheißen.

Andererseits interessiert mich das gerade herzlich wenig. Endlich habe ich eine tolle Partnerin gefunden. Auch wenn ich mich intensiv um meine alten Eltern gekümmert habe, nahe standen wir uns nie. Emotional bin ich ausgehungert. Endlich erlebe ich mal, wie schön es ist, wenn der richtige Mensch über meinen blöden Humor und über meine ollen Geschichten lacht. Für Asta sind meine Geschichten interessant und lustig. Daran erkennt man, dass der andere einen wirklich gut findet, vielleicht sogar liebt.

Sami

Pause. Suvi will eine Pause. Das ist, wie man weiß, praktisch das Ende. Wieso habe ich ihr nicht eher gesagt, wo ich wirklich arbeite? Wieso mache ich ständig dieselben Fehler? In einem klug eingefädelten Gespräch hätte sie es vielleicht besser aufgenommen. Unterschiede können ja auch eine Bereicherung sein, wenn man sie nicht verheimlicht.

Suvi zu verlieren, fühlt sich richtig schlimm an, schlimmer als alle Trennungen zuvor. Ich denke, Suvi und ich sind irgendwie seelenverwandt, so klischeehaft das klingt. Aber irgendwo kommen Klischees ja her.

Überraschenderweise kriege ich plötzlich eine Nachricht von Katja. Sie schlägt einen gemeinsamen Abend im Restaurant vor, in das wir vor dem desaströsen Besuch bei ihren biederen Eltern immer gegangen sind. Warum nicht, ich gehe gern dorthin, Kallio ist eine nette Gegend. Und immerhin waren Katja und ich lange genug zusammen, um ein Stammrestaurant zu haben. Gut mit ihr lachen konnte ich auch.

Nach dem Essen landen wir bei ihr und gehen miteinander ins Bett. Da hat sie wohl auf Tinder bislang keinen Besseren gefunden. Und meinen verkaterten Auftritt bei ihrer Familie hat sie mir inzwischen verziehen. Der Typ ihrer Schwester hat sich nämlich noch viel schlimmer verhalten.

»Er hat sie einfach sitzen lassen und ist mit einer anderen abgezogen.«

»Tut mir leid für deine Schwester. Meinst du, er ist beim Abhauen Kraul, Brust oder wieder diesen eleganten Delfin geschwommen?«

Katja prustet los. Ich stehe auf einmal richtig gut da. Später schalten wir den Fernseher ein, es läuft die Übertragung der Olympischen Spiele. Britta ist in einer Nahaufnahme zu sehen, auf ihrem Segel prangt das Logo von AnchorOil, darunter steht *Take care of our seas.*

»Das ist doch die, von der …?« Katja schmunzelt.

»Äh, ja.«

Katja ist taktvoll und vertieft das Thema nicht weiter. Ich spüre, dass ich keinen Groll mehr hege. Ich freue mich sogar für Britta. So nahe wie jetzt war sie ihrem Ziel noch nie. Das bedeutet für sie vermutlich dasselbe wie für mich irgendwann der erste Schrei meines ersten Babys im Kreißsaal.

Es läuft gut für Britta. Sie ist Zweite, dann geht sie sogar in Führung. Unglaublich, sie wird gewinnen! Ich beuge mich gebannt nach vorn. Aber in der letzten Kurve verliert sie plötzlich an Tempo. Was ist los? Eine, zwei, drei Konkurrentinnen ziehen an ihr vorbei. Der Kommentator kann es ebenfalls nicht fassen. Britta wird Vierte.

»Frau Frilander, was ist da passiert?«, fragt ein Sportreporter sie am Strand.

»Fuck! Eine große Plastiktüte hat sich unten verfangen, ich konnte nicht richtig wenden.«

»Das haben wir gesehen. Wie tragisch, was für ein Riesenpech! Die nächsten Spiele sind in vier Jahren. Werden Sie erneut antreten?«

»Verdammt, das weiß ich doch jetzt nicht!«

Sie dreht sich um und zieht sich einen Kapuzenpulli über. Auf dem Rücken leuchtet unser Schriftzug mit dem Spruch. Das ist ganz sicher nicht das, wofür AnchorOil stehen wollte: eine fluchende Sportlerin, die wegen verschmutzter Meere eine olympische Medaille verliert.

Markus schickt mir eine Nachricht. Manchmal sind Gummi-tütchen eben hilfreich und manchmal nicht.

Ich lache kurz auf. Britta tut mir leid. Sie hätte den Sieg so verdient. Da habe ich es besser. Olympische Spiele sind nur alle vier Jahre – meine potenzielle Partnerin hat alle vier Wochen einen neuen Eisprung.

»Wie stehts, Sami Heinonen, treten Sie bei der nächsten Runde wieder an?«

Aber klar doch. Allerdings nicht mit Katja. Wir spüren beide, dass es für mehr nicht reicht, und beschließen, Freunde zu bleiben. Man kann nicht genug nette Menschen um sich haben.

Hanna

Ich habe eine halb möblierte stilvolle Wohnung im Zentrum gemietet. Jonas muss mich ausbezahlen, weil ich diejenige bin, die geht. Ein Neuanfang passt mir richtig gut, ich möchte auf keinen Fall mehr dort wohnen, wo mich alles an unser Scheitern erinnert. Und an das Scheitern meines Traums von einer Familie. Jonas hat damit keine Probleme. Er denkt ohnehin nicht so viel nach.

Einige Kisten mit persönlichen Sachen nehme ich natürlich mit, dazu ein paar Lieblingsmöbel, die ich selbst ausgesucht hatte. Am Umzugstag zeige ich den Möbelpackern, wo sie sie hinstellen sollen. Das zerbrechliche Flurtischchen trage ich lieber selbst.

Als ich mich über den Kofferraum meines Autos beuge, höre ich aggressives Gekeife. »Jetzt trödelt doch nicht so, ihr Scheißkinder! Ich habe wirklich keine Lust mehr, echt!«

Ich schaue auf – und sehe die Bloggerin Vera. Und sie sieht mich. Sie läuft rot an und sagt in Richtung ihrer Kinder: »Bitte beeilt euch, ihr Lieben. Wir sind alle etwas erschöpft, geben wir uns wenigstens einen kleinen Ruck, ja?«

Zu spät. Das habe ich gehört. Und es ist definitiv die Bloggerin. Ich habe mich immer gefragt, wo sie wohl lebt, jetzt erkenne ich die bunten Vorhänge im Haus gegenüber. Vera hatte vor einiger Zeit gepostet, dass sie diese Vorhänge schon in *ihrem* Kinderzimmer hatte. Und wie wunderbar es ist, wenn etwas Hübsches von Generation zu Generation weitergegeben wird.

Jetzt, wo ich es mir überlege, weiß ich eine Menge über sie. Zum Beispiel, dass sie auf zweiundneunzig Quadratmetern lebt. Vier Zimmer mit großer Küche und behaglichem Bad, alles selbst renoviert von ihr und ihrem Mann, wobei der Altbaucharme penibel erhalten wurde. In der Küche mussten sie das Fundament neu legen. Aber die Phase der Renovierung hat die Liebe zwischen ihnen nur gestärkt.

Jetzt brüllt sie ihre Kinder an. So harmonisch ist ihr Leben wirklich nicht. Und das Pech mit den »herrlich großen Fenstern, durch die viel Licht kommt« ist, dass auch die Blicke der Nachbarn durch die Fenster dringen.

Ich schäme mich fast für sie. Sie hält sich krampfhaft an einem Trugbild fest. Damit sie und andere ein bisschen träumen können. Gibt es echte Idylle? Perfektion ist doch immer eine Lüge.

Sami

Das Vertrauen der Biker in mich wächst. Ich darf nach dem Putzen ihre Sauna benutzen. Heute habe ich mich besonders ins Zeug gelegt, da passt es prima, die Muskeln in der Wärme zu entspannen. Als ich zum Abkühlen zwischen zwei Gängen mit einem Handtuch um die Hüften auf den Balkon gehe, sehe ich ein Polizeiauto näher kommen. Mit hoher Geschwindigkeit und Blaulicht. Eine halbe Minute später höre ich, wie die Polizisten die Tür aufbrechen.

»Hier ist die Polizei! Kommen Sie mit erhobenen Händen raus!«

Außer mir ist niemand mehr hier. Also muss ich das wohl klären. In der Hoffnung, dass mir das Handtuch nicht runterrutscht, tappe ich mit erhobenen Händen zu den Beamten. Sie sind zu dritt und halten ihre Waffen auf mich gerichtet. Ohne sich mit langen Gesprächen aufzuhalten, bringen sie mich in ihren Wagen und fahren mit mir aufs Revier. Dort verhört mich natürlich Suvis Vater.

»Sie schon wieder! Und direkt aus der Sauna?«

»Ja, tut mir leid. Ich habe eigentlich nichts mit dem Motorradklub zu tun, ich durfte da nur mal in die Sauna. Ich kenne einen, der mit dem Klub zu tun hat, ein Bekannter.«

»Und wie heißt Ihr Bekannter?«

»Entfernter Bekannter. Hat einen komischen Spitznamen, den ich mir nicht merken kann.«

»Sie scheinen öfter mit Leuten zu tun zu haben, deren Namen Sie nicht kennen.«

»Ist das nicht der Moment, in dem man seinen Anwalt anruft?«

»Richtig. Und bei mir ist das der Moment, in dem ich mich verarscht fühle. Erst die Aktion gegen Ihren Arbeitgeber, und jetzt erwischen wir Sie in der Sauna von Kriminellen. Raus mit der Sprache.«

Ich habe versprochen, den Mund zu halten, und muss mir eine Ausrede einfallen lassen.

»Mein Bekannter hat dort sein Motorrad untergestellt und kann hin und wieder die Sauna nutzen. Weil er heute keine Zeit hatte, durfte ich hingehen. Ansonsten habe ich keine Verbindungen zu diesem Klub.«

Bei der Razzia wurde nichts Verdächtiges gefunden, und so darf ich nach dem Verhör gehen.

Nojonen holt mich ab. Auf dem Weg zum Auto fällt mir auf, wie gut seine Hose sitzt.

»Du trägst jetzt einen Gürtel?«

»Ja. Keine freien Arschbacken mehr.«

»Top. Wie kommts?«

»Ich habe den Gürtel geschenkt bekommen.«

»Cool, von wem?«

»Von … so 'ner netten Frau.«

»Es gibt also tatsächlich jemanden!«

»Ja, aber lass uns wann anders darüber reden.« Nojonen sieht verlegen aus und wechselt das Thema. »Was hast du mit der Polizei zu schaffen?«

In aller Kürze erzähle ich ihm von den Bikern und meinem Putzjob. Schließlich muss er mich zum Motorradklub fahren, damit ich meine Sachen holen kann. »Aber bitte sags niemandem weiter.«

»Krasse Geschichte! Wem sollte ich das denn weitersagen?«

»Deiner neuen Flamme zum Beispiel.«

Nojonen lächelt und schweigt. Komisch.

Nojonen wartet im Wagen, während ich mein Zeug aus dem Motorradklub hole. Als ich zu ihm zurückkehre, laufe ich Väänänen in die Arme. Er legt mir die Hand auf die Schulter und schaut betreten drein.

»Wir müssen uns bei dir entschuldigen, Heinonen. Eigentlich wussten wir von der Razzia, haben aber vergessen, dir Bescheid zu geben. So eine Scheiße. Dreimal sorry.«

»Ach, so schlimm wars nicht. Die haben mich nur ganz kurz verhört.«

»Was hast du gesagt?«

»Nichts. Nur, dass ich über einen entfernten Bekannten Zutritt zur Sauna hatte. Und dass ich meinen Anwalt sprechen will.«

»Du guckst zu viele Krimis.«

»Ich gucke eher zu viele romantische Komödien.«

»Wie auch immer. Gut, dass du nichts ausgeplaudert hast. Sonst kriegen wir hier noch Ärger wegen Zwangsarbeit oder so.«

»Keine Sorge, die wissen nichts. Und das bisschen Putzen ist total okay.«

Asta

Kasimir verhält sich merkwürdig, als er von seinem kurzen Treffen mit Sami wiederkommt.

»Was gabs denn so Dringendes?«, frage ich.

»Ach, Sami brauchte kurz meine Hilfe, nichts Besonderes.«

Er verheimlicht mir was. Aber ich habe meine Tricks und werde es schon herausfinden. Ich setze mich neben ihn und streiche ihm durchs Haar.

»Er ist doch mein Sohn. Sag mir, was los war.«

»Ich habe versprochen, niemandem was zu verraten.«

»In Ordnung, da musst du Wort halten. Das weiß man in jeder Freundschaft zu schätzen.«

Ich streichle weiter. Mein Rückzug gibt Kasimir den Raum, sich zu öffnen. Was ich höre, ist schockierend. Mein Sohn leistet Putzarbeit bei einer zwielichtigen Motorradgang. Deren Versammlungsort war erst gestern wieder in den Nachrichten. *Die* haben sich meinen Sami geschnappt? Na wartet. Wenn ich eins im Leben gelernt habe, dann das: Mit dem entsprechenden Auftreten kriegt man solche Männer leicht in die gewünschte Richtung gelenkt.

»Ich werde mich mal mit denen unterhalten.«

Kasimir sieht mich besorgt an. »Bist du sicher? Wenn es unbedingt sein muss, begleite ich dich. Mit denen ist nicht zu spaßen.«

»Nein, das mache ich allein. Für dich könnte es gefährlich werden, für mich als Frau nicht. Ich erledige das gleich morgen.«

Kasimir versucht, mich mit allen Mitteln von meinem Vorhaben abzubringen – ohne Erfolg.

Am nächsten Tag fahre ich nach dem Frühstück ins Industriegebiet. Ich finde den Ort sofort, an der Tür des Wellblechbaus hängt ein entsprechendes Schild. Ich stelle meine Handtasche auf den Boden und hämmere mit beiden Fäusten gegen die Tür. Ein großer Kerl mit *The President*-Aufnäher auf der Lederweste öffnet mir. Da bin ich gleich an den Richtigen geraten.

»Sie haben sich wohl verlaufen, wie?«, will er mich abwimmeln.

»Ganz bestimmt nicht, junger Mann. Genau *Sie* will ich sprechen. Und ich mag zwar schon ein wenig älter sein, aber mein Orientierungssinn funktioniert bestens.«

»Aha? Na, wenn Sie meinen … Worum gehts denn?«

»Um meinen Sohn Sami Heinonen.«

Er zuckt zusammen und lässt mich rein. »Folgen Sie mir.«

Er führt mich eine Treppe hoch in einen Raum mit Sofa und zeigt auf einen kleinen Kühlschrank. »Was kann ich Ihnen anbieten? Einen Longdrink?«

»Nein, danke. Ich hätte gern einen Kaffee.«

Er geht in die Küche und kommt mit einer Packung Kaffee zurück.

»Dunkle Röstung ist okay?«

»Dunkle Röstung ist wunderbar.«

Ich hole Mocca-Brownies aus meiner Handtasche, lege eine Serviette auf den Sofatisch und stapele die Brownies zu einem appetitlichen Türmchen.

Als der »Präsident« mir gegenübersitzt, sage ich, was Sache ist. Es klappt bestens. Ich bin frisch verliebt, das verleiht mir eine gewaltige Kraft. Mich hält nichts und niemand auf. Schon gar nicht, wenn es um meinen Sohn geht.

Sami

Ich fahre bei Nojonen vorbei. Er wirkt angespannt, als ich spontan vor der Tür stehe. Beim Blick auf die Garderobe kapiere ich, warum: Er hat Besuch von meiner Mutter, das ist ihre Jacke. Als ich Nojonens verlegenes Gesicht sehe, wird mir alles klar.

»Du bist mit meiner Mutter zusammen? Krass, das gibts ja wohl nicht! Deshalb war Mama in letzter Zeit so … komisch.«

»Komisch? Du meinst wohl glücklich«, widerspricht Nojonen.

»Das ist doch krank. Außerdem war gerade erst die Beerdigung von Papa! Sie ist für so was gar nicht bereit.«

»Asta hat mir erzählt, dass du ihr neulich zu Datingseiten für Senioren geraten hast. Sie ist über siebzig, sie wird selbst am besten wissen, was sie braucht.«

»Bist du jetzt völlig durchgedreht? Stell dir das doch mal andersrum vor! Ich und *deine* Mutter.«

»Die ist tot, das geht nicht mehr. Das wäre Nekrophilie und ist verboten.«

»Was du da treibst, ist auch nicht besser! Ich finde das widerlich, sorry, aber da bin ich raus. Macht, was ihr wollt, aber bitte ohne mich.«

»Darauf kannst du dich verlassen.«

Nojonen will mir die Tür vor der Nase zuknallen, doch ich stelle einen Fuß dazwischen. »Jetzt denk doch mal nach! Du bist mein bester Freund! Da kannst du doch nicht mit meiner *Mutter* eine Beziehung führen.«

»Wieso denn nicht?«

»Das sind über dreißig Jahre Altersunterschied, verdammt!«

»Na und? Ist doch scheißegal.«

»Ist es nicht!«

»Weil Asta die Ältere ist? Bei einem siebzigjährigen reichen Mann sagt auch keiner was, wenn seine Freundin ein dreißigjähriges Model ist.«

»Weil *beide* was davon haben. Sie kriegt Geld, er einen Schub fürs Ego. Das ist nun mal so. Eure Beziehung, die bringt niemandem was!«

Nojonen sieht verletzt aus. »Dass du so denkst, hätte ich nie gedacht.«

»Was ist so schlimm daran?«

»Hast du nicht kapiert, was am Ende *wirklich* zählt? Bestimmt nicht Geld und ein großes Ego. Asta und ich lieben uns! Und wenn du das nicht akzeptierst, dann verpiss dich und komm nie wieder.«

Es ist zwecklos, jedenfalls in diesem Moment. Er wird es schon noch einsehen. Das geht vorbei. Diese Beziehung, oder was das sein soll, ist nur zustande gekommen, weil beide zu oft auf Beerdigungen waren. Sie haben nahe Angehörige verloren und fühlen sich dadurch verbunden. So ein Quatsch!

Ich habe mich noch nie mit Nojonen gestritten. Vielleicht ist meine Mutter einsichtiger. Ich rufe sie sofort an.

»Sami, du weißt, dass ich grad bei ihm bin. Warte mal, ich gehe auf den Balkon, dann können wir reden.«

»Mama. Er ist mein bester Freund!«

»Das ist er. Da könntest du dich doch freuen, dass er endlich eine Partnerin hat.«

»Aber doch nicht meine *Mutter*! Mama, du bist viel zu …«

»Alt?«

»Das sowieso, aber du stehst mir viel zu nahe! Mit der neuen Freundin des besten Freundes muss man ausgehen können, gemeinsam kochen können, feiern und so weiter.«

»Und das kann man mit mir nicht?«

»Vielleicht schon, aber *ich* kann das nicht! Merkst du nicht, wie absurd das Ganze ist? Ihr müsst es sofort beenden!«, brülle ich und lege auf.

Mama ruft zurück.

»Sami Heinonen, hör mir mal gut zu. Ich bin nicht nur deine Mutter, ich bin auch ein Mensch! Ich habe mir viele Jahre lang angeschaut, was *du* so treibst, und glaub ja nicht, dass ich alles gut gefunden hätte, nur weil ich mein Sohn bist. Trotzdem habe ich dich immer akzeptiert. So, wie du bist. Respektiert sowieso. Das ist das Mindeste, was man verlangen kann, auch ich!«

»Aber …«

»Du bist still und hörst zu. Du hast jetzt die Gelegenheit, mir etwas zurückzugeben für all die Jahre, in denen ich dich unterstützt habe. Indem du respektierst, dass ich die Partnerin von Kasimir bin.«

»Wer ist denn Kasimir?!«

»Dein bester Freund! Mehr habe ich dir im Moment nicht zu sagen.«

Jetzt ist sie diejenige, die einfach auflegt.

So selbstsicher und entschlossen habe ich sie noch nicht erlebt. Sie muss wirklich verliebt sein.

Nojonen

Asta kommt vom Balkon zurück.

»Was hast du ihm gesagt?«, frage ich.

»Friss oder stirb.«

»Hoffentlich akzeptiert er es. Wäre schlimm, einen so guten Freund zu verlieren.«

»Ach, der beruhigt sich schon wieder. Ich kenne doch meinen Sami.«

»Und wenn nicht, dann soll es mir egal sein. Hauptsache, ich habe dich.«

Wir umarmen uns. Ich verspreche Asta, noch mal mit Sami zu reden. Sie hat schon mit der Distanz zu ihrer Tochter zu kämpfen. Dann packen wir das Thema beiseite und wenden uns schöneren Dingen zu. Wir gehen in die Sauna, suchen einen Film aus, essen überbackene Brote aus dem Ofen und kuscheln vor dem Laptopbildschirm. Klingt vielleicht komisch, aber die warmen Brote finde ich besonders gut. Die lenken nicht vom Kuscheln ab, anders als all die Foodtrends, die eigentlich nur unpraktisch zum Essen sind. Eine überbackene Stulle ist Balsam für die Beziehung.

Liebe. Zuletzt habe ich sie nur noch für einen unerreichbaren Mythos gehalten. Wegen Asta weiß ich jetzt, dass das nicht stimmt. Mit ihrer Art hat sie mein Leben durcheinandergewirbelt und zugleich wieder ganz gemacht. Sie ist perfekt. Ich könnte mir eine Nacht lang den Kopf zermartern – ich wüsste keinen Fehler. Wenn das kein Beweis für meine Gefühle ist.

Wir gucken den Film nicht bis zum Ende, sondern gehen ins Schlafzimmer und machen Liebe. Einen besseren Ausdruck dafür finde ich nicht. Und es wird von Mal zu Mal *noch* schöner.

Bis vor Kurzem war ich Jungfrau, ist leider wahr. Ich hatte den Gedanken an ein normales Sexleben fast aufgegeben. Als ich in einer Zeitschrift von einer Frau las, die am liebsten auf weichem Moos Sex hat, dachte ich: Ich machs auch im Abklingbecken eines Kernkraftwerks, Hauptsache, es passiert überhaupt mal. Aber dann kam es viel besser. Asta ist für mich die ideale Frau. Und das zeige ich ihr auch.

»Du bist wunderschön.« Ich streichle über ihre weichen Haare.

»Ach, Unsinn, ich bin alt.«

»Gerade deshalb. Du konntest deine Schönheit siebzig Jahre lang anreichern. Und heute leuchtest du mehr denn je.«

Asta muss lachen. Überhaupt lachen wir viel. Bei mir ist oft auch eine Prise Ungläubigkeit dabei. Ich hätte nicht gedacht, dass mir so was passiert. Eine so großartige Liebesgeschichte.

In einer Sache ist Asta wie meine Mutter, wahrscheinlich ist das typisch für diese Generation: Sie macht sich ständig unnötig Gedanken. Manchmal artet das fast in Sport aus, ein übermäßiger und von übermäßig vielen Älteren betriebener Breitensport.

»Hätten wir doch viel früher diesen Schritt gemacht!«

»Also, *viel* früher wäre ich wohl zu jung gewesen. Oder noch gar nicht geboren.«

»Trotzdem, wir haben unnötig Zeit verschenkt.«

»Wir haben noch jede Menge Zeit!«

»Das will ich hoffen. Hauptsache, ich bleibe gesund.«

»Sonst pflege ich dich. Ich habe jede Menge Erfahrung darin. Aber bis dahin lassen wir es noch ordentlich krachen und genießen das Leben zusammen!«

Hanna

Der banale Alltag ist es. Der ändert sich nach einer Trennung am stärksten. Im Supermarkt kaufe ich jetzt kleine Mengen, im Verhältnis ist mein Essen deutlich teurer geworden. Das Wohnen auch. Aber ich streite mit niemandem mehr. Und welchen Film ich streame, bestimme ich allein.

Unser Freundeskreis hat sich aufgeteilt. Das gemeinsame Biertrinken und Grillen zum Ersten Mai ist nun leider passé.

Die Aufteilung der CDs war überhaupt kein Problem. Inzwischen gibt es alles auf Spotify, ich will nur meine alten Alben von Nirvana, Pearl Jam und Soundgarden behalten. Mit denen verbinde ich die Zeit *vor* Jonas. Gemeinsam gehörte Musik bleibt bei ihm.

Während meiner nächsten unerfreulichen Supermarkttour entdecke ich den Mann der Bloggerin Vera am Kühlregal. Er hat zwei XL-Tüten Chips und ein Sixpack Bier in seinem Einkaufswagen und legt gerade einen Fertigdip dazu. Offiziell ist er doch der Typ Mann, der höchstens Tofu *nicht* selbst herstellt und alles mit Agavendicksaft süßt. Aber wir haben ja alle unsere Geheimnisse. Jarkkos Geheimnis ist Normalität.

Ich verlasse den Supermarkt direkt hinter ihm. Draußen wartet eine blutjunge Frau auf ihn, höchstens Anfang zwanzig. Sie hätte den Alkohol sicher nicht kaufen können, ohne ihren Ausweis vorzuzeigen. Ob sie zur Familie gehört? Ich gehe hinter den beiden her, wir haben ja denselben Heimweg. Jarkko schlingt seinen Arm um die Taille der Frau und küsst sie. Die gehört garantiert nicht zur Familie! Die ist seine Geliebte. Da kann Vera noch so oft beschwören, wie eng sie mit allen Verwandten sind.

Unauffällig folge ich den beiden. Vor dem Haus holt Jarkko seinen Schlüssel raus, schließt auf und zieht die Frau ins Treppenhaus. Ich hetze in meine Wohnung und schaue aus dem Fenster. Nebenbei überprüfe ich auf dem Handy Veras Instagram-Account. Sie ist mit ihren Kindern auf einer Schiffsreise nach Schweden, ein Wochenendtrip *all inclusive*. Die letzten Fotos sind vom Frühstücksbüfett; ein Selfie mit den Kleinen, alle lächeln, auf den Tellern liegt appetitlich angerichtetes Essen. Ein anderes Foto zeigt die Kinder vor der Villa Kunterbunt von Pippi Langstrumpf. *Quality Time für Mama und ihre Kinder in Schweden*, darunter #qualitytime #love #motherhood.

Benommen gebe ich Veras Post ein Like. Anders kann ich mein Mitgefühl in diesem Moment leider nicht vermitteln. Ich schaue ins Schlafzimmer auf der gegenüberliegenden Straßenseite. Jarkko lässt gerade die Jalousien runter. Es ist klar, was dahinter passieren wird. Ob Vera etwas ahnt? Weiß sie sogar Bescheid und hält verzweifelt das heile Familienbild aufrecht?

Ich habe mir das fast gedacht. So oft, wie sie in letzter Zeit ihre Ehe beschworen hat. Wer das so pusht, hat ein Problem. Wenn es gut läuft, muss man nichts beschwören.

Wie gern würde ich sie wachrütteln und aus der Social-Media-Welt befreien.

Zwei Tage später hole ich beim Postkiosk ein Paket ab. An der Tür stoße ich fast mit Vera zusammen, die mit verweintem Gesicht an mir vorbeirennt. Kein Wunder, heute steht es groß in den Klatschzeitungen: *Ehemann von Bloggerin Vera hat Affäre.*

Die Arme, es muss furchtbar sein. Zu Hause behalte ich ihren Blog im Blick. Keine neuen Postings seit der Schiffsreise nach Schweden. Auch auf Instagram nichts. Für eine Social-Media-Berühmtheit ist das der Tod. *Ich poste, also bin ich.* Um dreiundzwanzig Uhr kommt endlich ein Lebenszeichen.

Lügen und Gerüchte

In einigen Zeitungen, die ich hier bewusst nicht namentlich erwähne, standen heute hässliche Gerüchte über meinen Mann. Angeblich hat er eine Beziehung zu einem gewissen Bikinimodel. Ich habe KEINE AHNUNG, wer diese Lügen in die Welt gesetzt hat, und kann nur sagen, dass das alles absoluter Unfug ist.

Meinem Mann und mir geht es gut. Erst heute hat Jarkko mir, wie jeden Morgen, ein Gurkenherz aufs Brot gelegt und mich zärtlich geküsst. Unser gemeinsamer Alltag ist fantastisch. Ich hoffe, dass ihr Fakten von Fiktion unterscheiden könnt. Jarkko war schon immer ein familienorientierter Mann, der sein Glück nie für ein x-beliebiges Mädchen aufs Spiel setzen würde. Er ist großherzig, treu und setzt sich stets für andere ein.

Keine Sorge, mir geht es trotz der hässlichen Schlagzeilen gut. Mir tun diese vermeintlichen Journalisten leid. Aber ich werde bestimmt nicht bitter, sondern schließe auch diese Leute in meine Liebe ein. Negatives Denken hat in meinem Leben keinen Platz. Love is all you need.

Ich könnte heulen. Sich so verzweifelt an ein Bild zu klammern ist fast noch schlimmer, als betrogen zu werden. Aber sie scheint keine andere Strategie zu haben. Leider bekommt sie jetzt die Kehrseite öffentlicher Aufmerksamkeit zu spüren. Wer seine Erfolge mit allen teilt, kann die Misserfolge nicht verheimlichen. Das wissen Sportler, Politiker und Schlagersänger. Und in Zeiten der sozialen Medien auch die Normalos. Anderen beim Straucheln zuzusehen, ist nun mal gut fürs eigene Ego.

Vielleicht können die vielen Kommentare Vera trösten. Viele Frauen berichten, selbst schon betrogen worden zu sein, und schwören ewigen Beistand.

Nicht ganz ins Bild passt der Kommentar von Eki_1973: »Ich bin ein Mann, und vielleicht ist das jetzt nicht so erfreulich zu hören, aber es ist wahr: Es macht halt Spaß, ein junges Bikinimodel zu bumsen, hehe.«

So ist die Realität. Hoffentlich liest Vera das nicht. Doch das wird sie. Auf die ersten Kommentare hat sie bereits geantwortet. Dabei bräuchte sie dringend eine Pause vom Digitalwahn – und eine richtige Umarmung. Aber sie kanns nicht lassen. Auch mir hat sie schon mal geantwortet, als ich wissen wollte, wie der Farbton heißt, in dem ihr Schlafzimmer gestrichen ist.

Ich schaue über die Straße. Sieht so aus, als wäre Vera allein zu Hause. Sie sitzt mit dunkler Sonnenbrille und einer Flasche Wein auf ihrem Balkon, ihr Smartphone liegt auf dem Schoß. Ein trauriges Bild.

Ich schnappe meine Jacke, gehe nach draußen und stelle mich möglichst unauffällig neben Veras Haustür. Ich muss nicht lange warten, bis ein Pizzabote kommt und bei Veras Nachbarn klingelt. Schnell schlüpfe ich hinter ihm ins Haus. Im ersten Stock hängt ein buntes Schild an der Tür: *Hope lives here. And without hope we are hopeless.* Furchtbar platt, aber wer Hoffnung dringend nötig hat, braucht so was wohl.

Eine verweinte Vera macht mir auf.

»Hallo, ich bin Hanna und wohne gegenüber. Ich lese deinen Blog und weiß über alles Bescheid. Ich dachte, ich komm mal vorbei und leiste dir Gesellschaft.« Und es ist äußerst unklug, sein Glück dauernd in die Welt rauszubrüllen. Aber das behalte ich für mich. Vera braucht Verständnis, keine Belehrungen. Sie sieht jämmerlich aus. Als ich sie umarme, schluchzt sie los.

»Ich bin so unglaublich fertig und müde!«

»Das ist okay.«

»Das ist nicht okay! Ich muss heute unbedingt was Neues posten, das habe ich einer Firma versprochen, mit der ich zusammenarbeite. Wenn ich das nicht hinkriege, gehen mir zweitausend Euro durch die Lappen.«

»Ich sehe das anders. Wenn du das heute wirklich noch machst, geht dir der letzte Rest deines Selbstwertgefühls durch die Lappen.«

»Ich kann die Zusammenarbeit nicht gefährden, das ist so eine coole Marke!«

»Scheiß auf die Marke. Du brauchst jetzt Ruhe. Du existierst hier, in deinem Körper, nicht digital in deinen Postings. Und du bist total im Eimer. Hör auf mit den Grinse-Selfies auf Instagram und kümmer dich um dein Privatleben, verdammt!«

Vera schluckt und nickt. In jedem Job kann man sich krankschreiben lassen. Blöd ist, wenn der Job das ganze Leben umfasst und man immer gut auszusehen hat. Doch darüber darf Vera jetzt nicht nachdenken.

»Ich weiß schon lange, dass er mich betrügt, aber ich wollte es nicht wahrhaben. Ich bin schließlich die Frau mit dem tollen Mann und den wunderbaren Kindern, so etwas passiert nicht mir.«

»Diese Frau *musst* du nicht sein. Niemand ist so, das ist eine fette Social-Media-Lüge. Hör auf mit dieser Inszenierung. Sei endlich ehrlich.«

Ich gehe erst um halb zwölf zurück nach Hause. Vera bleibt allein, ihre Kinder sind bei der Oma, Jarkko schläft derzeit woanders. Schon klar, neben wem er gerade liegt. Da muss man nicht extra auf dem Instagram-Account des Bikinimodels nachschauen.

»Kommst du klar?«, frage ich Vera zum Abschied.

»Ja, bleibt mir ja nichts anderes übrig. Mach dir keine Sorgen, Hanna. Und danke.«

Natürlich kommt sie *nicht* klar. Schon am nächsten Tag ruft Vera an. »Kann ich dich vielleicht besuchen? Hier fällt mir die Decke auf den Kopf, alles erinnert mich an ihn. Eine einzige Scheiße. Und das soll mein Leben sein.«

»Ja, sicher. Ich wohne im Haus direkt gegenüber.«

Vom Fenster aus sehe ich, wie Vera sich nervös umschaut und über die Straße hastet. Zur Begrüßung umarme ich sie. Sofort fließen wieder Tränen.

»Ich habe meine Follower enttäuscht!«

»Quatsch. Solche Sachen passieren. Ich bin auch eine von deinen Followern, und mich hast du nicht enttäuscht.«

»Aber was mache ich jetzt? Mein Job ist mein idyllisches Familienleben! Ohne das kann ich einpacken.«

»Deine Familie zum Job zu machen, war keine schlaue Idee. Aber du kannst gut schreiben, da findest du garantiert einen neuen Job.«

»Wer interessiert sich denn jetzt noch für mich? Die Leute haben meinen Blog doch nur gelesen, weil mein Leben so erstrebenswert war!«

»Niemand ist so naiv. Sag einfach die Wahrheit. Das wird dein meistgelesener und beliebtester Post, wetten?«

Vera schweigt, aber ihre Tränen versiegen. Ab und zu schnieft sie noch ein bisschen. Sie kuschelt sich auf mein Sofa und schaut nachdenklich aus dem Fenster, während ich in der Küche einen Halloumi-Salat anrichte.

»Der sieht ja lecker aus!«, ruft Vera, als ich ihn ins Wohnzimmer bringe. »Warte, den muss ich fotografieren.«

»Du fotografierst gar nichts, und posten tust du den Salat erst recht nicht. Du musst essen und nicht dauernd an Instagram denken.«

»Es ist fast wie ein Zwang, wenn ich ehrlich bin. Wie ein Reflex.«

»Den wirst du dir wieder abtrainieren. Essen ist Treibstoff für die Körperfunktionen, nicht für Social-Media-Accounts. Davon müssen wir uns wegentwickeln.«

»Vielleicht hast du recht. Ich erinnere mich kaum noch daran, wie es ist, was Schönes zu erleben, ohne es gleich zu fotografieren. Als würde es ohne Foto nicht existieren. Aber das ist natürlich Unsinn.«

»Ganz genau.«

Vera und ich treffen eine Vereinbarung, ich fühle mich fast wie ihr Coach. Regel Nummer eins lautet: Das Leben ist zum Leben da, nicht zum Fotografieren. Das muss Vera erst wieder üben und ihr bisheriges Verhalten langsam runterfahren. Dafür gebe ich ihr meine alte analoge Kamera und einen Film.

»Das sind vierundzwanzig Aufnahmen«, sage ich, während ich ihn einlege. »Du kriegst einen Film pro Woche.«

»Pro Woche?«

»Ja. Das schaffst du. Überleg dir genau, was du fotografierst. Und das Handy ist nur noch zum Telefonieren und Recherchieren da.«

Vera übernachtet bei mir auf dem Sofa. Als sie den Bettbezug sieht, kommt der nächste Zusammenbruch.

»Jarkko und ich haben dieselbe Bettwäsche!«

»Ich weiß. Du hast sie lang und breit auf deinem Blog angepriesen und einen Rabattcode genannt. Pass auf, ich gebe dir einfach *meine* Decke, ja? Da ist gerade ein ziemlich hässlicher Bezug drauf, das wird dir guttun. Und morgen holen wir uns stinknormale Tiefkühlpizza.«

Vera wischt sich die Tränen ab und kichert ein bisschen.

»Danke, Hanna. Du bist unglaublich nett. Dabei kennen wir uns kaum, du müsstest das alles gar nicht machen.«

»Ich weiß. Ehrlich gesagt freue ich mich über die neue Aufgabe. Ich kümmere mich gern um andere. So, und nun gute Nacht. Versuch, ein bisschen zu schlafen.«

Sami

Inzwischen putze ich routiniert und effizient wie ein Profi. Sollte ich meinen Job bei AnchorOil verlieren, steht einer zweiten Karriere nichts im Weg. Nach knapp siebzig Minuten glänzt das Zuhause der Biker wie neu. Als ich Väänänen zum Abschied zunicke, steht er auf und kommt auf mich zu.

»Gibts noch was?«, frage ich. »Wir sehen uns dann ja nächste Woche.«

Väänänen lacht. »Nicht so eilig, Freundchen. Komm mal mit zum Sofa.«

Ich setze mich mit ihm in die Klubecke. Das Sofa ist voller Rotwein- und Bierflecken – irgendwann habe ich aufgegeben, sie rauszuschrubben.

»Heinonen. Wie lange putzt du schon bei uns?«

»Über ein Jahr.«

Väänänen lacht. »Mann, bist du ein Idiot.«

»Wieso denn das?«

»Weil das zu lange ist und es reicht. Wir sind vielleicht Verbrecher, aber ein bisschen Anstand haben wir dann doch. Du bist ein guter Mann. Loyal und verlässlich. Es war eine Freude, dich kennenzulernen. Pass gut auf dich auf.«

»Ihr braucht mich nicht mehr?«

»Nein. Und noch was: Wer so gut arbeitet, muss auch bezahlt werden.« Er holt ein Bündel Fünfziger aus seiner Brusttasche und drückt es mir in die Hand. »Aber nur unter einer Bedingung.«

»Und die wäre?«

»Du gibst es nicht beim Finanzamt an. Und bringst es

nicht zur Bank. Einfach nach und nach ausgeben. Wir haben das Geld in einer Grauzone erwirtschaftet. Aber in einer hellen Grauzone.«

»Danke, geht klar. Das ist jetzt wohl ein Abschied für immer?«

»Was das Putzen angeht, ja. Du darfst natürlich jederzeit zum Biertrinken vorbeikommen und unsere Sauna nutzen.«

»Ich muss sagen, das kommt alles etwas plötzlich. Ich hatte mich sehr an meinen wöchentlichen Termin gewöhnt.«

»Such dir ein Hobby. Kauf dir ein Motorrad oder so.«

»Ich habe keinen Führerschein.«

»Um Gottes willen, so kommst du im Leben natürlich nicht voran. Dann überleg dir was anderes.«

Er steht auf und geht an den Kühlschrank.

»Ähm, Väänänen … kann ich dich zum Abschied umarmen, oder ist das bei euch nicht üblich?«

»Komm her, verdammt, auch wenn ich ein Gangsterarschloch bin, Gefühle habe ich trotzdem!«

Wir umarmen uns lange. Beide murmeln wir leise eine Entschuldigung, die längst nicht mehr nötig ist.

»Warte noch einen Moment«, sagt Väänänen und reicht mir einen Teller.

»Probier mal. Mocca-Brownies.«

Ich nehme mir einen und beiße rein.

»Wow, lecker. Schmecken genau wie die von meiner Mutter.«

»Von der habe ich das Rezept.«

Mein Arbeitgeber stolpert von Skandal zu Skandal und versucht, die Wogen mit einer neuen Strategie zu glätten. Wir setzen nun auch auf Meereswärmekraftwerke und wollen das der Öffentlichkeit extraschnell verkünden. Ich bin der Chef des Projekts und für ganz Finnland zuständig.

Mich erleichtert das sehr. Wir werden künftig weniger auf Öl setzen und uns stärker auf Energie aus Meereswärme konzentrieren, die in Europa und Nordamerika gewonnen wird. Ich habe mich zwar nie besonders mit meinem Job identifiziert, aber es fühlt sich überraschend gut an, dass er nun besser zu meinen Werten passt. Und besser zu den Werten meines Umfelds. Das macht vieles leichter. Ich zähle zwar noch nicht zu den *richtig* Guten, aber auf der Achse zwischen Gut und Böse bin ich ein deutliches Stück in die richtige Richtung gerutscht.

Mein Arbeitgeber kann aufatmen, das Medienecho ist überwiegend positiv. Was eine olle Plastiktüte am Surfbrett einer Spitzensportlerin doch alles in Gang setzen kann. Und an Britta zu denken, tut auch nicht mehr weh. Null.

Zufrieden mache ich mich auf den Weg nach Hause. Plötzlich sehe ich Suvi – sie sitzt direkt am Fenster bei McDonald's. Das kann kein Zufall sein. Mist, wieso hatte ich meinen jetzigen Posten nicht schon bei unserer ersten Begegnung? »Ich engagiere mich für erneuerbare Energien, unsere Firma setzt auf Meereswärme. Willst du mich heiraten, gleich morgen?«

Hätte-hätte-Fahrradkette. Trotzdem freue ich mich, Suvi wiederzusehen. Allerdings macht es mich stutzig, sie *hier* zu treffen. Als wir einmal aus der Not heraus spätabends bei McDonald's waren, hat Suvi das eine Woche lang bereut.

Ich gehe hinein und setze mich an ihren Tisch. »Hi! Schön, dich zu sehen. Was machst du ausgerechnet hier?«

»Essen, was sonst. Wie alle anderen auch.«

»Schon klar, aber ich dachte, du gehst nicht zu McDonald's.«

»Der vegetarische Burger ist halt gut. Die Moralpredigt kannst du dir sparen, schließlich isst du dein Tofucurry im Gebäude von AnchorOil, oder etwa nicht?«

Ich muss lachen.

»Eins zu eins. Ja, dort esse ich nach wie vor, wenn ich nicht gerade mit der Zerstörung unseres Planeten beschäftigt bin. Aber im Ernst, wie gehts dir?«

»Ganz okay. Ich habe neuerdings einen richtigen Job, bei einer Umweltschutzorganisation. Mit klassischen Bürozeiten und regelmäßigem Einkommen und so. Ich will nicht länger auf die Gunst der Passanten angewiesen sein. Anscheinend werde ich erwachsen.«

Ich lächele sie an, hole mir schnell einen Kaffee und erzähle ihr von meinem neuen Projekt.

Suvi nickt. »Ich habe davon gelesen. Herzlichen Glückwunsch! AnchorOil ist trotzdem weit entfernt davon, so was wie UNICEF zu sein.«

»Ha, UNICEF, das schafft man nicht so leicht. Dafür braucht man Kinder. Die sind ja quasi auch eine erneuerbare Energie.«

»Jedenfalls freu ich mich für dich. Und für die Umwelt.«

Wir quatschen noch über dies und das, dann verabschiede ich mich. Wir umarmen uns fest. Ich versuche, noch was Nettes zu sagen, kriege aber nur Gestammel hin.

»Ich höre mal lieber auf. Wir sehen uns wieder, irgendwo, irgendwann. Hoffentlich. Tschüss, Suvi.«

»Alles klar. Tschüss, Sami.«

Um zwei Uhr nachts liege ich noch immer wach. Die letzte Straßenbahn ist längst an meinem Haus vorbeigerumpelt. Ich muss die ganze Zeit an Suvi denken. Klar, ich denke meistens an irgendwen, und ich komme nie schnell über Frauen hinweg, aber an Suvi habe ich seit der Pause, die eine Trennung war, jeden verdammten Abend gedacht. Die Begegnung heute macht es noch schlimmer. Ich kann nicht anders, ich schicke ihr eine ellenlange WhatsApp-Nachricht. Außerdem geht nichts über eine schonungslos offene Botschaft, die nach Mitternacht verschickt wird, wenn beide im Bett liegen.

Liebe Suvi. Bitte hör sofort auf zu lesen, wenn du Komplimente nicht erträgst und verzweifelte Männer verachtest. Aber es ist nun mal so: Ich kriege dich nicht aus dem Kopf. Schon als ich dich zum allerersten Mal sah, habe ich gedacht: Wieso ziehe ich hier eigentlich allein meine Bahnen, ohne diese Frau? Du hast damals von Menschenrechten gesprochen. Und ich habe gedacht, es sollte doch mein Menschenrecht sein, mit dieser Frau durchs Leben zu gehen!

Ich weiß, dass ich manchmal ein peinlicher Tagträumer bin, und obendrein viel zu sehr auf Familiengründung fixiert, aber so doll erwischt hat es mich noch nie. Ich drehe nicht bei jeder schönen Frau durch. Das liegt allein an dir. Du strahlst was Besonderes aus, dem ich mich nicht entziehen kann.

Entschuldige bitte, dass ich das ungefiltert rauslasse. Ich bin selbst schuld daran, dass es mit uns nichts wurde. Ich hätte dich nicht belügen dürfen. Das war ein schlimmer Fehler, den ich aus purem Übereifer begangen habe. Übereifer ist das Grundproblem meines Lebens. Aber wenn ich jemanden mag, gehe ich aufs Ganze. Ich kann mich nicht zurückhalten.

Vielleicht wäre es klüger gewesen, ich wäre damals einfach an dir vorbeigegangen. Vielleicht hätte ich dir sogar noch einen arroganten Blick zuwerfen und lässig auf den Boden spucken sollen. Aber ich will keine Spielchen spielen. Deshalb kann ich mich auch jetzt nicht zusammenreißen. Ich bin in dich verliebt und denke jeden Tag an dich. Ich vermisse dich. Es ist verrückt, das zu schreiben, aber ich muss es wenigstens einmal aussprechen. Natürlich können wir auch nur befreundet sein. Aber für mich wirst du immer mehr sein. Danke, dass es dich gibt und ich endlich mal wieder so richtig heftig verliebt sein darf. Und dass ich jetzt sogar polizeilich vermerkt bin. Cool. Auch das habe ich dir zu verdanken. Gute Nacht und viele Grüße, Sami.

Trotz Job mit geregelten Arbeitszeiten ist Suvi noch wach. Sie antwortet mir sofort – mit einem Herz-Emoji! Wenig später kommt eine Nachricht hinterher: Lieber Sami. Mir geht es genauso. Ich hatte immer schon eine Schwäche für Kriminelle. Komm bitte sofort zu mir rüber!!! Umarmung, Suvi.

So schnell bin ich lange nicht mehr Fahrrad gefahren. Suvi wartet unten an der Haustür, schon auf der Treppe beginnen wir zu knutschen. Es spielt keine Rolle, dass wir beide früh rausmüssen. Verliebte brauchen keinen Schlaf.

Wir klären auch eine Menge. Ich verspreche Suvi, sie nicht mehr zu belügen. Suvi wiederum gesteht mir, dass auch sie nicht ehrlich war: In unserer Anfangszeit hat sie sich noch mit ihrem Ex-Freund getroffen. Und sie entschuldigt sich noch mal für die aus dem Ruder gelaufene Demo.

»Ich wollte testen, wie weit du für mich gehst.«

»Ist schon okay. Ich tue alles für dich. Und jetzt kennen sie mich sogar bei der Polizei. Soll ich mir mein Aktenzeichen auf den Unterarm tätowieren lassen?«

»Auf die Stirn wär noch cooler.«

»Da kommt schon ein Herz mit deinem Namen hin.«

Es ist unfassbar schön. So schön, dass ich es kaum glauben kann. Jeder Mensch sollte in seinem Leben so etwas erleben. Kurz bevor wir gegen sechs für eine Stunde einschlafen, muss ich unbedingt noch was loswerden.

»Suvi. Da ist noch eine andere Sache, die ich dir erzählen sollte.«

»Oh nein, was denn? Du bist ein Nazi?«

»Nein. Aber während unserer ersten Phase hatte ich einen Putzjob, der so was wie Zwangsarbeit war. Bei einer kriminellen Motorradgang.«

»Wow, das ist ja schräg. Wie kam es dazu?«

»Ist eine lange Geschichte. Ich bin aus Wut und Verzweiflung da reingeraten. Weil ich bei einer Frau abgeblitzt bin, die es eigentlich gar nicht wert war.«

»Und das ist jetzt vorbei? Wenn nicht, könnten wir meinen Vater einschalten. Der hilft dir garantiert.«

»Nicht mehr nötig. Und dein Vater weiß sowieso schon Bescheid. Das Beste ist, am Ende haben diese Typen mich richtig gut bezahlt, fünftausend Euro. Ich würde die Summe gern für einen guten Zweck spenden, an irgendeine tolle Organisation.«

»Bist du sicher? Bringt uns das keinen Ärger ein, so viel Geld von Kriminellen?«

»Nein, ich soll das Geld nur nicht auf die Bank bringen und nach und nach ausgeben. Hast du eine Idee, wem ich einen Teil spenden könnte?«

»Wie wäre es mit dem Klassiker Greenpeace? AnchorOils bestem Freund.«

»Gute Idee. Dann können wir ja jetzt schlafen.«

»Ja. Schlaf schön, Sami. Ich finde dich wunderbar.«

»Du bist noch viel wunderbarer.«

»Nein, du.«

»Nein, du!«

Das spielen wir noch ein paar Runden weiter. Bis wir beide satt sind und spüren, dass wir uns genau gleich toll finden.

Hanna

Vera und Jarkko haben sich getrennt. Was auf dem Flughafen Kathmandu romantisch begann, endet hässlich auf den Titelseiten der Klatschzeitungen. Irgendwie befreit mich das. Nicht die fiesen Schlagzeilen, sondern die Tatsache an sich: dass auch gute Typen sich scheiße verhalten, nicht nur Leute wie Jonas.

Jarkko hat am Wochenende seine Sachen gepackt und ist aus dem einstigen Liebesnest ausgezogen. Das alles in angestrengtem Schweigen. Vera und er haben nicht darüber gesprochen, wer was kriegen soll. Sie wollten es schnell über die Bühne bringen. Jarkko hat einige Dinge in Kisten und Koffer gepfeffert und zwischendurch mal was, bei dem er unsicher war, wieder zurückgelegt. Immerhin ein bisschen Anstand ist ihm geblieben. Trotzdem endet die Beziehung der beiden um einiges brutaler als die von Jonas und mir. Bei uns war es ein langsamer Tod.

Ich verbringe viel Zeit mit Vera und ihren Kindern. Die

Kinder sind der einzige Grund, dass Jarkko und Vera noch miteinander kommunizieren. Zum Glück einigen sie sich relativ schnell auf einen wöchentlichen Wechsel. Jeder hat die Kinder sieben Tage, dann wird getauscht.

Vera ist total fertig. Sie erträgt die zerstörte Kulisse nicht, für sie war das heile Familienbild ihr ganzes Leben.

Ich versuche, mit einem Schuss Realismus zu helfen, dem auf Dauer heilsamsten Trost, den ich kenne. Sie aber sorgt sich nur um ihre Follower und das Bankkonto.

»Die vergessen mich. Und jeder Post, den ich nicht schreibe, kostet mich tausend Euro.«

»Na und? Das ist nur ein Job! Geld hast du doch genug. Dir fehlt es an nichts.«

»Auch ein gutes Leben kann total scheiße sein.«

»*Das* solltest du posten! Darin finden sich alle wieder. Die Welt braucht keine neuen Wellness-, sondern Sadness-blogger.«

Vera muss laut lachen.

Ich bin stolz auf mich. Seit ich solo bin, mache ich mich ziemlich gut. Die Trennung war der richtige Schritt.

In Veras Blogsprache würde es heißen: *Ich finde mich selbst.* Ja, ich schätze, das trifft zu, und es läuft nicht einmal schlecht. Doch im Grunde stehe ich diesem Selbstfindungs-zeug kritisch gegenüber. Berühmte Beispiele wie Kolumbus untermauern meine Skepsis. Er wollte sich selbst verwirk-lichen, indem er einen neuen Seeweg nach Indien suchte – stieß aber auf Amerika. Bekloppt eigentlich, dass wir ihn bis heute auf einen Sockel stellen. Wäre Kolumbus eine Frau gewesen, würde man bis heute den schlechten Orientie-rungssinn verspotten und das Scheitern auf die Hormone schieben.

In diesen Wochen fühle ich mich fast ein bisschen wie Kolumbus, ein weiblicher natürlich. Indien zeigt sich mir einigermaßen positiv, könnte sich allerdings auch als falsche Fährte entpuppen.

Ich überlege, meinen Wunsch nach einem Kind allein zu verwirklichen. Zur Beratung bin ich wieder in die Kinderwunschklinik gefahren. Das Fiese: Im Alleingang wird es wesentlich teurer. Eine Samenspende kriegt man definitiv nicht geschenkt. Für das Sperma von Jonas mussten wir natürlich nichts bezahlen. Aber am Ende lief es mit Jonas kaum besser als mit einem anonymen Spender, obendrein war er unzuverlässig.

Ich lese Broschüren und suche weitere Infos im Netz. Bei einer Samenspende hat man erstaunlich viele Auswahlmöglichkeiten. Ich kann die Augenfarbe, die Haarfarbe, die ungefähre Größe und die Ethnie des Kindes festlegen. Allerdings nicht die Nationalität. Vielleicht wird mein blonder, sportlicher Sohn dann kein entspannter Lagerfeuermann Typ Däne, sondern ein bärtiger introvertierter Wanderer Typ Norweger.

Soll ich lieber ein letztes Mal auf Partnersuche gehen? Aber wo findet man einen guten Mann, wenn sogar einer wie Jarkko eine Mogelpackung ist? Dazu kommt der Zeitdruck. Jeder ungenutzte Eisprung ist einer zu viel und verringert die Chance auf eine Schwangerschaft. Ich bräuchte nicht nur einen neuen Partner, sondern auch eine Zeitmaschine.

Sami

Ein perfekt laufendes Leben zu haben heißt nicht, dass man von unangenehmen Themen verschont bleibt. Ausgerechnet am Freitagabend, als wir gerade entspannt in der Sauna sitzen und ich die Arbeitswoche hinter mir lasse, fängt Suvi mit so einem heiklen Thema an. Sie nimmt meine Füße in die Hände und massiert meine Zehen. Schwieriges verpackt sie gern in freundliche Gesten. Ein alter Trick, den auch Unternehmensberater und Diktatoren draufhaben.

»Sami. Ich möchte deine Mutter und ihren neuen Freund kennenlernen. Es wird echt Zeit.«

»Du hast sie doch schon mal kurz getroffen.«

»Das zählt nicht. Wieso sträubst du dich so?«

»Mach ich doch gar nicht, jedenfalls nicht bewusst. Ich schätze, ich muss das einfach noch eine Weile verdauen. Nojonen war mein bester Freund.«

»Das ist er immer noch.«

»Da wäre ich mir nicht so sicher. Der geht mit meiner Mutter ins Bett. *Meiner Mutter!*«

»Aber sie ist doch nicht nur deine Mutter, sie ist auch ein Mensch! Du solltest akzeptieren, dass auch deine Mutter ein Sexualleben hat. Ein Liebesleben. Sie muss eine super Frau sein, immerhin hat sie dich großgezogen. Und du bist fantastisch. Nur leider in manchen Angelegenheiten auf dem Holzweg.«

Meine Güte. Ich wollte mich bei ein paar Aufgüssen entspannen, und jetzt das. Ich fürchte jedoch, ganz daneben liegt Suvi nicht. Doch so leicht gebe ich mich nicht geschlagen.

»Wie würdest du es denn finden, wenn dein Vater mit einer deiner Freundinnen zusammen wäre?«

»Ganz ehrlich, es würde mich nicht überraschen. Meine Freundinnen fanden Papa schon immer attraktiv, das war für mich manchmal ziemlich nervig. Wirklich, Sami, wir sollten Nojonen und deine Mutter zum Abendessen einladen.«

Wortlos gehe ich raus und kühle mich ab. Vor allem meine Gedanken müssen runtergekühlt werden. Ein Essen mit Nojonen und Mama?

Vielleicht hat Suvi recht: Wer bin ich, dass ich meiner Mutter vorschreibe, in wen sie sich verlieben darf und in wen nicht? Auch ich habe damals mit vielen anderen Gleichgesinnten auf dem Bürgerplatz gestanden und bei der Demo für Ehe für alle ein Transparent hochgehalten. Unser Chef hatte vorgeschlagen, dass wir alle zusammen an der Demo teilnehmen. Wenn man gegen gleichgeschlechtliche Ehe war, sollte man sich anonym bei ihm melden, was keiner tat, soweit ich weiß. Klug eingefädelt, und nach außen kein schlechter PR-Schachzug. Die Belegschaft von AnchorOil setzt sich für Menschenrechte ein und ist endlich mal einer Meinung mit denen, die vor der Firma auf der Straße stehen und protestieren.

Ehe für alle! Liebe ist für alle da!, stand auf meinem Schild, ich habe es mit Stolz getragen, in manchen Augenblicken sogar mit feuchten Augen. Unser Chef hatte sich vermutlich überlegt, dass Ölbohren in Alaska ähnlich ist wie eine Liebesbeziehung. Je tiefer man bohrt, umso höher die Wahrscheinlichkeit, auf etwas Wertvolles zu stoßen.

Suvi setzt sich am Ende durch, das Abendessen wird stattfinden. Ich erweitere meine Kochkünste, es wird etwas

Mexikanisches geben. Meine einzige Bedingung ist, dass meine Mutter nicht mithilft, auch nicht beim Abräumen und Abwaschen. Meine Mutter stand früher immer nur in der Küche, wenn Besuch da war, dieses Szenario soll sich nicht wiederholen. Keine unnötigen Flashbacks in meine Kindheit, bitte.

Liebe ist für alle da. Wenn ich genauer nachdenke, bin ich inkonsequent und sollte mich schämen. Der Satz muss auch für meine Mutter und meinen besten Kumpel gelten. Trotzdem fühlt es sich komisch an, irgendwie schmuddelig. Verdammt.

Ich rufe meine Schwester an und frage, ob sie bei dem Essen dabei sein will. Sie hatte bisher noch keine Ahnung, und als ich sie über Mamas neue Beziehung aufkläre, prustet sie los.

»Mit Nojonen! Ich glaubs nicht.«

»Ja, und die beiden sind anscheinend richtig verliebt. Total bizarr. Los, setz dich eine Stunde mit dazu, das ist für Mama eine Riesensache. Und ich wäre auch froh, wenn noch andere mit am Tisch sind.«

»Danke für die Einladung, aber das muss ich erst mal sacken lassen. Außerdem bin ich nachher schon verabredet.«

»Ein neuer Mann?«

»Nein, bitte keine dummen Gerüchte. Nicht jede Verabredung muss ein Date sein.«

»Na dann, viele Grüße unbekannterweise, vielleicht lerne ich die Person ja noch kennen. Viel Spaß, Schwesterherz, und bis bald.«

»Danke. Bis bald.«

Suvi schminkt sich noch, als es klingelt. Ich mache auf und begrüße meine Mutter und Nojonen mit einer verkrampften Umarmung. Schön normal tun, auch wenn es sich merkwürdig anfühlt.

»Toll, dass ihr da seid.«

»Na klar. Danke für die Einladung.«

Meine Mutter überreicht mir eine Flasche Rotwein, Nojonen stellt einen Sixpack mexikanisches Bier ab, wie vereinbart.

Suvi kommt aus dem Badezimmer und grinst. »Ich freue mich ja so, euch endlich richtig kennenzulernen.«

Nojonen und meine Mutter strahlen. Er hilft ihr aus der Jacke und hängt sie an die Garderobe. Sie bedankt sich mit einem Wangenkuss.

Pärchenabende basieren normalerweise auf lockeren Gesprächen über den Alltag, die Mietpreise und Musik, irgendwann laufen im Hintergrund alte finnische Hits. An peinliche Kindheitsszenen wird eher nicht gedacht. Ich habe meine Mutter und Suvi vorab gebeten, das Thema »der kleine Sami« ja nicht anzuschneiden.

Während ich in der Küche die letzten Handgriffe erledige, unterhält Suvi sich mit den Gästen im Wohnzimmer. Nojonen und meine Mutter verhalten sich wie zwei verliebte Teenager.

Ich serviere die Quesadillas und Tortillas.

»Woher kannst du so was, Sami?«, staunt meine Mutter. »Ich wusste gar nicht, dass du *überhaupt* Essen zubereiten kannst.«

»Na ja, wenn man keine Mutter um sich hat, muss man ja trotzdem irgendwie klarkommen.«

Shit, ich stochere selbst im Wespennest herum.

Meine Mutter sieht mich fragend an. Aber es ist schon komisch, dass Nojonen nun mit vierzig in den Genuss von Mamas Kochkünsten kommt und sich pampern lassen kann. Stopp, ich wollte positiv bleiben. Die beiden sind ein gleichberechtigtes Paar, und auch wenn der Altersunterschied sie trennt, die Gemeinsamkeiten überwiegen sichtlich.

Je länger der Abend dauert, umso besser wird er. In manchen Momenten vergesse ich meinen Groll sogar. Eine große Hilfe dabei ist Suvi. Sie muss sich nicht verstellen und sorgt dafür, dass das Gespräch am Laufen bleibt.

»Was macht ihr eigentlich im Sommer? Fahrt ihr weg?«

Mama lacht. »Ja, aber wir bleiben in Finnland. Ich war noch nie im Nationalpark Koli, Martti wollte da nie hin, aber jetzt klappt das endlich. Auf der Rückfahrt legen wir noch einen Stopp im Holiday Club Saimaa ein. Kasimir hat schon gebucht.«

Nojonen nickt zufrieden.

Das haben die beiden verdient. Meine Mutter hat ihre Bedürfnisse wirklich immer hinter die der anderen gestellt, und Nojonen hat die letzten Jahre nur gerackert. Sollen sie sich anständig durchmassieren lassen. Aber an dieses »Kasimir« kann ich mich nicht gewöhnen. Der Name hat noch nie zu Nojonen gepasst. Ich kenne niemanden, der weniger kasimirmäßig rüberkommt als er.

»Ohne meine Mutter hätte ich vergessen, wie du heißt«, sage ich.

»Geht mir fast genauso«, sagt Nojonen. »Aber Asta will mich nicht mit meinem Nachnamen anreden. Und weil jetzt sowieso vieles neu ist, passt das irgendwie ganz gut.«

Kasimir und Asta. Nojonen und Mama. Der Abend läuft überraschend gut.

Irgendwann fange ich an, abzuräumen. Meine Mutter folgt mir und will die Teller in die Spülmaschine stellen.

»Bitte nicht.«

Sie nickt und verschränkt die Arme.

»Danke.« Ich räume die Maschine ohne ihre Hilfe ein.

»Für die Sache mit den Mokka-Brownies.«

»Hä?«

»Du weißt schon, was ich meine.«

»Nein, weiß ich nicht.« Sie seufzt. »Jedenfalls nicht genau, und mehr will ich auch gar nicht hören. Es reicht, dass ich weiß, wie man mit Männern umgeht. Klare, freundliche Worte und was Leckeres zu essen. Dann klappt alles.«

Ich umarme sie. Und schäme mich für die letzten Tage. Während ich ihre neue Liebe zerstören wollte, hat sie mich aus der Zwangsarbeit befreit.

Markus

Ich stehe neuerdings in engerem Austausch mit Sara und habe auch einen Gesprächstermin mit ihrem Psychiater. Er behandelt sie seit einiger Zeit und hat eine bipolare Störung diagnostiziert. Eine eindeutige Diagnose ist grundsätzlich positiv, sagt er, die Krankheit selbst natürlich nicht.

»Aber weil wir gut über die Krankheit Bescheid wissen, können wir einen wirkungsvollen Behandlungsplan aufstellen. Die Medikamente schlagen an, es geht ihr so gut wie lange nicht mehr.«

»Wird sie also wieder gesund?«

»Nein, das nicht, eine bipolare Störung kann man leider nicht vollständig heilen. Aber sie wird längere gute Phasen haben, und die lassen sich auch prognostizieren.«

»Werden unsere Töchter irgendwann bei ihr übernachten können?«

»Jetzt gleich noch nicht, aber bald. Da bin ich mir sicher.«

Nach dem Termin heule ich erst mal eine Runde. Tja, es geht also weiter wie bisher. Doch wenigstens gibt es einen Hoffnungsschimmer. Die Kinder werden wieder Zeit mit ihrer Mutter verbringen können.

Der Vorteil als Alleinerziehender ist, dass man sich nicht wegen verschiedener Erziehungsansätze streiten muss. Der Nachteil ist, dass man niemandem die Schuld geben kann, wenn was schiefläuft.

Nach dem Gespräch beim Psychiater treffe ich mich mit Sara und gehe mit ihr ins Café im Schwedischen Theater, das sie schon immer mochte. Sie ist wie ausgewechselt: redet viel, wirkt motiviert, freut sich, die Kinder bald öfter zu sehen, und macht Pläne für gemeinsame Unternehmungen.

»Echt schön, dich so zuversichtlich zu sehen, Sara.«

»Danke. Und schön, *dich* zu sehen, Markus. Sag mal … glaubst du, es gibt für uns vielleicht noch eine Chance?«

»Soll ich ehrlich sein? Ich glaube eher nicht. Aber ansonsten hast du noch alle Chancen der Welt. Zum Beispiel kannst du eine richtig tolle Mutter werden.«

»Ich verstehe. Bitte entschuldige, dass ich dich so im Stich gelassen habe. Dass ich zusammengeklappt bin.«

»Du musst dich nicht entschuldigen, für die Krankheit kannst du nichts. Aber bitte versprich mir, dass du in Zukunft Bescheid gibst, wenn du merkst, dass es dir schlechter geht. Du musst lernen, um Hilfe zu bitten und sie auch anzunehmen.«

Wir planen in kleinen Schritten. Kurze Treffen zu fünft mit den Kindern. Langfristig soll Sara die Mädchen auch allein übernehmen können. Puh, wie sehr sehne ich mich nach einer Mutter für die Mädels. Die vermisse ich noch stärker als eine Frau an meiner Seite.

Kinder brauchen zwei Erwachsene, die sie beschützen. Nicht zuletzt vor den Perversen, die sich laut Whats-App-Gruppe mal wieder beim Spielplatz rumtreiben. Dieses Mal soll es ein Dicker im Anzug sein. Ich weiß nicht, ob ich lachen oder weinen soll. Ich beschließe, zur Abwechslung mal zu lachen.

Hanna

Manchmal passen das Nützliche und das Angenehme bestens zusammen. Ich ziehe bei Vera ein. Sie braucht Gesellschaft und hat mehr Platz als nötig. Da ich die Wohnung durch ihren Blog in- und auswendig kenne, fühle ich mich sofort wie zu Hause. Ich habe die Renovierung Schritt für Schritt mitverfolgt, das Fischgrätenparkett im Wohnzimmer bewundert und das Linoleum im Flur und in der Küche bestaunt, das erstaunlich gut mit dem edlen Parkett harmoniert. Ich kenne die Kacheln im Bad, sechseckig und schwarz auf dem Boden, weiß an den Wänden. Ich habe Veras Wahl innerlich bejubelt und schon an Gedankenübertragung gedacht. Dass sie in der Küche keine Oberschränke wollte und einen großen, dominierenden Dunstabzug installierte, war eher nicht in meinem Sinne, auch bei den Artek-Stühlen hätte ich das 69er-Modell gewählt. Doch umso mehr freue ich mich über das tadellose Berså-Geschirr, das Vera in Södermalm auf einem Flohmarkt fand, und decke damit jeden Morgen den Frühstückstisch.

Herzförmige Gurkenscheiben gibt es bei mir nicht, doch das ist okay. Denn ich unterstütze Vera mit all meinem Mitgefühl. Jarkko dagegen hat Veras Blogspruch nie vollständig verstanden: *Das Gute am Frühstück ist, dass man noch den ganzen Tag vor sich hat und ganz viel lieben kann.* Ha, statt Jarkko darf jetzt *ich* in dieser herrlichen Wohnung leben, die ich kaum anders gestaltet hätte. Die meisten Möbel und Gegenstände finde ich toll. Für Vera hängen natürlich schmerzhafte Geschichten daran, aber sie kann sich jederzeit an meiner Schulter ausweinen. Und wenn sie zu sehr am Rad dreht, mache ich ein paar kluge Witze und muntere sie auf.

Der Umzug hat für mich enorme praktische Vorteile. Meine Mietwohnung kostete monatlich tausendfünfhundert Euro, bei Vera zahle ich nur ein Drittel. Ich spare jeden Monat tausend Euro, die ich für einen letzten Anlauf nutze, um Mutter zu werden. Und der ist überhaupt nicht mehr verzweifelt. Ein Kind zu haben ist für mich nicht mehr der ultimative Lebenssinn.

Ganz ohne Druck fahre ich in die Kinderwunschklinik. Veras Zusammenbruch hat mich einiges über falsche Hoffnungen gelehrt. Man darf sein Glück nicht von einem Kind oder einem Mann abhängig machen.

Bei den Auswahlmöglichkeiten habe ich nichts angegeben, ich will das Aussehen des Kindes nicht vorab festlegen.

Hauptsache, eine Samenspende. Und die bekomme ich sogar in guter Begleitung – Vera ist an meiner Seite. Sie mag sich nach wie vor an Lifestyle-Kram und platte Weisheiten klammern, aber im Gegensatz zu Jonas ist sie verlässlich.

Sami

Ich habe mich immer über Menschen amüsiert, die sich gleich nach zwei Wochen verloben müssen. Sie taten mir leid. Haben die so wenig Vertrauen in die Beziehung, dass gleich ein Verlobungsring an den Finger muss?

Für mich macht eine Verlobung erst Sinn, wenn man ein paar gute Jahre miteinander verbracht hat. Jedenfalls galt das bis jetzt. Nun merke ich, dass ich gar nicht anders kann, als mich sofort mit Suvi zu verloben. Es fühlt sich organisch und richtig an. Den Schritt nicht zu tun, wäre künstlich, ein unnatürliches Bremsen.

Beschlossen haben wir es gemeinsam. In einer völlig alltäglichen Situation. Keine vorab durchgeplante Szene mit Bibbern vor der Antwort. Wir haben einfach bei mir in der Küche zur gleichen Zeit dasselbe gedacht. Kommt ja selten genug vor, dass zwei Leute dasselbe denken. Aber nicht bei uns.

Suvi hat zu mir geschaut und – ganz ohne Musik im Hintergrund – gefragt:

»Sami, vielleicht sollten wir …?«

»Ja, sollten wir.«

Das wars. Noch am selben Tag fahren wir zu Suvis Eltern. Ich muss sie endlich richtig kennenlernen, und wir wollen auch gleich von unseren Plänen erzählen. Beim Umsteigen verflucht Suvi die miese Busverbindung. Wenn heute sonst nichts schiefläuft, stehen die Dinge gut.

Suvi kommt aus Nordhelsinki, das weiße Ziegelhaus ihrer Eltern befindet sich im Stadtteil Haaga, ein gutbürgerliches Wohngebiet.

Suvis Mutter sehe ich zum ersten Mal. Sie ist mir direkt sympathisch, umarmt erst ihre Tochter und dann mich. Fest und lange.

»Wunderbar, endlich den netten Kerl kennenzulernen, der meine Tochter so glücklich macht. Komm rein, Sami. Ich bin Eija.«

»Sami Heinonen. Schön, endlich die Frau kennenzulernen, die Suvi großgezogen hat.«

»Ach, Suvi hat sich nie viel reinreden lassen, und das war vermutlich besser so. Hauptsache, sie ist glücklich.«

Suvi mischt sich ein: »Woher willst du wissen, dass ich glücklich bin?«

»Das kann ich sehen. So deutlich wie jetzt war das noch nie.«

Suvis Vater treffe ich ja bereits zum dritten Mal – aber heute komme ich mit dem Bus, nicht im Wagen seiner Kollegen. Suvi hat ihn am Telefon vorgewarnt: »Papa, mein Freund wird dir bekannt vorkommen. Das klärt sich alles.«

Als wir ein bisschen zu viert geplaudert haben, bittet Suvi ihre Mutter, mit ihr auf dem Dachboden nach einem bestimmten Kleid zu suchen. So haben wir das vorab besprochen.

Ich räuspere mich und schaue Lauri, dem Vater von Suvi,

tapfer in die Augen. »Ich versteh schon, wenn du misstrau-
isch bist, schließlich sind wir uns bisher immer nur auf dem
Revier begegnet. Aber ich würde dir gern alles erklären.
Kann ich offen sprechen?«

»Selbstverständlich. Ich bin Polizist.«

Ich erzähle ihm von den Bikern, dem Putzjob und wie
es dazu kam. Und bitte ihn, dieses Wissen nicht gegen
Väänänen zu verwenden: »Polizeilich oder juristisch kann
ich nichts über diese Leute sagen, aber mit mir sind sie immer fair umgegangen. Und auch sie haben ihr Päckchen zu
tragen.«

»Kriminelle sind oft sehr fair.«

Dann erzähle ich von dem Angriff auf AnchorOil und
dass ich nur für Suvi bei der Demo mitgemacht habe.

Suvis Vater bekommt nasse Augen. Keine Ahnung, wieso.
Ist auch egal, Hauptsache, die Tränen dürfen raus.

»Du bist ein guter Mann, Sami. Das ist alles korrekt so.
Die besten Leute sind die, die auch mit Kriminellen umgehen können. Das gilt insbesondere für Polizisten. Und dass
du meine Tochter gegen einen Beamten verteidigst, finde
ich erstklassig. Du bist genau der Richtige für sie. Schön,
dass ich jetzt Bescheid weiß, Sami. Ich habe mich wirklich
gefragt, wieso ein und derselbe Mann mit dem Motorradklub zu tun hat und bei Umweltdemos mitmacht. Und noch
dazu nicht mal einen Führerschein besitzt.«

»Und einen Bart trage ich auch nicht, den hat man ja als
Biker und auch als Umweltaktivist.«

»Also die Ausstrahlung eines Kriminellen hast du sicherlich nicht. Aber dafür die Ausstrahlung eines potenziellen
Schwiegersohnes.«

»Freut mich zu hören.«

Wir lachen und umarmen uns. In dem Moment kommen Suvi und ihre Mutter zurück.

»Nanu, ihr seid ja schnell Freunde geworden«, wundert sich Eija.

Shit, wie sollen wir das jetzt erklären? Suvi hilft mir aus der Klemme. »Der moderne Mann zeigt seine Gefühle. Papa freut sich, dass ich endlich meinen Märchenprinzen gefunden habe, der mich in die bürgerliche Ehe führt. Ich sags jetzt ganz offiziell, wir wollen heiraten.«

Eija lacht laut auf. »Du liebe Güte, wunderbar! Wie bald solls denn sein? Schaffe ich es vorher noch zum Friseur?«

»Klaro, Mama. Wir dachten, irgendwann im Sommer.«

Eija umarmt mich ein zweites Mal und seufzt tief. »Ich freu mich ja so für euch.« Dann umarmt sie Suvi. »Ich war mir ganz sicher, dass du jemanden gefunden hast, der zu dir passt.«

»Woher wusstest du das?«

»Du hast aufgehört, mich zu kritisieren, und klangst immer so fröhlich am Telefon.«

»Entschuldige, Mama. Ich muss furchtbar gewesen sein.«

»Ach was. Du bist meine herrliche Tochter.«

»Wohl eher Horror als herrlich.«

»Nein, herrlich, und damit basta.«

Wir amüsieren uns über das Geplänkel, bei dem wahrscheinlich viel Ernstes mitschwingt. Egal, wie oft die beiden sich gezofft haben – hier wird einiges bereinigt.

Als wir beim Abendessen am Tisch sitzen, erzählen wir genauer von unseren Plänen. Suvis Vater wundert sich über Suvis Bitte, sie zum Altar zu führen.

»Du bist nicht mal in der Kirche, und dann soll ich dich auch noch ganz altmodisch …«

»Papa, ich habe das damals nur behauptet – ich bin gar nicht aus der Kirche ausgetreten. Ich wollte dich ärgern. Tut mir leid.«

Und wieder kriegt ihr Vater feuchte Augen.

»So schlimm, Papa?«, witzelt Suvi. »Die zwanzig Meter zum Altar wirst du doch sicher schaffen, oder?«

»Natürlich. Ich bin nur etwas überrascht. Du bist sonst immer gegen patriarchale Traditionen. Ab einem bestimmten Zeitpunkt durfte ich dir nicht mal mehr ein Butterbrot schmieren. Ich konnte überhaupt nichts richtig machen.«

»Na ja, du hast kiloweise Schinken draufgelegt. Tote Tiere!«

»Ich habe meinen Fleischkonsum reduziert, Suvi.«

»Sehr gut. Und klappt das auch mit dem Weg zum Altar?«

»Selbstverständlich. Es ist mir eine Ehre.«

»Ich finde das so herrlich altmodisch, dass es schon wieder lustig ist. Der Vater übergibt die Braut an den Schwiegersohn.«

»Schon klar, dass du dir nur selbst gehörst«, sage ich, und ihr Vater nickt.

»Das hast du immer sehr deutlich gemacht.«

Lauri nimmt seine Tochter in den Arm, wieder fließen Tränen. Das sind doch irgendwie die besten Momente. Die mit den Freuden- und Erleichterungstränen. Befreit lachen kann man auch später wieder.

Nojonen

Vorsichtig stecke ich mir die weiße Blume ans Revers. So wie Asta es mir gezeigt hat. Ich bin Trauzeuge und habe mir diesen kleinen Schmuck extra im Blumenladen anfertigen lassen, wie es sich gehört.

Langsam muss ich losgehen. Bloß nicht abgehetzt ankommen, womöglich verschwitzt. Ich will eine gute Figur machen an Samis großem Tag. Und auch Asta darf ich nicht in Verlegenheit bringen. Sie ist bereits in der Kirche und begrüßt die Verwandtschaft.

Ein letzter Blick in den Spiegel. Auf einer Skala von null bis zehn eine Sieben minus, gar nicht so übel, dieser Typ. Jetzt aber los. Ach so, der Gürtel. Ich hole ihn aus dem Schrank und versuche, ihn in die Schlaufen der Anzughose zu schieben. »Zeig der Gemeinde lieber deine Gefühle und nicht deine Poritze«, hat Asta schmunzelnd gesagt.

Verflixt, ich bin zu spät dran. Das muss ich im Gehen erledigen.

Draußen nehme ich die Abkürzung über den Spielplatz. Das mit dem Gürtel klappt im Gehen natürlich nicht. Ich bleibe stehen, und prompt rutscht mir die Anzughose runter.

»Papa, Papa, der Mann hat keine Hose an!«, ruft ein Mädchen und zeigt auf mich.

Zwei Väter, die neben dem Sandkasten sitzen, springen hoch und rennen auf mich zu. Der Größere wirft mich zu Boden und setzt sich auf meinen Rücken.

»Schluss mit dem perversen Kram, Sie Irrer!«, ruft er heiser und biegt meine Arme nach hinten.

»Ich bin nicht irre, ich wollte nur den Gürtel durch die Schlaufen ziehen!«, ächze ich.

»Ihre dreckigen Lügen können Sie der Polizei erzählen.«

»Ich habe schon angerufen, die sind gleich da«, sagt der andere Mann. »Endlich hat das widerliche Treiben ein Ende.« Er verpasst mir einen Tritt ins Gesicht.

Aua! Das tat weh. Doch Zappeln hilft nicht. Ich muss das durchstehen, bis sich die Sache geklärt hat. Tatsächlich kommt die Polizei in wenigen Minuten, zwei Beamte führen mich zum Wagen.

Verdammte Scheiße. Noch schlimmer als die Ungerechtigkeit quält mich das Gefühl, Sami und Asta zu enttäuschen. Ein Trauzeuge muss dafür sorgen, dass alles glatt läuft und die Stimmung gut ist. Auf keinen Fall darf er am Hochzeitstag festgenommen werden.

Die Trauung beginnt in zehn Minuten. Die kleine Schachtel mit den Ringen steckt in meiner Brusttasche. Ich habe eine tolle Freundin, einen Gürtel, eine Riesenportion Vorfreude – und nun das. Das Ironische daran ist, dass ich noch nie mit einer Frau unter siebzig geschlafen habe. Und ich soll ein Kinderschänder sein.

Ich bin und bleibe ein Pechvogel. So sicher, wie die Lachse zum Laichen den Fluss hinaufwandern, trete ich immer wieder in die Scheiße.

Asta

Mein Sohn sieht fantastisch aus in seinem Anzug. Der kleine Sami! Stopp, er ist mittlerweile vierzig, da sollte ich mir Sentimentalität verkneifen. Und ja nicht klammern. Gerade heute nicht, es geht ums Loslassen. Aber ein paar Fussel von seinem Anzug zu zupfen, wird ja wohl erlaubt sein.

Sami ist gestresst. »Wo bleibt Nojonen?«

»Kasimir ist bestimmt gleich da. Auf ihn ist doch Verlass.«

Hoffentlich stimmt das auch heute. Er hat die Ringe. Wir haben noch mitten in der Nacht geprüft, ob sie wirklich im Kästchen liegen und ob das Kästchen sicher in der Brusttasche seines Anzugs steckt.

Er ist immer pünktlich, meistens sogar überpünktlich. Was ist nur los? Es soll doch alles glattgehen. Die Verwandtschaft soll dieses Mal einen besseren Eindruck bekommen. Die Beerdigung von Martti hat ja leider mit diesem hässlichen Streit zwischen Hanna und mir geendet.

Die Gäste sitzen erwartungsvoll in den Kirchenbänken. Suvi steht mit ihrem Vater Lauri an der Tür; bereit, sich zum Altar führen zu lassen. So ein Elend, ich muss Kasimir wohl anrufen.

»Wo steckst du?«, flüstere ich aufgeregt ins Telefon.

»Auf der Rückbank eines Polizeiautos, ich wurde festgenommen.«

»Du liebe Güte, weshalb denn das?«

»Sie halten mich für einen Pädophilen.«

»Kasimir, mach jetzt bitte keine schlechten Witze.«

»Das ist leider kein Witz. Aber ich bin nur hundert Meter von der Kirche entfernt, vielleicht könnt ihr kurz rauskommen und die Ringe holen. Dann können Sami und Suvi heiraten, auch wenn ich nicht dabei bin.«

»Du bist Trauzeuge, du *musst* dabei sein. Wir sind gleich da. Sag den Beamten, sie sollen nicht weiterfahren.«

»Ja. Wir stehen an der Kreuzung hinter dem Kirchgarten.«

Ich wende mich an den Pastor und meinen Sohn, die am Altar warten.

»Entschuldigt bitte, aber der Trauzeuge wurde gerade verhaftet, wegen angeblicher Pädophilie. Wir müssen was unternehmen, er befindet sich ganz in der Nähe.«

Der Pastor hebt entsetzt die Augenbrauen.

»Das kann nur ein Missverständnis sein«, beruhigt Sami ihn, »wahrscheinlich halten sie ihn für den kranken Spinner, der mehrmals auf dem Kinderspielplatz hinter der Kirche gesehen wurde. Mama, kannst du mit Lauri hinlaufen und das klären? Ich bleibe bei Suvi und beruhige sie.«

Noch nie bin ich so gerannt. Erst durch den Mittelgang der Kirche. Peinlich, Suvis Familie sieht so schick und vornehm aus. Bestimmt sind sogar ihre Tanten Ärztinnen, nicht nur ihre Mutter.

Lauri hat sofort kapiert, was los ist, und klopft lässig bei seinen Kollegen ans Autofenster. Als ich völlig außer Atem ankomme, breche ich in Tränen aus: Kasimir hat eine Platzwunde über dem Auge und blutet. Die Polizisten steigen aus und lassen auch Kasimir raus. Ich hole ein Taschentuch hervor und drücke es auf die Wunde.

»Sie sind die Mutter?«

»Nein, die Partnerin. Was, um Gottes willen, werfen Sie ihm vor?«

»Der Verdacht lautet Pädophilie. Wir haben einen Anruf einiger besorgter Eltern erhalten. Sie beobachten schon länger einen Mann, der unsittlichen Kontakt zu den Kindern sucht.«

»Also bitte! Sehe *ich* etwa aus wie die Freundin eines Pädophilen?«

»Dazu sage ich lieber nichts.«

Jetzt nimmt Lauri die Zügel in die Hand. »Kollegen. Überlasst den Verdächtigen mir. Ich werde dafür sorgen, dass er nicht abhaut, und bringe ihn später zu euch aufs Revier.«

»Gut. Geht in Ordnung.«

Lauri, Kasimir und ich hetzen zur Kirche zurück.

»Alles nur wegen des Gürtels«, schimpft Kasimir. »Ich komme einfach nicht damit zurecht. Ich habe nur kurz mit ihm rumgefummelt, schon war die Hose unten. Ausgerechnet auf dem Spielplatz.«

Lauri lacht laut los, verkneift es sich aber schnell wieder. »Sami und seine Freunde kriegen es erstaunlich oft mit der Polizei zu tun.«

Mir reichts! Ich reiße Kasimir den Gürtel aus der Hand und pfeffere ihn in den nächsten Abfalleimer. »Das wars mit dem Gürtel. Hätte ich doch bloß nicht versucht, dich zu ändern. Bitte entschuldige.«

Kasimir wischt sich Blut von der Augenbraue. »Schon gut.« Er gibt mir einen Kuss.

Lauri glotzt verdattert. So ein Polizist erlebt vermutlich viel Gewalt und wenig Zärtlichkeit. Wahrscheinlich erträgt er unseren Anblick schlechter als eine brutale Schlägerei.

Bevor wir die Kirche betreten, will Kasimir noch etwas sagen. Du liebe Güte, wird das etwa ein Heiratsantrag?

»Versprich mir, dass du mir nie wieder einen Gürtel kaufst, Asta.«

»Versprochen.«

»Auch keine Hosenträger.«

»Auch keine Hosenträger.«

Kasimir schiebt seine Hose zwei Fingerbreit tiefer und atmet auf. Seine Schultern wirken auf einmal breiter. Jetzt kann ich es mit eigenen Augen sehen: dass man seinen Partner niemals ändern darf.

Kasimir zwinkert mir zu. »Ist das nicht ein alter Hochzeitsbrauch? *Was Altes, was Neues, was Geliehenes, was Blaues* und ein Gast, der seine Arschritze zeigt, aber nur ein bisschen.«

Endlich kann die Zeremonie beginnen. Vielleicht bin ich parteiisch, aber Sami war schon immer der schönste Mann der Stadt, und heute ist er es sowieso. Mein Sohn! Er kommt ganz nach seinem Vater. Zum Glück nur äußerlich.

Kasimir und Markus stehen an beiden Seiten des Altars, sie sind die Trauzeugen. Ihnen gegenüber stehen die Brautjungfern, von denen eine ein Mann ist. Wenn man wollte, könnte man sich darüber aufregen, aber was solls? Die Blumenmädchen sind Markus' Töchter und Väänänen.

Mein Sohn hat die richtige Frau gefunden und heiratet! Alles kann ich nicht falsch gemacht haben. Der Hochzeitsmarsch ertönt, *Dornröschen*. Wie schön, das ist der beste, sehr traditionell. Ich bin dankbar, dass Sami und Suvi nicht alles anders machen müssen. Wie wird das wohl, wenn Kasimir und ich mal heiraten? Stopp, Asta, schön langsam. Eins nach dem anderen.

Mit dem Hochzeitskleid hat Suvi sich gegen die Tradition entschieden, es ist rot statt weiß. Aber wunderschön. Ihr Vater weint schon wieder. Auch ich kann vor Tränen kaum noch richtig gucken. Trotzdem entgeht mir nichts.

Ich höre die Gebete, die kleinen Scherze des Pastors und dann zweimal deutlich »Ja«. Kasimir reicht Sami die Ringe, Sami und Suvi schieben sie sich gegenseitig auf die Finger. Dann küssen sie sich.

Ich bin glücklich und stolz. Nicht ein Funken Scham an diesem Tag. Zum ersten Mal in meinem Leben empfinde ich nichts als positive Gefühle. Und das nicht nur, weil mein Sohn heiratet. Und auch nicht nur wegen Kasimir. Am meisten jubele ich mir selbst zu. Ich habe mein Glück verdient, und wenn ich noch so alt bin.

Sami

Suvi und ich fallen uns in die Arme. Die anderen gehen schon mal vor die Kirche, um Spalier zu stehen. Ich kann es kaum erwarten, rauszugehen.

Juli macht Seifenblasen, Ada und Ida streuen Blümchen. Letzte Nacht habe ich noch geträumt, niemand würde eine Gasse für uns bilden. Das liegt sicher an den vielen Promihochzeiten, über die ich gelesen habe. Beim Skispringer Matti Nykänen standen die Gäste mit senkrecht gehaltenen Skiern vor der Kirche. Bei Teemu Selänne mit Hockeyschlägern. Zu Suvi und mir passen höchstens Demo-Transparente und Ölfässer. Markus winkt uns jetzt unauffällig zu – wir können rauskommen.

»Sie leben hoch, hoch, hoch!«, rufen unsere Gäste.

Seifenblasen schweben um uns herum, Handykameras

filmen. Suvi strahlt mich an. Wir haben alles gemeinsam geplant – nur für diesen Teil war Markus zuständig. Und einen heimlichen Alleingang konnte ich mir nicht verkneifen: Für die Fahrt zum Restaurant habe ich eine Harley Davidson organisiert. Väänänen hat sie wie versprochen präpariert. Sie glänzt im Sonnenlicht, hinten prangt ein herzförmiges *Just-married*-Schild.

»Würde die Braut mir erlauben, sie ins Lokal zu chauffieren?«, frage ich Suvi.

»Aber gern.«

Suvi lässt zuerst mich aufsteigen, rafft dann elegant ihr Kleid und nimmt im Damensitz hinter mir Platz.

Väänänen flüstert mir die letzten Anweisungen zu. »Nur ganz wenig Gas. Immer langsam mit den jungen Pferden.«

Im Schritttempo fahren wir vor den anderen Gästen her.

Im Restaurant nehmen wir die Glückwünsche entgegen. Die Ersten sind Nojonen, meine Mutter und Suvis Eltern.

Mein frischgebackener Schwiegervater klopft mir auf die Schulter. »Soll ich dich jetzt festnehmen?«

»Weil ich ohne Führerschein gefahren bin?«

»Dieses eine Mal lasse ich es dir durchgehen.« Er grinst. »Aber ab sofort bitte keine Dummheiten mehr. Du gehörst zwar nun zur Familie, aber ich bin und bleibe Polizist.«

»Jawohl, Herr Kommissar. Und wenn doch, darfst du mich sofort festnehmen.« Ich halte ihm meine Hände hin, bereit für die Handschellen.

Er lacht und wischt sich ein paar Tränen von den Wangen.

Suvi wird das zu blöd. »Papa, jetzt ist Schluss mit der Heulerei. Es ist langsam peinlich.«

Markus

Der Moment ist gekommen. Die Gäste sind leicht beschwipst, die Stimmung ist locker. Ich klopfe mit der Gabel an mein Weinglas und warte, bis die Gespräche verstummen.

»Hallo, alle miteinander. Ich bin Markus, Samis Kindheitsfreund, und darf heute mit Nojonen, der mir hier schräg gegenübersitzt, den Zeremonienmeister geben. Sami, dies ist dein großer Tag. Ich freue mich so sehr für Suvi und dich.«

Sami greift nach Suvis Hand und lehnt sich entspannt zurück. Ich musste ihm versprechen, auf peinliche Gags und alberne Spiele zu verzichten. Also kein »Erkenne mit verbundenen Augen deine Braut an ihren Brüsten« oder andere alberne Hochzeitsspiele. Meine Rede konzentriert sich auf das Wesentliche. Statt schlechte Witze zu reißen, geht es um die Liebe.

»Liebe Suvi, lieber Sami, werte Hochzeitsgesellschaft. Vor gut fünfzehn Jahren waren Sami, Nojonen und ich zusammen in Asien, in Thailand und Kambodscha. Abends am Strand haben wir doch tatsächlich tiefschürfende Gespräche geführt. Und zwar über unsere jeweilige Traumfrau. Ich war damals schon mit der Mutter meiner Töchter zusammen, Sara. Nojonen sagte, er wäre einfach nur erleichtert, wenn eine, die er gut findet, ihn überhaupt nimmt. Inzwischen wurde dieser Wunsch durch Asta mehr als übertroffen.« Ich nicke Nojonen und Asta kurz zu, die mich glücklich anlächeln. »Sami konnte seine Traumfrau am ausführlichsten beschreiben. Folgende Eigenschaften sollte sie haben: unabhängig, selbstbewusst, blond und kämpferisch. Die genaueren körperlichen Attribute lasse ich mal lieber beiseite, hier sind ja auch kleine Kinder im Raum. Nur so viel: Auch die stimmen. Sami hat, wie mir klar wurde, schon damals haargenau Suvi beschrieben. Und da stellt sich mir folgende Frage: Wieso hat er Suvi dann erst jetzt getroffen?« Ich schaue zu Sami, der einen Schluck Champagner nimmt und Suvi auf die Wange küsst.

»Ihr musstet euch erst selbst finden, bevor ihr euch gegenseitig finden konntet. Die Zeit war noch nicht reif, sie hat euch zappeln lassen und auf die Folter gespannt. Es mussten erst ein paar Umwege gegangen werden. Ihr solltet noch ordentlich Fehler machen und aus ihnen lernen. Doch jetzt seid ihr bereit füreinander, und es kann losgehen.«

Ich trinke einen Schluck Wein und spreche weiter. »Die Liebe ist eine großartige Sache. Gebt nun gut auf sie acht. Und auf den anderen! Zögert nicht, wenn es ihm schlecht geht. Auch wenn er eure Unterstützung ablehnt. Auch *das* bedeutet Liebe.« Ich sage das aus eigener Erfahrung und blicke hinüber zu Sara, die vor ein paar Minuten angekommen ist und neben der Tür an der Wand lehnt. Sie wird später die Mädchen nach Hause bringen, damit ich weiterfeiern kann.

Ich hebe mein Glas. Alle stehen auf.

»Auf Suvi und Sami. Danke, dass wir diesen Tag mit euch feiern dürfen. Pflegt eure Liebe! Sie ist zum Glück eine erneuerbare Ressource – ganz im Gegensatz zum Öl, obwohl Sami seiner Frau etwas anderes weismachen wollte. Liebt euch und erneuert euch! Alles, alles Gute und hurra!«

»Hurra, hurra«, rufen die Gäste.

Sami und Suvi kommen zu mir und umarmen mich. Ich habe meinen Job gut gemacht. Ich hebe das Mikrofon in die Luft und rufe: »Wer will als Nächstes? Das Mikrofon ist frei!«

Sami

Wahnsinn, so viel Zuneigung. Es gibt eine Rede nach der anderen. Meine Kumpel aus der Studienzeit erzählen Anekdoten aus meinen jungen Jahren. Ein paar Verwandte verraten Details aus meiner Kindheit, zum Glück nichts Schlimmes. Suvis Freundinnen loben Suvi über den grünen Klee, ihr Vater kann sich vor Tränen kaum noch halten. Väänänen gestaltet seinen Beitrag kurz.

»Suvi. Halte deinen Sami gut fest. Er ist ein prima Kerl. Ein verflucht prima Kerl, verdammt noch mal.« Er wischt sich über die Augen.

Ich blicke mich kurz um. Ein echter Rocker, der Gefühle zeigt, das kommt gut an. Als Nächstes steht Hanna auf. Ihre Begleitung, Vera, klopft ihr ermutigend auf die Schulter. Ob sie ein Paar sind? Das geht mich erst mal nichts an. Hanna hat sie als gute Freundin vorgestellt, und gute Freunde sind bei mir immer willkommen. Ich selbst habe mich mein Leben lang auf Markus und Nojonen verlassen können.

Tante Elsa ist schneller als Hanna. Sie schnappt sich das Mikrofon und stellt sich ans Ende der langen Tafel. Hoffentlich endet das nicht wieder in Ärger und Tränen. Bei Papas Beerdigung hätte sie besser die Klappe gehalten. Ich nehme mir fest vor, mir auf keinen Fall den Tag verderben zu lassen.

Hanna

Es war richtig, Vera mit zu Samis Hochzeit zu nehmen. Immerhin wohnen wir zusammen. Die Leute hier denken garantiert, ich sei jetzt lesbisch und könne erst recht kein Kind mehr bekommen. Wie hieß es noch auf Papas Beerdigung? »Normalerweise werden Gefühle in unserer Familie nicht so direkt gezeigt.« Heute sagt garantiert noch jemand: »Eigentlich sind in unserer Familie alle ganz normal und nicht lesbisch!« Wahrscheinlich Tante Elsa. Sie ist die Schlimmste, und ein einziges faules Ei kann bekanntlich den ganzen Kuchen beziehungsweise den ganzen Tag verderben. Obendrein schnappt sie sich das Mikro just in dem Moment, in dem *ich* meine Rede halten wollte.

»Guten Tag, die Herrschaften. Ich bin Samis Tante Elsa. Ich werde nur kurz sprechen, ich habe noch einen langen Heimweg vor mir. Herzlichen Glückwunsch zu deiner Hochzeit, Sami. Dein Papa oben im Himmel, der ja mein Bruder war, ist bestimmt stolz auf dich. Suvi, ihr müsst dafür sorgen, dass es weitergeht mit der Familie Heinonen. Das war meinem Bruder ganz wichtig. Die Linie muss weitergehen. Alles Gute dafür.«

Ich könnte schreien. So was von übergriffig! Aber Sami reagiert gelassen und umarmt Elsa sogar. Das hat sie überhaupt nicht verdient! Was zum Teufel soll dieser permanente Druck? Den konservativen Quatsch mit dem Fortführen der Linie muss ich mir seit fünfzehn Jahren anhören. Statt eines Embryos haben sich haufenweise hässliche Bemerkungen bei mir eingenistet. Na warte, Elsa. Und all ihr anderen. Ich hole mir das Mikrofon und gehe zurück an meinen Platz.

»Herzlichen Glückwunsch, liebe Suvi und liebes Bruderherz. Suvi, du musst dich jetzt nicht sofort als eine Heinonen fühlen, wenn du das nicht willst. Nach der Rede von Tante Elsa willst du vielleicht erst mal tief durchatmen? Es ist natürlich allein deine und Samis Sache, ob und wann ihr Kinder wollt. Und ob es dann klappt, ist noch mal eine andere Frage. Unsere Verwandtschaft hat mich fünfzehn Jahre lang damit gepiesackt. *Wieso kriegst du nicht endlich Kinder?* Haha, als hätte ich mich das nicht selbst gefragt. So oft, dass nichts anderes mehr in meinem Kopf Platz hatte! Das hat nun ein Ende. Ich möchte mich heute auf keinen Fall in den Mittelpunkt drängen, dies ist euer Tag, daher kurz und bündig: Ich bin schwanger.«

Ich bekomme lauten Zwischenapplaus.

»Wenn alles gutgeht, sind alle *die* herzlich willkommen, die in den vergangenen Jahren *nicht* permanent nach einem Baby gefragt haben! Ihr dürft mich und mein Kind gern besuchen. Und meine Mutter natürlich. Sie hat Sonderrechte. So, das wars. Weiterhin eine tolle Party für alle.«

Ich lege das Mikro beiseite, meine Finger zittern. Vera bietet mir ihre Schulter, ich lehne mich an sie. Suvi und Sami kommen herüber und schließen uns in die Arme. Ich schniefe ein bisschen. Wie peinlich, ich habe eine extrem unhöfliche Rede gehalten. Andererseits hat Elsa das wirklich nicht anders verdient. Und all die anderen nervtötenden Verwandten auch nicht.

»Herzlichen Glückwunsch, Hanna«, brummt Sami.

»Bitte entschuldigt«, stammele ich.

»Quatsch.«

»Aber ich habe eure Hochzeit versaut.«

»Das war die coolste Rede überhaupt.«

Mama und Nojonen kommen ebenfalls zu uns rüber.

»Es tut mir leid, Hanna.« Mama steht unsicher neben mir. Ich stehe auf und umarme sie. »Du musst dich nicht entschuldigen.«

»Ich verspreche, mich nicht mehr einzumischen. Und ich freue mich so, dass ich Oma werde. Ich hoffe, du kannst ab und zu meine Hilfe gebrauchen.«

»Ganz bestimmt, Mama. Du bist sicher die beste Oma der Welt. Und Nojonen, du wirst dann ja sozusagen Opa.«

»Ich glaube, ich bleibe lieber Nojonen.«

Sami

Hanna wischt sich ein paar Tränen aus dem Gesicht und lächelt. Vera steht auf und stellt sich unserer Mutter vor. Mama hat in letzter Zeit definitiv dazugelernt und ist offener geworden, aber jetzt weiß sie trotzdem nicht weiter.

»Ah, Vera. Hallo, ich bin Asta. Herzlichen Glückwunsch auch dir noch mal. Ihr zwei seid also …?«

Hanna hilft ihr aus der Klemme. »Genau, Mama. Wir sind glücklich. Wie so viele Leute hier heute.«

Ich lege meinen Arm um Vera und Hanna, Nojonen seinen um Mama.

Plötzlich fällt Mama auf, dass sie Vera von irgendwoher kennt.

»Bist du nicht diese Bloggerin?«

»Ja. Beziehungsweise, ich *war* es«, antwortet Vera.

»Ich habe die Copenhagen-Creme gekauft. Die macht die Haut wirklich schöner.«

»Blödsinn. Es ist ganz egal, welche Creme man benutzt. Am wichtigsten ist, dass man sich selbst mag.«

»Hm. Vielleicht ist es bei mir auch *das*!«, sagt Mama und lächelt schüchtern.

Markus' Töchter wollen sich jetzt verabschieden; sie fahren mit Sara nach Hause. Markus umarmt alle vier auf einmal – die Mädchen und Sara. »Die Zahnbürsten stecken in der Seitentasche im Rucksack!«, ruft er ihnen hinterher. Dann macht er sich ein Bier auf, und wir stoßen an.

»Danke für alles, Sami. Eigentlich gar nicht so übel. Am Ende sogar richtig schön.«

»Was denn?«, frage ich.

»Das Leben.« Er zwinkert mir zu, aber ich merke, wie ernst es ihm ist. Und ich bin ganz seiner Meinung.

»Und längst nicht so schwer, wie man denkt, oder?«

Dank

Ich danke der Buchstiftung des Otava-Verlags, die die Arbeit an diesem Roman unterstützt hat. Danke an Mirka Paavilainen und an das Team der Kinderwunschklinik Ovumia Fertinova für die Sachkenntnis. Danke an Mari Sipola von Äimä und Mailis Heiskanen von Muistiliitto. Danke an Kati Juva, Jussi Perälä, Hanne Valtari, Nunnu Karppinen und Paavo Havula. Ein besonderer Dank gilt meiner Lektorin Jaana Koistinen, deren Empathie, Klugheit und Humor mich schon viele Jahre begleiten.

MIIKA NOUSIAINEN
Verrückt nach Schweden

»Miika Nousiainen schreibt sicher, mit Verve
und Witz, und einmal mehr zeigt sich:
Einwanderer sind die glühendsten Patrioten.«
Neue Zürcher Zeitung

Schweden: eine fröhliche, offene und empathische Nation,
wo Kinder dank der konstruktiven Erziehung ihrer Eltern zu
ausgeglichenen Mitgliedern der Gesellschaft heranwachsen.
Dessen ist sich der Finne Mikko sicher. Und tief drinnen
wusste Mikko schon immer: Seine wahre Heimat liegt im
Nachbarland! Als Mikko den lebensmüden Schweden Mikael
Andersson kennenlernt, bietet sich ihm eine einmalige
Chance. Wie weit wird Mikko gehen, um sich seinen Traum
einer schwedischen Identität zu erfüllen?

Roman
Broschiert, 240 Seiten
ISBN 978-3-0369-6130-9

www.keinundaber.ch